고독한 행군

❹

이계홍 지음

고독한 행군

이계홍 지음

B범우

4

차
례

제29장
박진경 연대장 '화려한 진압'

"민주주의의 꽃이라고 할 수 있는 민주적 선거를 보이콧해?"

제주의 제 정당, 사회단체들이 5·10선거를 전면 보이콧하자 윌리엄 피시 딘 미 군정장관(육군소장)은 격노했다. 제주 수뇌회담이 조병옥—김익창의 난투극 끝에 결렬되고, 5·10선거마저 전국 유일하게 제주에서 보이콧되자 그는 더 이상 묵과하지 않겠다고 나섰다. 어느 면에서 그동안 폭도대와의 대화를 유도했던 것도 강경 진압을 위한 하나의 명분쌓기 포석이었다.

딘 장관은 수원에서 창설된 11연대 1개 대대를 제주에 파병하고, 5월 15일 9연대를 11연대로 합편했다. 4월 20일 부산 5연대에서 파견된 오민균의 독립 대대도 11연대에 편입시켰다. 11연대는 제주농업학교에 사령부를 두었다. 신임 박진경 연대장에게 지휘 권한을 부여하고, 병력과 화기를 전폭적으로 지원했다. 미군 구축함 크레이그 호를 제주 해안에 급파해 해안 봉쇄에 나섰다. 미 6사단 예하 광주 주둔 20연대장인 브라운 대령을 제주지구 미군사령관으로 임명해 파견했다. 제주를 전방위적으로 포위해 압박하는 양상이었다.

경찰 역시 빠르게 움직였다. 철도경찰과 제6관구, 제8관구 경찰관 등 수백 명을 경무부 지령으로 제주도에 급파했다. 경찰 보조조직 청년단을 증강, 재배치했다. 조병옥 경무부장은 4·3 사건의 치안수습대책을 발표하고, 경찰전문학교 정예부대와 유능한 형사대를 제주에 급파한다고 발표했다. 또 제주경찰학교 설립과 2개 경찰서 신설 계획을 발표했다. 경찰조직을 재편하고, 육지 간부를 대거 투입하는 인사를 단행했다. 제주 지사까지 교체되었으니 행정도 일신된 분위기였다. 5·5수뇌회담의 결과는 이렇게 제주 상황을 백팔십도 바꿔놓았다.

신임 박진경 연대장 취임식 날이었다.

미 군사고문단이 내려오고, 제주 유지들이 하객으로 연대 연병장에 모였다. 연대는 긴장감이 감도는 가운데 전에 없이 바쁘게 움직였다. 김익창 연대장 시절과는 완연히 비교되었다. 그땐 취임식도 없었고, 이임식은 더더군다나 있을 리 없었다.

브라스밴드가 '성조기여 영원하라'를 연주하고, '올드 블랙 조' '오 수산나'를 경쾌하게 연주하는 가운데 각 중대별 사열이 있었고, 하객들은 병사들이 대오를 갖춰 연병장을 지날 때마다 뜨거운 박수를 보냈다.

박진경 연대장은 대학 영문학과 출신답게 영어 회화에 능통한 군 전략통이었다. 미군과의 관계가 밀접하게 된 것은 영어회화의 힘이 컸다. 그는 통위부 인사과장의 요직에 있었으나 이런 인연으로 딘 소장이 직접 선발해 제주 연대장으로 발령했다. 제주 연대장 발령은 또 그가 제주도 지형과 일본군이 구축한 방공호, 산악 요새에 눈이 밝다는 이점 때문이었다. 그는 일제 말기 제주도에서 일본군 소위로 복무했다. 그가 4·3이 일어나자 미 군정 사무실에서 제주 지도를 펴놓고 토벌작전 계획을 브리핑할 때, 미 군사고문단은 브라보를 외쳤다. 미리 9연대 전속을 언질받은 그는 경비대사관학교 5기생 가운데 열 명을 골라 이중 여섯 명을 제주 9연대에 파견했다. 그에게는 빠릿빠릿한 수족이 필요했고, 장차 자신을 따르는 후배들을 기를 생각이었다.

미 군정은 박진경 연대장을 밀어주고 있다는 것을 그의 취임식에서 확실하게 보여주었다. 주요 고위급 계급들이 대거 입도하고, 제주지사, 경찰감찰청장, 지역 유지 등이 신임 연대장의 활약에 기대를 건다는 격려의 말을 보냈다. 박진경 연대장은 한없이 고무되었다. 실적으로 지지에 대한 보답을 하겠다고 마음 속으로 다졌다.

취임식을 마치고 장교단의 신고식이 있었다. 채명산은 설레는 마음으로 그의 앞에 이르자 "2중대 2소대장 채명산 소위 신고합니다!" 하고 외쳤다. 박진경은 다른 장교를 대하는 것과 똑같이 기계적으로 악수만 청한 채 다음 장교를 맞았다. 채명산은 대단히 실망했다. 통위부에서 무슨 좋은 일이 있을 것이라고 예고한 것이 헛말이었을까? 나를 잊은 것일까. 반신반의했으나 기분은 좋지 않았다.

"하사관들도 소위를 우습게 보는데 뭐…."

하례가 끝난 뒤 동기생 김영작도 실망하는 투로 투덜대었다. 당시 신참 장교는 하사관들로부터도 대접받지 못했다. 하사관이 하대하고 장교가 경어를 쓰는 경우도 있었다. 하사관은 일본군에서 전투경험이 많은 자들이었다. 채명산은 실망한 채 석반(夕飯)을 마치고 내무반에 들어가 취침을 준비중인데 갑자기 전령이 찾아왔다. 연대장실로 급히 오라는 것이었다. 연대장실로 달려가자 벌써 김영작 소위가 와 있었다.

"자리를 옮길까?"

그들은 연대장의 지프를 타고 대정면 소재지 바닷가 횟집으로 갔다.

"내가 발령 냈는데 모를 리 있나. 오늘 마음껏 취해봐."

그러면 그렇지. 여러 시선 때문에 신고식 때 연대장이 모른 척했던 것이라는 것을 그는 뒤늦게 알았다.

"제주 병영생활은 어떤가?"

"이건 군대가 아닙니다."

채명산이 똑 부러지게 대답했다. 박진경은 놀라지 않았다. 알고 있는 것을 확인해보는 것이다.

"인민유격대가 습격해 오는데도 남의 일처럼 바라보고 있습니다. 개입하지 말라는 투입니다."

"그래서?"

"군대라기보다 패잔병들 소굴 같습니다. 장교단과 하사관들이 움직이지 않습니다."

"장교단과 하사관이 움직이지 않는다. 제주 출신들인가? 문상길, 김이구 모두?"

"문상길은 안동 출신이고, 김이구는 충청도 출신으로 알고 있습니다."

"내가 제관들을 일부러 제주에 미리 보낸 거 알고 있겠지? 유념해서 동태를 살피기 바래."

며칠 후 연대에 비상소집 명령이 내렸다. 병사들이 연병장이 꽉 찰 정도로 채워져서 비로소 연대다운 분위기가 났다.

"잔악한 폭도에겐 자비란 없다!"

단상에 오른 박 연대장이 도열한 장병들을 향해 포효했다. 병력이 증원되고 딘 군정장관이 직접 내도(來島)해 지원을 약속하고, 통위부 미군고문관 로버츠 준장도 제주를 시찰하고, 제주 주둔 미군사령관 브라운 대령 역시 힘을 실어주니 그는 더욱 자신감이 붙었다.

"쓸데없는 화평 회담으로 폭도대에게 무장 시간만 벌어주었다. 안일하게 사태를 보면 낭패를 당한다. 내일부터 제주도 서쪽에서부터 동쪽까지 빗자루 작전을 수행할 것이다! 소탕작전 병력을 편성하기 바란다."

그는 브라운 제주사령관의 말을 그대로 인용했다.

— 너희들은 내가 제주도 땅굴 하나하나 세세히 알고 있다는 걸 모를 거다.

박진경 연대장의 토벌 전과는 실로 대단한 것이었다. 며칠 만에 제주읍 오동리와 애월면 광령 2리에서 218명의 불순분자를 체포했다. 입산자들이 피신해 있던 은신처를 부수거나 불을 놓았다. '양민과 평민의 구분이 어렵다'는 이유로 중산간 마을 주민들을 모조리 연행, 소개했다. 순식간에 국방경비대와 경찰에 의해 끌려온 자가 수천 명에 이르렀다. 포로 대부분이 10대 소년들과 부녀자와 노인들이었다. 귀순자 수용과 함께 선무공작을 병행했다.

화평회담이 실패로 끝나고, 토벌대의 무장이 강화되자 무장폭도대의 저항도 심했다. 세화·성읍·남원 등의 마을에서는 무장대의 습격으로 민가가 불타고 주민들이 희생되었다. 경찰지서가 불타고, 우익인사가 살해되고 집이 파괴되었다. 제주도는 매일 시커먼 연기가 한라산 위로 치솟아 올랐다. 응징과 보복, 보복과 응징이 반복되었다.

중앙 올구와 토착 올구

"내 말 똑똑히 들으세요. 연대 내의 동조자들이 일을 내야 하는데 힘이 미약합니다."

문상길 중위는 불쾌했다. 제주도당 올구(조직지도원)가 감히 이래라저래라 하니 화가 났다. 그들은 선창가 허름한 식당 골방에 마주 앉았다.

"9연대, 아니 지금은 11연대라지, 그자들의 대대적인 소탕전을 벌이는 걸 묵과할 수 있소?"

제주도당부 올구 이을대는 대정면 보성리 출신 고승옥과 문덕오, 정두만, 류경대를 프락치로 입대시켜 놓고 있었다.

"지난 5월 내도(來島)한 중앙 올구 이명장 동무에게 활동상을 보고하여 지도 문제와 활동 방침을 전남도당(당시 제주도는 전남도로부터 1946년 8월 분리되었으나 행정 조직 및 남로당 조직체계는 여전히 전남도 산하로 있었음)에 가서 지시해 주도록 요청한 바 있소. 그후 아무런 지시가 없었고, 그 후로도 재삼재사 지도에 관한 지시를 요청했으나 답이 없었소. 그래서 제주 도당부(島黨部)는 독자적으로 비선을 확보해 대정면당을 통해 국경(국방경비대)에 연락을 취했는데, 프락치 4명 중 정두만 동무는 탈출하여 일본으로 도망을 갔고, 류경대는 군기대로 전근한 이래 반동의 기색을 보여 이탈하게 되었소. 조직이 왜 이렇습니까?"

"그걸 왜 나에게 묻소? 나하고는 상관없는 일이오."

문상길이 짧게 응수했다. 중앙 올구와 지역 올구는 지체와 신분이 달랐다. 지역 올구는 중앙 올구에게 명령이나 지시를 할 수 없게 돼 있다. 또 서로 지면(知面)을 제도적으로 알지 못하게 돼 있다. 기밀을 유지한다는 측면도 있지만 조직의 독립성을 강조하기 위한 조치였다. 그런데 어떻게 신분을 알아냈지? 혹시 이 자가 첩자인가?

"내 답답해서 하는 말이오. 4·3 투쟁 전술을 세우는 데 있어서 경찰감찰청과 일구서(1區署: 제주경찰서) 습격에 국경을 최대한 동원하고, 나머지 각 지서는 유격대에서 담당하기로 양면 작전을 세워서 앞에 말한 프락치에게 연락을 하고, 국경의 동원 가능 수를 문의한 바 800명 중 400명은 확실성이 있고, 200명은 마음대로 좌지우지할 수 있다, 반동은 주로 장교급으로서 하사관 합하여 18명이니 이들을 숙청하는 데 문제가 없다는 첩보가 있었소. 국경이 동원된다면 차가 없으니 다섯 대만 돌려주면 좋고, 불가능하면 도보로라도 습격하겠다는 것이었소. 그런데 어떻게 되었습니까. 실현이 안 되었으니 낭패 아닙니까?"

장황하게 설명했으나 문상길은 묵묵히 듣고만 있었다. 다만 그가 확신에 찬 목소리로 군대 정보를 정확히 짚는 것을 보고 지방의 올구라는 점은 분명하다고 여겼다. 군대 내에 제주 출신 프락치의 제보일 것이다.

"4·3 당일에 국경이 동원되지 않음으로 인해 이것을 이상한 일로 생각하고 있던 바, 국경 공작원, 즉 도상무위청년책(島常務委靑年責) 동무의 보고에 의하여 다음과 같은 진상이 판명되었소. 즉 파견원이 최후적 지시를 가지고 국경 프락치를 만나러 갔던 바, 프락치 2명은 영창에 수감되어 있었으므로 할 수 없이 비밀리에 상세히 내막을 알아보았는데 국경에는 문상길 중위를 중심으로 한 중앙 직속의 정통적 조직이 있고, 또 하나는 고승옥 하사관을 중심으로 한 제주도 출신 프락치로의 조직이 이원화되어 있다는 것이었소. 고 하사관이 문 중위에게 무장투쟁이 앞으로 있을 것이니 경비대도 호응 궐기해야 된다고 투쟁 참가를 권유했던 바, 문 중위는 중앙 지시가 없으니 할 수 없다고 거절한 바 있소. 사실이오?"

"말씀해 보시오."

문상길은 함부로 자기 내심을 표출하는 성격이 아니었다.

"문 중위의 이 말을 듣고 도(島) 파견 국경 공작원은 깜짝 놀랐으나 이렇게 된 이상 어찌할 수 없다고 '제주도 30만 인민의 생명과 재산을 수호하고, 또한 우리의 위대한 구국항쟁의 승리를 달성하기 위하여 기어코 참가해야 한다'고 재삼재사 요청하였으나 문 중위는 중앙 지시가 없으므로 어찌할 수 없다고 거듭 거절했다고 했소. 이리하여 4·3투쟁에 있어서의 국경 동참에 의한 거점 분쇄는 실패로 돌아갔소. 그렇지 않소? 자아비판해보세요."

"그래서요?"

문상길은 계속 불쾌했으나 그의 의중을 좀더 파악하고 싶었다.

"그후 4월 하순 돌연히 부산 제5연대 1개 대대가 내도(來島)하여 우리의 산속 부대를 포위 공격하게 되었으므로 시급히 대책을 세워야 된다는 긴급 연락이 있어서 군책이 직접 파견되어 문제를 수습하기로 했지요. 이때도 문상길 동무는 중앙 직속이므로 지방도당인 제주도당의 지시에 순종할 수 없다고 했소. 이 중차대한 시기에 중앙 따로, 제주도당 따로가 있소?"

"그래서요?"

"왜 불만이 많습니까? 왜 반항하듯 합니까? 실로 사태가 급박합니다. 양자 행동 통일을 위하여 밀접한 정보 교환, 최대한의 무기 공급, 인민군의 원조부대로서의 탈출병 추진, 교양 자료의 배포 등의 문제에 호상간에 협조하자는 것이오. 그렇게 해서 최후적 단계에는 총궐기하여 인민과 더불어 싸워야 하지 않겠소? 또 9연대 연대장 김익창이 사건을 평화적으로 수습하기 위하여 인민군 대표와 회담해야 하겠다고 사방으로 노력 중이었소. 이것을 교묘히 이용한다면 국경에 의한 산 토벌을 억제할 수 있었단 말이오."

"4월 하순 이미 군책과 김익창 연대장이 면담했잖소."

"면담에서 금반 구국 항쟁의 정당성과 경찰의 불법성을, 특히 인민과 국경을 이간시키려는 경찰의 모략술에 대해 의견의 일치를 본 것은 다행이오. 김익창 연대장은 사건의 평화적 해결을 위해 적극 노력하겠다고 약속했지요. 결국 실패로 돌아갔지만 그렇게 진전된 면도 있었소. 그런데 문 동무가 소극적으로 나와서 투쟁에 약점을 가져오게 되었단 말이오."

그는 문상길을 비판하면서도 어떻게든 공작에 끌어들이려 노력하였다.

"국경(국방경비대) 지도 문제에 있어서 일방에서는 제주도당(島黨)에서 지도할 수 있다고 하고, 일방에서는 중앙 직속이라고 하니 결국 이 문제는 해결 불가능하다. 그러므로 제주도당에서 박아놓은 프락치만은 제주도당에서 지도하되 행동통일을 위하여 각각 소속 당부의 방침 범위 내에서 최대한의 협조를 하지 않으면 안 된다, 이 말이오. 제주도 치안에 대하여 미 군정과 경무부, 통위부에서는 전면적 포위 토벌 작전을 지시하고 있소. 이것이 실행되면 제주도 투쟁은 실패로 돌아가고 말 것이오. 국경에게서는 포위 토벌 작전에 대하여 적극적인 사보타지 전술을 쓰고, 국경 호응 투쟁에 관해서는 중앙에 건의합시다. 특히 대내(隊內) 반동의 중심 박진경 이하 반동 장교들을 숙청하지 않으면 안 됩니다. 최대의 힘을 다하여 상호간의 정보 교환과 무기공급, 그리고 가능한 한도 내에서 탈출병을 적극 추진하지 않으면 안 됩니다."

장황한 설명이었으나 요지는 문상길이 적극적으로 나서라는 거듭된 회유였다. 문상길이 짧게 응수했다.

"내가 할 몫이 있으니 간섭하지 말고 돌아가시오."

"간섭하고 싶어서가 아니라 답답해서 그러하오이다. 통신수단의 장해, 중앙의 연락 두절, 그 사이 제주도는 불바다가 되어가고 있소. 대대적인 토벌작전이 안 보이오? 목구멍으로 밥이 넘어가오? 본때 있게 대처하지 않으면 그에 따른 책임을 면하기 어렵소."

두 사람은 이런 대화를 나누고, 어설프게 헤어졌다. 문상길은 나름 마음속으로 다지는 바가 있었다.

〈이상 '극비 제주도 인민유격대 투쟁보고서' 인용. 위의 자료는 전직 경찰 문창송 씨가 1995년 발간한 '한라산은 알고 있다—묻혀진 4·3진상—소위 제주도 인민유격대 투쟁보고서를 중심으로'라는 책자를 인용한 것임. 문씨는 이 투쟁보고서가 1948년 8월 4·3사건 주모자 김달삼 일행이 해주 '남조선 인민대표자회의'에서 행한 보고 내용인 것으로 추측된다고 주장. 문씨는 1949년 6월 7일 경찰특공대가 이덕구를 사살하는 과정에서 투쟁보고서를 입수했다고 밝히고 있음. 문씨는 자기가 소장한 자료가 원본은 아니지만, 이를 베낀 필사본이며, 원본은 제주경찰청에 두었다고 증언. 제주4·3진상조사위원회는 제주경찰청을 방문, 자료수집에 나섰으나 경찰청은 '4·3사건 관련 자료가 없다'고 밝혔다. 따라서 원본의 확인없이 문씨의 책자를 그대로 전재했다고 밝히고 있음. 원본이 아닌 경찰관에 의한 필사본인데다, 당시 '인민유격대'가 사용하지 않던 '인민군' 용어와 무장대 치적 중심의 일방적 기록이란 점에서 자료적 가치에 의문을 표시하는 견해도 있으나, 무장대의 당시 활동 상황을 파악할 수 있다는 점에서 인용한 것임= 작가 주〉

해방정국에서 군에는 좌우익을 망라해 여러 파벌이 있었다. 그 중 좌익 남로당 계열은 중앙당에서 직접 관할하는 장교 조직인 콤서클과, 남로당 지방도당이 관할하는 병사 조직인 병사 소비에트가 있었다. 이와 함께 북로당(조선로동당 전신)이 경상도 일원에서 조직한 인민혁명군이 있었다.

  남로당에서 군 안에 서로 다른 조직을 만든 것은 장교들은 이동 명령이 잦기 때문에 지휘 체계를 일원화해 중앙에서 일률적으로 통제 관리하고, 사병들은 지방에서 모집하고 해당 지방에서만 활동하기 때문에 인사 이동이 거의 없으니 지방 당에서 관할, 지휘한다는 차원에서 분리 운영되었다. 이는 선을 서로 다르게 하면 직보(直報) 라인 이외는 기밀을 유지할 수 있다는 공산주의 조직 운영 특성이기도 했다. 이로인해 남로당은 장교 조직과 병사 조직을 별도로 관리해 왔으며, 콤서클과 병사 소비에트 역시 그 일환이었다. 따라서 같은 부대 소속임에도 서로의 존재를 모르는 경우가 많았다(여수·순천 10·19사건= 위키백과 인용).

  이런 처지에 지방의 올구가 중앙 올구 문상길에게 이래라 저래라 지시하는 것은 가당치 않았다. 지방 올구는 토벌대에 의해 무장대와 주민이 무참히 당하고 있으니 발을 동동 구르고 있을 뿐, 중앙 올구를 지휘할 위치가 아니었다.

반란과 민란 사이, 경찰과 군 사이
  석식과 함께 일석점호를 마치고 자유시간이 주어지자 채명산과 김이구 소위가 연병장과 연해있는 소나무 숲을 산책했다. 초여름밤이었다. 김이구는 채명산에게 많은 친근감을 느끼고 있었다. 그래서 스스럼없이 물었다.
  "동족끼리 왜 싸우지?"
  엄연히 살육이 자행되고 있는 현실에서 그것은 생소하고 비현실적인 질문이었다.
  "질서를 잡아야겠죠."

채명산이 존대어를 썼다. 김이구는 문상길 중위와 고교 동기생이
니 그보다 짠밥이 앞선다.

"그렇다면 왜 주민들이 저항하지?"

"공산주의자들이잖습니까."

단순 명쾌하다. 김이구가 다르게 설명했다.

"이분법적으로 보지 마라. 이승만 세력은 약한 지지기반 때문에
우익 청년단체들을 동원해 나라의 기틀을 마련한다고 하지만, 백성
들이 동의하나? 미 군정이 그런 자들을 전면에 내세우니 국민적 저
항이 생기는 거지."

반면에 채명산은 토벌을 정당화한다. 채명산은 김이구가 얼핏 좌
익 냄새가 난다고 생각했다.

"군을 예로 들어보자. 군 경력자가 일본군 출신자를 제외하고는
찾기 어렵다? 천만에. 그와 정 반대지. 중국에서 활약한 조선의용군
만도 3만명이나 돼. 항일독립군의 존재가 어마어마하잖나. 독립운
동 세력을 홀대하지 않고 예우했다면 중국에 있던 독립군 세력은 북
한이 아니라 통일 한국의 국군이 되었을 거야. 이거 가정이라도 대
단하지 않나? 건준이나 임시정부 주도의 통일국가 건설이 안 되겠
어? 미 군정은 그 가능성을 배제하고 최악을 선택했단 말이야. 그래
서 음험한 전략이 있다는 거지. 가만 있어야 되겠나?"

"건준과 임정, 한민당, 독청(독립촉성국민회), 한독당, 인민당, 남로
당, 제 정치세력은 서로 함께 할 수 없는 사이라던데요? 공산당도 서
로 찢어져서 나뉘어 다투고."

"이런 때 미국의 선한 조정력이 요구된단 말이야. 미국은 분할된
한반도가 그들 이익에 부합한다고 믿는가봐. 제주만 보자. 제주에
공산당이라는 외부 조직이 들어와서 사태가 커졌나? 사실도 아닐 뿐

더러, 설사 맞다고 해도 과표집됐어. 그리고 위기에 몰리면 어떤 누구와도 손을 잡는 것이 인간의 본성이 아닌가."

"좌우 프레임 전쟁이다 그건가요?"

"싸움의 근거가 약해."

채명산은 이북에서 내려올 때 소련군의 공포스런 행동을 보았다. 남한사회에서도 똑같은 공포가 조성되고 있었다. 이는 모두 공산주의자 때문에 비롯된 것이었다. 공산주의자가 없다면 대립도 없을 것이다. 서북청년회 단원 시절, 그는 국내 상황을 대결로 몰고 가는 공산주의자를 척결의 대상으로 보았다.

"전쟁에서 가장 큰 피해자는 '진실'이라고 하지. 먼저 진실이 파괴되는 것이야. 제주폭동은 공산당과 그 추종자가 일으킨 폭동이냐, 아니면 주민 불만의 저항이냐로 이분법적으로 볼 수 없어. 진실의 눈으로 보아야 돼."

"그럼 어느 게 진실이지요?"

"사물을 이념 논리로 보지 말라 이거야. 이념이 뭐 말라 빠진 조개껍데기냐? 설익은 자기 신념에 따라 해석을 하게 되면 진실을 볼 수가 없어. 자신도 선동질 당하는 이념 장사꾼이 돼버려."

"그러면 어느 게 진실이냐니까요?"

"거창하게 말하면, 제주 4·3은 한반도 분단 모순의 초상이야. 중층적이지. 공권력의 입장에서 보면 공산당의 준동으로 볼 수 있지만 고구마 줄기같이 여러 문제들이 내재돼 있다고. 제주에는 해방 초기 다른 지역과 같이 수많은 정당들이 난립했어. 그중 몽양 선생의 건준이 중심이되어 제 세력을 결합해나갔지. 제주 지역에서는 건준에 이어 명칭이 바뀐 인민위원회가 해체되지 않고 현실적 행정실체로서 존재했어. 이 단체는 중앙의 지시를 받았던 것이 아니라, 지역 유지들의 뜻에 따라 독자적으로 움직였어. 민족주의 성향을 갖고 있는 사람들로 구성된 지역 유지들이 질서를 잡고, 건국 토대를 잡아가는 데 미 군정이 끼여들어 진로를 막아버린 거야. 이들을 통해 해방 관리를 하도록 하고, 미국은 조력자 역할을 했으면 역사는 순항했을 거야."

그는 미국이 제 단체를 부정하고 주민 정서와 배치되는 세력에 의존해 통치가 진행되었다고 보는 것이다. 그래서 일제시의 경찰조직이 체제유지의 첨병이 되었다. 제주도가 정도가 심했다. 공권력의 무자비한 탄압과 극우청년단의 행패가 자행되었다. 예로부터 착취와 수탈이 심한 곳인데, 해방이 되니 그 정도가 심했다. 저항하자 일제 시대부터 병균처럼 번져온 레드 콤플렉스를 자극해 주민들을 가두었다. 4·3은 남로당 중앙당의 지령을 받아 벌어진 사건이라고 일정 부분 동의한다 하더라도, 잔혹한 탄압에 대한 주민의 저항이 훨씬 더 진실에 부합했다.

"경찰 지서가 불타고 경찰이 총 맞아 죽었소. 김 소위님 혹시 사상이 의심되지 않나요? 뺑뺑이 돌린다고 돌아버린 것 아니오?"

채명산의 배짱있는 항변이었다.

"이 새끼가, 난 달라. 누구를 따르지도 않아. 널 포섭하려고도 안 해. 오직 오민균 대대장을 존경할 뿐이야."

"오민균 대대장?"

"만나보면 생각이 달라질 거야."

채명산은 그가 포섭하는 것이 아니라고 했지만 뭔가 비선이 작동하는 것을 느꼈다. 군 내부에 비밀조직이 있다. 그가 궁금해하던 것을 물었다.

"신촌리 회의에서 빨갱이들이 무장투쟁을 결의했다잖습니까."

"제주 4·3이 남로당 중앙 지령이라고 공권력이 내세우는 것이 신촌리 회의지."

경찰이 1948년 2월 남로당 조천지부에서 열렸던 회의를 급습해 노획한 문건에서 2월 중순부터 3월 5일 사이에 제주도에서 폭동을 일으키고, 경찰 간부와 고위 공무원들을 암살하고, 경찰 무기를 탈취하라는 남로당 중앙당의 지침이 내려온 것이 드러났다는 것이다.

이 회의에서 김달삼이 주민봉기를 제기했으나 강경파와 신중파가 갈렸다. 신중파는 7명이고, 강경파는 12명이었다. 투표 결과 무력투쟁에 나서기로 결정했다. 중앙당과는 별개의 결정이었다. 중앙당과의 교류가 원활치 못하고, 지방 당 소속의 무장 병력을 자율권을 발동해 동원할 수 있다는 근거에 기초해 제주도당이 단독으로 습격을 결정했다는 것이었다. 습격 명분은 물론 주민탄압 종식과 분단 조국을 현실화하는 단독정부, 단독선거 반대이고, 제주 해방이었다. 제주도는 개인사적으로 수백 명의 제주해녀들이 북한의 동해안 최북단 지역까지 들어가 해산물 채취로 돈벌이를 하고 있는데, 어떤 이념도 현실적 이해를 앞설 수 없는 것이니, 이들이 이산가족의 운명이 되는 단정 단선을 반대한다는 것이었다.

"점령군의 하수인들이 빨갱이 고장으로 몰아서 시범적으로 타격하고 있단 밀이다."

그는 경찰을 증오하는 것이 체질이 되어버렸다. 또 다른 도그마에 갇혀버린 듯했다.

"미국이란 나라는 민족 운운하는 고리타분한 자들의 근엄한 태도에 짜증내지. 모든 정책을 일본의 시각으로 처리한단 말이야. 씻을 수 없는 죄악을 저지른 가해자 일본은 미국의 옹호에 힘입어 식민 지배의 책임을 면책받고 말이야."

미국은 카이로 선언과 포츠담 선언에서 일제에 전쟁 책임을 묻고, 무력으로 탈취한 식민지 영토의 반환을 명하기는 했이도, 강제하진 않았다. 피지배 민족을 노예화하고 물적·인적 자원을 착취한 책임에 대해서 방임했다. 종군위안부, 강제징용 따위 참혹한 인권유린 문제에도 개입하지 않았다. 식민지에 대한 몰이해와 식민지 해방에 대한 명확한 방침을 가지지 않은 이유도 있지만, 전승 연합국이 식민지를 가진 나라들이 대부분이고, 전쟁 후 제 민족들이 식민지를 회복하려는 의도가 있었기 때문에 이를 막는 측면도 있었다. 하지만 인도, 인도네시아, 베트남이 민족해방 투쟁을 벌여 소기의 목적을 달성해가고 있었다.

미국은 일본에 대해 전쟁 책임을 면책하여 관용을 베푼 반면에, 독일에 대해서는 과거청산을 최우선 과제로 하고 나치의 전쟁 책임을 확실하게 묻는 이중성을 보였다. 이렇게 분석하고 김이구가 물었다.

"왜 그랬겠나. 미국 의회와 정부를 좌지우지하는 세력이 유태인들이지. 이들이 나치를 가만두지 않았던 거지. 이들은 미국 내에서 금융자본을 장악하고, 유력 미디어 매체를 손에 쥔 세력이야."

미국의 영화산업과 미디어는 2차 세계대전 당시 유태인 수난의 역사와 나치의 유태인 학살을 대대적으로 고발했다. 여론 시장은 독일을 악의 축으로 몰아갔다. 반면에 아시아에서는 미국과 일본은 태평양전쟁 전까지만 해도 인적·물적 자원교류, 무역 등에서 우방이었다. 식민지 약탈이 강화되던 1900년대 초에는 미·일이 각기 식민지를 나눠갖자는 가스라—테프트 밀약까지 체결했다. 미국이 필리핀을 먹는 것을 양해하는 대신에, 일본이 조선과 대만을 먹는 것을 양해한다는 밀약이다. 이런 우호 관계는 세기를 넘었고, 거기에 비해 양국의 전쟁 대결은 불과 4년이었다.

2차 세계대전이 종식되면서 아시아 주요 식민지 국가는 공산화되었다. 식민지 국가들이 식민지 후유증으로 고통받고 있을 때, 소련 팽창을 막는다는 구실로 미국은 공산주의·민주주의 진영으로 블록을 나누어 관리하면서 일본을 반공산주의 블록 첨단기지로 배치했다. 따라서 독일에서처럼 일본에게 피해받은 식민지 국가에 대한 사과와 배상을 요구할 생각이 없었다.

"독일의 지성들은 말이야, 독일 패전은 나치 만행으로부터의 해방이고, 히틀러가 일으킨 제2차 세계대전의 공포로부터의 해방이고, 유태인 학살의 상징인 홀로코스트라는 문명의 파괴로부터의 해방이라고 반성했어. 일본놈들은 반성은커녕 식민지 범죄를 회피하고, 묵살해버렸지. 왜? 미국이란 전승국이 묵인하고 뒷받침해주니 그런 오만을 부린거야. 그럼 미국은 우리에게 무엇이지? 그런 미국을 우리가 따라야 하나? 존경해야 하나? 그리고 우리의 지도자란 새끼들은 또 뭐야."

최명산은 침묵을 지켰다. 듣고 보니 이해가 되었다. 이의를 달 수가 없었다.

"미국이 일본이 아시아에서 범했던 식민지 범죄를 독일에서처럼 반성하도록 하고, 과거 청산의 요구를 이행해 나갔다면 두 나라 모두 아시아에서 존경받는 정치 일등국가로 우뚝 섰을 것이야. 미국은 아시아 인민으로부터 절대적 신임과 추앙을 받았을 것이야. 그런데 일본의 더러운 죄악상을 눈감아주고, 서방의 일원으로 편입시켜주니 일본이 시건방을 떠는 거지. 그들은 아시아인이 아니라는 우월적 위치를 점하게 되었어. 이렇게 돗자리를 깔아준 나라가 미국이란 말이야. 미국은 '문명과 야만'이라는 인식의 이중구조 아래 전범

국가 일본을 비이성적이랄만치 우대하고, 식민지 국가, 특히 식민지 조선은 야만이란 관점으로 보고 내부자끼리 피터지게 싸우도록 방치하고, 국토를 양단시켜 놓았다 이거야. 이렇게 나가다간 우린 필히 전쟁이 터질 거야. 제주에서 전쟁 예행 연습하는 것 같지 않나? 제주 문제가 단순하지 않다고 보는 것이 그 때문이야. 막강한 자본과 무기를 갖고 있는 미국이 자기 중심주의적 세계 질서를 재편해가는 과정에서 제주도가 이념 전쟁의 리트머스가 되고 있단 말이야."

한반도 분단을 계기로 드러난 동아시아 위기의 근저에는 냉전 블록화가 있다. 분단된 한반도에서 공산진영 북한과 대결하도록 남한을 최선두에 내세워 무기를 증강시키면서 그 후방인 일본을 방어해 주고 있다. 이런 대결의 틀을 깨고 평화를 가꾸자고 나서는 사람들은 좌경이란 이름으로 사라지고, 평화통일의 인재 풀은 초토화되었다. 외세에 편승한 세력이 세상의 주류로 나서면서 권력과 자본을 독점하고, 나라의 정통성은 왜곡되고 훼손되었다.

2차 세계대전은 선발 자본주의 국가와 후발 자본주의 국가 사이의 시장·영토·자원쟁탈이라는 제국주의 전쟁이기도 했으나, 그에 못지않게 반제국주의 민족해방 투쟁도 대두되었다. 때문에 패배주의적으로 역사를 볼 필요는 없다는 것이 토인비의 학설이다. 바로 도전과 응전의 법칙이다.

— 성장기 문명에서 하나의 도전은 그것을 훌륭하게 극복하는 응전에 의해 극복되고, 그 응전이 또 다른 도전을 낳는데, 그 도전 또한 새로운 응전으로 극복된다… 하지만 우리에게는 그런 도전 자체를 용납하지 않는다.

자료에 따르면, 제주 인민유격대는 1948년 3월 15일부터 25일까지 신속하게 무장대를 조직했다. 조직은 주력부대인 유격대 100명, 후속부대인 자위대 200명, 제주도군사위원회 직속 특경대 20명 등 320명으로 구성되었다. 유격대는 무장 조직과 비무장 조직으로 나뉘었다. 중앙당과 제주도당간의 연락체계가 마비되어 있어서 산으로 들어간 제주인민유격대가 독립적으로 주도했다.

지대(支隊)는 1948년 5월 편성되었으며 초기에는 제30지대(제주읍), 제31지대(애월면, 중문면), 제43지대(한림면, 대정면, 안덕면), 제50지대(조천면, 구좌면, 성산면, 표선면, 남원면) 등 4개 지대로 나뉘었다. 지대 명칭 중 숫자 30은 3·1 발포 사건에 항의하는 총파업을 시작했던 3월 10일, 31은 3·1절 집회, 43은 4·3 무장봉기, 50은 5·10 단선거부투쟁을 가리키는 상징 표기였다. 봉기 초기의 무기는 소총 30여 정과 죽창 등 재래식 무기였으나 9연대 장병의 집단탈영 때와, 경찰 지서 습격 등으로 노획한 총으로 무장을 강화했다. 인원은 초기 320명에서 최대 500명까지 늘어났다.

인민유격대의 투쟁 취지는 '조직의 수호와 방어, 5·10 단독선거 단독정부 반대'를 위한 투쟁으로 정리되었다. 이들은 4·3 이후 5·10 선거방해 활동을 집중적으로 펼친 끝에 3개 선거구 중 2개 선거구에서 선거 거부를 주도했다. 작전은 1차부터 6차까지 4개월간 수행되었다. 〈이상 서승 일본 리츠메이칸대학 교수의 '동아시아 평화의 위기, 무엇이 문제인가: 인권의 관점', '제주도인민유격대' 한국향토문화전자대전, 한국학중앙연구원 자료 인용〉

"김 소위는 문상길 중대장과 무언가를 도모하지 않습니까? 이야기를 들어보니 이상합니다."

최명산이 단도직입적으로 물었다. 그는 북에서 내려오고, 뒤에는 제주를 평정한 서북청년단이 있으므로 나름으로 배짱이 있었다.

"어째서?"

"그렇게 느껴집니다. 그와 학교 동기고, 두 분이 서로 제주의 문제를 심각하게 보고 있으니까요."

"그게 뭔데?"

"형체를 알 수 없는 뭔가가 있는 것 같습니다. 뭔가 불안을 키우는 것같은…."

"임마, 난 도코다이야. 내가 누구 말 듣고 움직이는 사람이냐? 채소위가 맘에 들어서 얘기한 것일 뿐, 니가 나를 안 따라도 상관없어. 다만 너와 가깝게 지내고 싶을 뿐이야. 넌 내 뜻에 동조하진 않지만 내 의사를 존중해줄 것으로 믿고 대화 상대로 한 거야. 넌 참 순진해. 세계관이 단순해. 그 점 맘에 든다. 그 이외 아무 뜻이 없다."

밤이 깊어지자 두 사람은 각자의 침소로 돌아갔다.

소대 병력 집단 탈영

"나가자!"

한 병사가 외치자 기다렸다는 듯이 연병장과 중대 내무반 앞에서 웅성거리던 수십 명의 병사들이 우루루 연대 북문쪽으로 쏟아져 나갔다. 그들은 무장하고 있었다. 더러는 카빈 총을 들었으나 구구식 총이었고, 장검을 총신에 부착한 자도 있었다.

병사들은 뚜렷한 지휘자가 없는지 갈팡질팡하는 듯하다가 군 트럭이 나와 달리자 그 방향으로 길을 잡아 달렸다. 대정면 사무소에 이르러서 병사들의 일부는 걷기 시작했다. 더러는 희희덕거리며 총을 높이 쳐들어 환호하고 있었다. 해방감을 만끽하는 듯했다. 행인들은 늘 보듯이 병사들이 구보하는 것으로 알았다.

"반반씩 나눠서 행군한다!"

누군가 외치자 그제서야 병사들이 조를 짜 두개 조로 나뉘었다. 면 사무소 건너 대정경찰지서에 이르러 누군가 총을 쏘자 기다렸다는 듯 병사들이 일제히 지서를 향해 사격을 가했다. 지서 안에 있던 사람들이 도망쳐 나왔으나 일부는 총을 맞고 쓰러졌다. 지서는 응사 한번 해보지 못하고 금방 조용해졌다. 총소리에 놀라 사람들이 숨고, 그러자 거리는 물을 뿌린 듯 고요해졌다. 그 순간이 숨이 막힐 것 같았다.

"안에 들어가 살펴라."

지휘자인 듯한 자가 명령하자 병사 넷이 거총 자세로 한발 한 발 앞으로 나가더니 경찰 지서 내부로 들어갔다. 잠시 후 빵 빵 하고 연거푸 총소리가 났다. 한 병사가 마당으로 나와 밖에 대기하고 있던 병사들을 향해 소리쳤다.

"일망타진! 개 넷, 급사 하나 즉사! 지서장 부상!"

개는 경찰을 말했다. 전과 발표가 나오자 병사들이 흥분하기 시작했다. 허공에 대고 마구 총질하는가 하면, 이리 몰려갔다가 저리 쓸리며 날뛰고 있었다. 이들은 분명 누군가의 선동으로 움직이기 시작했다.

"가자! 올라가자."

대정면 구억리에는 인민무장대 본부가 있었다.

"야, 그게 아냐. 서귀포 방향으로 멀리 돌아서 상산(上山)하라고 했어."

누군가가 외쳤다.

"아냐, 모슬봉으로 해서 보성리 뒷산으로 빠져나가 구억리로 올라가자."

"멀리 돌아서 상산하도록 했다니까!"

그들은 대정 경찰지서를 일거에 쓸어버린 승리감에 도취해 기고만장해 있었고, 의사는 중구난방이었다. 모슬봉 쪽을 타자는 병사들은 곧바로 이동했다. 서귀포 방향 경유자들은 느긋했다. 술집에 들어가 술을 마시는 자도 있었다.

"씨발놈들, 강경 진압만이 해결책인가? 완전히 제주도를 꼬실라버릴 모양이야. 우린 그렇게는 안해! 어떻게 고향 사람들을 죽이냐고!"

누군가가 투덜대자 다른 병사가 받았다.

"지긋지긋하다. 난 고향으로 가겠다. 배 타고 부산으로 나갈 기다!"

"틀렸다 아이가. 해상봉쇄 됐다카이."

"너거들도 죽었다 복창해라. 내 고향으로 가서 살자. 표선면과 남원면 쪽은 바닷물이 좋다."

그들은 경상도 병사의 말을 흉내내며 노닥거렸는데 긴장감이라곤 찾아볼 수 없었다. 군복만 벗으면 허름한 마을 청년농부들이었다. 그때 일단의 군인들이 몰려오더니 그들을 에워쌌다.

"너희들은 포위됐다. 완전 포위됐다. 모두 무장해제하고 손들고 나오라!"

그제서야 병사들은 사태의 심각성을 알아차렸다. 그러나 이미 때는 늦었다. 눈을 들어 주변을 살펴보니 벌써 무장 군인들이 새카맣게 주변 주막거리에 깔려 있었다. 11연대(직전 9연대) 병사들의 집단 탈영소식을 접하고 군 지휘부가 비상을 걸어 그중 대대병력이 거리로 쏟아져 나온 것이었다. 이렇게 해서 43명의 탈영병(일부 기록엔 41명) 중 22명이 생포되었다. 군 트럭도 이들과 함께 있었기 때문에 트럭에 실린 탄환 1만여 발과 병기들도 그대로 수습되었다.

이들은 다음 날 모두 총살되었다. 총살당한 병사들은 육지 출신 몇 명을 제외하고 대부분 제주 출신이었다.

"병사들이 다 죽었다."

연대에 무거운 공포감이 감돌았다. 모두 겁먹고 있었으나 누군가 침묵을 깨면 금방 터져버릴 것 같았다. 어느 병사는 울고 있었고, 어느 병사는 멍청하니 하늘을 바라보고 있었다. 벽에 머리를 짓찧으며 몸부림치는 병사도 있었다. 얼마 후엔 바락바락 미친 듯이 고함지르는 병사도 나왔다. 무슨 일이 벌어질 것만 같았다.

"도망갈 거야."

"나도 토낄 거다."

"나가면 다 디징개 가만 있어 새끼들아. 목숨이 보리 모가지가 아 닝개 쥐죽은 듯이 있으랑개! 나가면 다 디져부러!"

전라도 출신 병사의 꾸중에 그나마 위안이 되는 듯 병사들이 입을 다물었다.

한편 다른 길을 탄 21명의 탈영병은 구억리 인민유격대에 합류했다. 총검을 유격대 본부에 반납하자 산에서는 함성이 일었다.

며칠 후, 밤이 깊자 제주도당 올구는 문상길을 불러냈다.

"스물두 명의 애국 동무들을 희생시킨 책임을 지시오! 수신호 하나 제대로 교육하지 못했단 말이오? 이런 중대한 시기에!"

올구는 박진경 연대를 무력화시키기 위해 연대 내부자를 통해 주로 제주 출신 병사들을 상대로 탈영 작전을 진행했다.

"연락 체계를 병사들이 따르지 못했지 내 잘못이 아니오. 그들이 쉽게 사태를 보았던 것 같소."

"중간 조책(組策)이 어떻게 했길래 그 모양이오? 왜 조직을 고따구로 관리하냐고?"

"이 새끼가 어따 대고 협박이야? 니가 뭔데 나한테 시비야?"

문상길이 비로소 화를 냈다.

"연대내에 400명, 아니 최소한 200명의 세포가 있다고 하지 않았소?"

문상길은 대꾸하지 않았다. 기분이 잡쳐버렸다는 듯 면상을 잔뜩 찌푸렸다. 엄청난 인명 손실을 가져온 마당에 일일이 대꾸한다는 것 자체가 무의미해 보였고, 마음 같아서는 자신도 자폭하고 싶었다.

"11연대는 이번 탈영사건을 기화로 내부 단속과 함께 기왕에 벌인 토벌작전을 대대적으로 벌일 것이오. 연대의 광견을 가만 둘 작정이오?"

광견은 연대장을 말하는 것이었다. 문상길은 그를 노려보다가 아무런 대꾸없이 부대로 돌아갔다. 고작 도당 책임자란 자가 중앙 올구를 맞대거리해? 생각만 해도 불쾌했다.

미 군정은 사태를 조기에 끝내려고 강공책을 퍼부었다. 박진경 연대장의 강경 토벌작전은 대성공이었다. 막강 화력이 집중되니 거칠 것이 없었다. 그는 그 공로로 연대장 부임 한 달 보름 만에 대령 진급했다.

제30장
삶은 고구마

부대 앞에 보퉁이를 든 웬 노파가 바지런히 왔다갔다 하고 있었다. 노파는 잔뜩 굽은 허리를 지팡이에 의지한 채 철조망이 쳐진 부대 앞길을 왔다갔다 하는데, 조급해하는 빛이 역력했다. 노파가 이윽고 잰 걸음으로 위병소(衛兵所)로 다가갔다.

"편안하우꽈. 우리 양순돌이를 재게재게 찾아옵서게(빨리빨리 찾아오라)."

얼굴은 온통 주름살 투성이고, 이가 모두 빠져서 말을 할 때마다 노파는 합죽이처럼 입을 오물거렸다. 눈엔 눈꼽이 잔뜩 끼여 있어서 불결하고 비위생적인 모습이었다. 마귀 할망구라고 해도 틀리지 않을 것 같았다.

"뭐라구요?"

위병이 노파의 말을 알아차리지 못하고 물었다.

"드르멍드르멍 왔서양(서둘러 왔어). 노꼬메에서 왔어."

"노꼬메라니요?"

"게메 양 경 말해시민(그냥 그렇게 말했으면) 양순돌이영."

"양순돌이가 뭐지요? 사람 이름입니까?"

"만나게 경 해시민(그냥 했으면) 을매나 좋고 마씀. 노꼬메 산막굴이영."

노파는 동문서답이었다. 위병이 답답한 나머지 제주 출신 병사를 불러서 통역으로 세웠다.

"저 할머니 뭐라 말하나 들어봐라."

제주 출신 병사가 노파를 한쪽에 세워놓고 그녀의 말을 들었다. 한참 만에 돌아온 그가 말했다.

"손자가 집에 들르기로 했는데 오지 않았다고 합니다. 애월면인지 한림면인지 노꼬메 산막에서 산다는 노파입니다. 손자는 잠깐씩 집에 와서 헛간의 재를 밭에다 져다 부리고, 삶은 고구마를 한 보자기 싸서 부대로 돌아가는데, 집에 오기로 한 날짜가 훨씬 지났는데도 돌아오지 않고, 요근래는 꿈자리가 사나워서 찾아왔다고 합니다."

"군대가 마실 다니는 동리가?"

위병이 볼멘 소리를 했다.

"할머니는 손자가 군에 입대한 뒤로 걱정이 많다고 합니다. 아들은 남자들과 함께 산으로 도망가 숨고, 손자마저 오지 않으니 걱정을 하는데, 마을 사람들은 군에 들어간 것이 안전하다고 말해줘서 걱정을 줄이면서도 소식이 없으니 답답해서 찾아왔다고 합니다."

"야, 이 새끼야, 군대가 사랑방이냐고? 당장 쫓아보내!"

제주 병사가 노파에게 다가가 돌아가라는 손짓을 했으나 노파는 지팡이로 허공을 가르며 위병에게 잰 걸음으로 다가와 따졌다.

"내놓으라 마씸. 내 아덜 손지 메누리 다덜 모연 밤새낭 놀이허여 즐거웠다영(아들 손자 며느리 다들 모여서 밤새도록 놀아 즐거웠다). 한디 아덜은 숨고, 메누리는 미친년 됐구, 손지는 소식이 없다. 잡아갔시민 보내주어야지. 보내주기 싫으면 보여주기라도 해야지 왜 안 보여주낭."

대책이 없다고 생각했던지 위병이 비상경비 전화로 본부로 연락을 취했다.

"제주도 노꼬메 산막에서 왔다는 할머니가 양순돌 병사를 면회 왔다. 양순돌을 부대별로 찾아서 정문 위병소로 급히 보내주기 바란다."

전화를 끊은 한참 후에 비상전화가 걸려왔다.

"양순돌은 탈주병으로서 붙들려서 총살당했다. 돌려보내라."

그리고 찰칵 전화가 끊겼다. 위병은 주춤했으나 곧바로 마음을 수습해 노파에게 말했다.

"손자는 한라산 깊숙이 작전에 들어갔습니다. 한번 들어가면 몇 달씩 못 나옵니다. 돌아가시오."

노파가 못 나온다는 말을 알아듣고 한동안 혀를 끌끌 차더니 보퉁이를 내밀었다.

"멕이라 마씸."

보퉁이엔 찐 고구마가 들어 있었다.

"네, 할머니, 우리가 부대를 찾아가서 전달하겠습니다. 맡기시고 마음 놓고 돌아가세요."

위병이 할머니에게 말하고 제주 병사에게 지시했다.

"야! 네가 할머니를 찾길까지 모셔다 주고 와라."

병사가 노파를 부축해 큰 길로 나갔다. 그 병사는 끝내 돌아오지 않았다.

밤이 깊자 병사 둘이 죽은 개 한 마리를 끌고 왔다.

"이것들이 말입니다. 사람 두상을 물고 다니고 말입니다. 그래서 말입니다. 총으로 쏴죽였단 말입니다. 보신탕거리로 좋을 것 같아서 메고 왔단 말입니다."

"야, 이 새끼야, 사람을 뜯어먹은 개를 삶아먹는다고? 이런 개새끼가 어디 있어? 당장 버리지 못해?"

위병소는 밤이 되자 긴장감이 감돌았으나, 이런 엉뚱한 일도 자주 벌어지고 있었다. 사람 머리를 물고 산과 들을 쏴다니는 개들을 뒤쫓다 보니 병사들은 복수를 하는 심정으로 쏘았고, 때로는 이것들을 쏘아 산에서 불에 구워먹기도 했다.

연대는 갈수록 공기가 흉흉했다. 소대 병력이 탈영하고, 그중 21명이 붙잡혀 집단 즉결처분되고, 나머지는 입산해버렸다는 것은 이유야 어떻든 전 부대원을 정신적 공황 상태에 빠뜨렸다. 바로 엊그제까지만 해도 구보를 같이하는 가운데서도 읍내 갈보집을 찾자고 질펀한 농담을 나누고, 담배 한 가치로 돌아가며 우정을 함께 하던 전우가 일시에 사라져버리니 어떤 누구도 딱 벌어진 입을 다물 줄 몰랐다. 도대체 이것이 현실인가 싶자 누군가 건드리기만 하면 금방 폭발해버릴 것 같은 긴장감이 부대를 억누르고 있었다.

지휘관들 역시 혼란 상태에 빠졌다. 집단 탈주도 문제지만, 그중 반 수가 무장자위대에 합류해버렸다는 것이 믿어지지 않았다. 마을로 도망갔다면 모르지만 탈주병들이 무장자위대에 합류했다는 것이 견딜 수 없는 모멸감을 주었다.

"제 정신이 박힌 거야?"

박진경 연대장은 분노를 참지 못했다. 군 기강이 엉망인데다 피아 구분도 못 하는 군대라는 것이 여실히 드러나자 올 데까지 온 것이라고 그는 단정했다. 그가 그동안 강공 토벌 드라이브를 편 것도 이런 해이된 군 기강을 바로잡자는 데 있었다.

그러나 역설적이게도 탈영 사건은 강경 토벌작전에 대한 반발로 나온 일탈이었다. 제주도의 특수한 사정을 모르고, 이민족 진압하듯 거칠게 물리력을 행사하니 제주 출신 병사를 중심으로 반감이 생긴 것이다. 바로 앞의 연대장이 화평회담을 가졌고, 그런 분위기가 무르익어서 이제 고향으로 돌아간다고 생각하는데, 정반대의 길로 가니 병사들은 혼돈에 빠졌다.

이런 사정을 신임 연대장은 간파하지 못하고 있었다. 진압이라는 실적주의에 빠져든 인상이었다. 군 조직이 군대답지 않게 이완되고 풀어진 것이 해이된 군기 탓이라고 여겼다. 그는 어느날 긴급 지휘관 회의를 소집했다.

"내가 부임하자마자 자꾸 불미스러운 사건이 일어난다. 나에 대한 도발인가. 토벌에 대한 반기인가? 과연 11연대는 적도(敵徒)와 내통하고 있는가?"

대답하는 사람은 없었다. 침묵이 흐르자 박 연대장이 다시 소리쳤다.

"수습책을 내놓기 바란다."

뾰족한 수가 나올 리 없었다. 다시 침묵이 흘렀다. 이때 채명산 소위가 나섰다.

"집단탈영 사건은 수습될 때까지 외부에 노출시켜선 안 됩니다."

박진경이 당장 고개를 흔들었다.

"이 중대한 사건이 드러나지 않겠는가. 감춰진다고 해서 감춰지는가. 중앙에 직보할 것이다."

"드러나지 않을 수야 없겠지만 가능한 빨리 사건을 수습해야 합니다. 그때까진 기밀을 유지해야 합니다."

"무기 반출 상태는?"

"병기고와 탄약실은 이상 없습니다. 트럭을 회수해 와서 대량 무기 반출을 막았습니다. 화기는 탈주병들이 가지고 간 구구식 총 정도입니다."

"병력을 투입해서 주변 산지를 수색하라. 탈주병들이 은신해 있을 것이다. 보건대 폭도대에 투항진 않았을 것이다. 잔여 병력은 전원 작전에 들어간다. 민간 토벌을 병행한다. 적정 상황을 파악하기 위해 척후활동을 강화할 것이다."

"이런 상황에선 강경 토벌작전이 만능이 아닙니다."

김이구 소위였다.

"무슨 개소리야? 이런 때일수록 강경작전으로 내부 결집력을 강화하는 거다. 당장 평정하지 않으면 수습이 안 돼. 쇠뿔은 단 김에 뽑으라고 하지 않았나?"

방법론상의 차이였다. 연대장의 명령은 지상 명령이고, 병사들 탈출은 강경토벌에 보다 확실한 명분을 주었다. 밀어붙여야 할 당위성을 찾은 것이다.

탈영병 집단 처형 그 후, 허무의 침묵

오민균 대대장은 2개 중대를 이끌고 수색작전에 나섰다. 수색작전은 각 중대장 인솔하에 병력을 풀어 산지를 훑어가는 방식이었다. 그가 택한 곳은 비교적 안전지대였다. 탈주병들을 잡는 작전인데, 그들은 이미 폭도대에 합류했다. 그는 산보 삼아서 수색자전에 나온다는 생각으로 2개 중대병력을 이끌었다.

김이구 소위가 오민균 대대장에게 바짝 따라붙었다.

"대대장님, 이건 아니지요."

"뭐가?"

"대대장님의 가치관을 알기 때문에 터놓고 말하겠습니다."

"내 가치관이 뭔데?"

"굳이 말하지 않겠습니다. 다만 지금 연대장이 벌이고 있는 수색·섬멸 작전은 주민을 사지로 몰아넣을 뿐입니다. 반감이 안 나오겠습니까. 이러다 더 큰 일이 벌어질 수 있습니다. 주민보호 작전이 우선이라야 합니다."

한쪽에서 걷던 채명산 소위가 두 사람 뒤를 따라붙었다. 김이구가 내색하지 않고 하던 말을 계속했다. 그는 채명산을 경계하지 않았다.

"우수한 장비와 최신병기로 우세한 전투를 치르지만, 그것만으로 이길 수 있을까요? 화공작전만으로 이긴다면 얼마나 좋습니까. 주민 생활터전이 상실되면 전 주민이 게릴라가 될 텐데요?"

"그런 방향으로 끌고 가고 있지 않나?"

"그렇지요?"

동의를 구한 듯 김이구가 자신있는 태도로 말했다.

"이렇게 나가면 공포는 있지만 누구도 동의하지 않지요. 그렇지 않습니까? 굴복하지 않을 거예요. 이 따위 승리가 무슨 의미가 있나요? 전쟁 개념으로 인식하는 태도가 잘못된 거예요. 지금 서로 내부자끼리 피 터지게 총질하다 보니 왜 싸우는지도 모르고 싸우고 있지 않습니까. 생각없이 보복전만을 벌이는 이 전쟁, 나중 역사 평가를 할 때, 그 패배주의와 허무주의를 뭘로 메꾸려고 하지요?"

"역사까지 생각하나?"

"이건 이데올로기적 성격보다는 탄압에 대한 항쟁이라고 봐야 해요. 폭동, 빨갱이 사냥, 공산주의자로 덧씌우는 경찰의 사나운 공격은 역사의 심판을 받습니다. 그렇다면 이겼다고 볼 수 있을까요?"

채명산은 장교단이 이렇게 생각이 다를 수 있는가 싶어 의아스러웠다. 이들의 대화를 들으면 그가 왜 제주에 투입되었는지를 알 수 없었다. 박 연대장이 자신을 부대에 박아놓은 것이 이런 이질적인 생각을 가진 군인들을 적발하라는 것이 아니었던가. 하지만 그는 지금까지 개별 보고를 한 적은 없었다. 의심스럽긴 해도 틀린 말은 아니라고 보았다.

"미국이 패권국가를 구축하는데 왜 하필이면 그 무대가 제주도입니까. 가장 약한 고리를 잡아 지배정책을 펴겠다는 방식 같으니까 야비하죠. 덩치에 어울리지 않아요. 세계질서를 이딴 식으로 끌고 가도 됩니까? 평화를 지키기 위해 최신 중화기를 가지고 가장 약한 제주에 들어왔다? 이런 역설이 어디 있습니까. 평화를 만드는 것은 평화로운 이성과 관용이지, 저주와 증오의 대결로 만드는 것은 아니잖습니까."

세계 질서란 뭐고, 미국의 간섭은 또 뭔가. 채명산은 말이 많으면 공산당이고, 폭력이 있으면 빨갱이란 말이 떠올랐다. 정말로 이 사람이 공산당이고 빨갱이인가?

"국내 정치를 장악한 세력이 파쇼로 몰고 가고, 그런 가운데 민생은 해결된 것이 없습니다. 미국은 파쇼를 비호하고, 이들은 일제보다 더 험악한 폭력 정권을 만들어가고 있습니다. 이러니 숨을 쉴 수가 없고, 그 틈사귀를 노려서 진짜 공산 세력이 발호하죠. 미국이 이것들을 키우고 번식시키고 있습니다. 꼭 그쪽 방향으로 몰아가고 있는 것처럼…."

"전쟁 말고 평화를 정착시키자는 주장에는 동의하지만, 미국이 전쟁을 절실하게 원하는 것처럼 말하는 것은 납득이 안 갑니다."

채명산이 끼어들어 이의를 달았다.

"이 전쟁은 이겨도 손해, 져도 손해야. 왜 이런 전쟁을 하지? 잘 봐. 미국은 자신들의 손에 피를 묻히지 않고, 대신 우리 내부자들끼리 총질하도록 조종하고 있어. 소총수들은 멋모르고 총을 쏘지. 전쟁을 하는 인간 개개인은 공격당하면 순간 본능적이고, 충동적으로 쏘는 거야. 싸우다 보면 싸움의 근원이 어디에 있는 줄도 몰라."

김이구는 다시 오민균에게 동의를 구하듯 말했다.

"특정 세력과 특정 집단은 이 전쟁에서 이겨도 이익, 져도 이익 아닙니까?"

채명산이 대신 받았다.

"모두 손해란 말은 이해하지만, 져도 모두 이익이란 말은 이해가 안 갑니다."

"전쟁은 생명을 걸고 하는 도박이야. 여기에 환호하는 사람들이 있어. 전쟁의 비참함을 걸고 이익을 챙기는 집단이야. 전쟁에 의한 피해는 송두리째 국민에게 돌아가지만, 이런 와중에도 이익을 챙기는 집단과 세력이 있다구. 피해의 타자화, 이익의 사유화를 추구하는 사람들이지. 그래도 모르겠나?"

"같은 조선놈을 노예 취급했던 부일 세력인가요?"

"손해본 것이 없고, 도리어 재미를 보았으니 전쟁을 부추기고 조장하는 거야. 민족의 미래를 향한 통찰도 없고, 세상을 향한 성찰도 없으며, 오직 현찰만 챙기는 자들이지. 그 세력이 너무 비대해졌어, 힘이 강고해서 나라의 진운을 바로잡기가 어렵게 돼버렸어. 외세까지 지원해주니 펄펄 날고 있지."

"또 친일파 타령입니까?"

김이구가 다시 말했다.

"친일파, 친일파, 식상하지? 하지만 잘 들어봐. 서양에 오리엔탈리즘이라는 것이 있지. 어느 학자가 만들어낸 개념인데, 간단히 말해서 서양 사람들이 바라보는 동양의 편견이야. 서양문명 속에서 동양은 열등한 존재라는 것이지. 19세기와 20세기 서세동점, 즉 서양의 아시아 식민지배는 그런 것으로 정당화되었어. 동양은 열등하고 무능하고 게으른 존재이며, 두뇌나 신체에서 뒤떨어졌기 때문에 지배받아도 무방하다는 것이지. 그런데 예외가 있어. 일본이야. 일본은 일찍 문호가 개방되어서 서양과 동등한 위치에 서 있고, 서양과 동등하게 식민지 약탈을 강행했지. 그들은 동양인이면서 동양인이 아니라며 동양인을 멸시했어. 이것이 지금 우리나라에서 나타나고 있는 것이야. 일제에 부역해 명예와 부를 축적한 자들이 일반 백성을 축생 취급하면서 때마침 미국인이 들어오자 또 미국인을 빨면서 자신은 조선인이 아니라 미국인이라며 조선 국민을 이민족시하는 거야. 일제보다 더한 차별로 내부 식민지를 만들어가고 있는 것이야."(에드워드 사이드의 '오리엔탈리즘' 일부 인용)

"어찌됐든 일본은 악마군요?"

"임마, 그런 편견의 핵심을 우리는 똑바로 봐야 한다는 뜻이야. 동양을 비합리적 인종으로 보는 진단은 일본놈들 시각이고, 그것을 우리가 지배층이 따른단 말이야. 그 안에는 조선조 사대주의의 피가 관류하고 있지."

채명산은 지금 당장 적을 죽여야 하느냐 마느냐의 갈림길에 서 있는데 한가하다고 생각했다.

"지금 인도네시아, 파키스탄, 베트남, 라오스, 캄보디아가 내전을 치르고 있지. 서구 열강과의 한판 승부야. 미국은 전승국의 선물로 식민지 나라를 물려받아 군사력을 투입하고 있고. 공산주의 팽창에 대비한다고 하지만, 이 시간 현재 소련은 자기관리도 하기 힘든 나라야. 미국에 의해 끌려가면서 덩달아 판을 키울 뿐이지.”

“그러면 양강이 붙습니까?”

그때 골짜기에서 빵! 하고 총소리가 났다. 처음 한두 방씩 쏘재끼는 듯하다 연달아 총소리가 났다. 숲으로 몸을 숨기는데 척후 하사관 둘이 헐레벌떡 달려왔다.

“무장폭도대와 붙었습니다.”

“어느 소속인가”

“4대대 병력입니다. 박진경 연대장 각하가 직접 인솔했습니다. 사격을 피하느라 은신처를 찾는데 무기고를 발견했습니다.”

“무기고? 산 비탈 쪽인가?”

채명산이 하사관에게 물었다. 지난번 발견했던 일본군이 버리고 간 무기고를 말하는 것임에 틀림없었다. 그가 상세히 지형을 말하자 과연 맞았다.

“대대장님, 우리가 발견했던 것입니다. 아직 수습해오지 못했습니다.”

“알았다. 채 소위와 김 소위는 총소리 나는 쪽으로 병력을 인솔해 가라.”

오민균 소령은 두 하사관을 불러세웠다.

“운반 병력은 충분하겠지? 병사들을 모아 무기를 수습해 가자.”

오민균은 두 하사관을 앞세우고 골짜기로 내려갔다. 과연 소나무 숲에 가려진 바위동굴에 무기고가 있었다. 이것을 빼앗기면 안 된다. 그는 분대 병력을 차출해 띠로 멜빵을 만들어 구식 총과 탄환을 매도록 했다. 일인당 50kg을 맸으니 노획량은 상당했다. 그는 능선에 올라 귀대 지름길 방향을 살폈다. 무기고 뒤쪽에서 총소리가 빵

빵 연거푸 났다. 한 병사가 총에 탄환을 재어 하늘에 대고 쏘아대고 있었다.

"엎드려라!"

오민균이 명령하자 대원들이 일제히 엎드렸다.

"다 죽여버릴 거야! 개새끼들아!"

하사관이 기어서 오민균에게 다가왔다.

"돌아버렸습니다. 총소리가 나면 저 지랄입니다. 친구도, 동생도 죽었다고 합니다."

"탈주병이었나?"

"그런 것 같습니다. 완전 실성했습니다. 쏴버릴까요?"

"내가 알아서 하겠다. 귀관은 병력을 이끌어라."

하사관이 내려가는 사이 난동 병사가 총을 겨눈 채 분대병력 쪽으로 다가오고 있었다.

"니 새끼들 다 죽일 거야. 다 죽일 놈들이야!"

그러면서 탄창을 철거덕 재더니 한 병사를 향해 총구를 겨누었다. 그런데 그가 먼저 나무토막처럼 앞으로 벌러덩 나동그라졌다. 쓰러진 채 몸을 발발 떨더니 그대로 잠잠해졌다. 오민균이 권총을 뽑아들어 그를 쏘아버린 것이다. 그가 골짜기로 내려가서 대원들에게 말했다.

"노획 무기 운반자는 그대로 무기를 옮겨라. 능선을 넘어서 산 아래 밭을 가로질러 연대본부로 가라."

그는 다른 하사관에게 명령했다.

"무기 운반 병력을 귀관이 인솔하라. 나머지는 나를 따르라."

노획 무기 운반자들이 산을 넘어가고, 그는 잔여 병력을 시켜 시신을 묻고 건너편 산으로 이동했다. 각 중대 작전 현황을 살피고 귀대하자 저녁 무렵이었다. 그때까지 무기 운반자들이 돌아오지 않았다. 빠른 걸음이라면 한 시간이면 들어오는 거리였다. 그런데도 네 시간이 지나도록 귀대하지 않고 있었다. 사고가 났다는 것을 직감적으로 알았다. 오민균은 부관을 대동하고 무기 운반병들의 행선지를 더듬어갔다. 은신 무기고까지 다다랐으나 흔적을 찾을 수 없었다. 몇 시간 전까지만 해도 총소리가 요란했던 골짜기는 고요 적막했다. 그는 아무것도 찾지 못하고 귀대했다. 채명산 소위가 침통한 얼굴로 그의 앞에 나타났다.

"김이구 소위가 전사했습니다. 놈들의 저항이 심했습니다. 시신을 수습하지 못하고 돌아왔습니다."

오늘은 유독 사고가 많다는 것을 느끼고 그는 한동안 허공을 바라보았다. 김이구는 직속 부하는 아니었지만 그를 몹시 따랐다. 함께 수색작전에 나갔다가 변을 당했으니 마치 자신의 실수로 죽음으로 이끈 것 같은 아픔이 왔다.

"어느 지점이야?"

"폭도대 진지 바로 앞입니다."

"그놈들이 시신을 가져가면 무슨 개망신이야!"

그는 손수 지프를 몰고 현장으로 달려갔다. 오민균이 나가는 것을 보고 채명산이 급히 연대장실로 향했다. 연대장 역시 작전에서 금방 돌아왔는지 먼지 투성이의 머리를 거울을 들여다보며 털고 있었다.

"연대장 각하, 지금 오민균 대대장이 지프를 몰고 나갔습니다."

"뭣 땜에?"

"작전 때문입니다."

"채 소위 혹시 나한테 속이는 게 없나?"

박 연대장은 오민균 대대장을 의심하고 있었다. 채 소위도 그를 다르게 생각해왔으나 이간질한다는 생각이 들어서 그에 관한 동태는 직보하지 않았다. 그는 달리 말했다.

"해박한 군대지식과 훌륭한 장교 덕목을 갖추었습니다. 민족을 사랑하는 마음이 투철합니다. 일본 육사 지망한 것을 후회하고, 지금부터라도 정신 차리자고 했습니다. 존경스런 지휘관입니다."

"그 자는 꼭 엘리트 정신 티를 낸단 말이야. 그런 현학적 언어 가지고 전쟁터에서 뭐하자는 수작이야? 내가 쏘지 않으면 내가 죽는 현장인데… 김이구 소위 보아라. 그도 민족주의자입네 했다. 그런데 적의 총 한방에 사라지지 않았나. 시신은?"

"그것 때문에 오 소령이 나갔습니다."

오민균 소령이 김이구 소위의 시신을 지프 뒷 트렁크에 싣고 영내로 들어왔을 때는 한밤중이었다. 병영에 시신이 안치되자 비로소 그의 전사가 실감이 되었다. 영내가 웅성거리더니 병사들이 울었다. 전사자가 병사들로부터 존경을 받고 있음을 알 수 있었다.

그 시간 노획 무기 운반 병사들이 고양이처럼 몸을 웅크리며 영내로 들어오고 있었다. 그들은 모두 빈 손이었다. 보고를 받은 오민균은 아무 일 없는 듯이 그들을 소속 부대로 배치하고 연대장실로 올라갔다.

"연대장 각하, 노획한 무기를 반입해오는데 중간에 탈취 당했습니다."

"뭐라고?"

"동굴에 은닉돼 있는 것을 수색병들을 동원해 운반해오도록 했습니다. 인솔 하사관이 대원들을 협박해 무기를 탈취해서 도주했습니다. 일부는 하사관을 피해 도망오는데 다 같이 당한 것으로 하자고 하고, 나머지 무기들을 모두 웅덩이에 빠뜨리고 왔다고 합니다."

"멋대로 노는군. 그런 당신 도대체 지휘 통솔하고 있는 거야, 뭐야?"

성질을 참지 못하고 연대장의 주먹뺨이 날아왔다. 그는 부동자세로 우뚝 서서 주먹을 맞았다. 상관으로부터 기합을 받기는 처음이었다. 일본 육사에서도 이런 기합을 받아본 적이 없었다.

"빠트린 무기는 내일 아침 회수해 오겠습니다."

"당신은 안 돼. 내 당신 알지. 통위부 정보국 김창동 소령 아나?"

순간 오민균은 긴장했다. 그리고 화가 치밀었다. 어떤 결정적인 순간에 그의 존재가 화인처럼 가슴에 닿아 찍힌다. 운명적인 무엇이 작용하는 느낌이 들어서 오민균은 소름이 확 끼쳤다. 연대장이 엉뚱한 말을 한 것을 후회하는지 곧바로 다르게 말했다.

"내가 충동을 못 이기고 구타한 것은 내 과오요. 사과하오."

"저도 잘한 것은 없습니다. 수색 중 한 병사를 쏘아 죽였습니다."

"알고 있소. 잘한 것은 아니지만 잘못한 것도 없소. 걱정 말고 돌아가시오."

채명산 소위로부터 미리 보고를 받아서 연대장은 미친 병사 사살 사실을 알고 있었다. 결과적으로 최명산은 보고한 것이고, 대대장은 여러 병사들을 구한 것이다.

며칠 사이에 일어난 사건들로 오민균은 심신이 지쳐 있었다.

박진경 연대장도 지쳐가고 있었다. 그는 부대 편성 자체가 잘못되었다는 사실을 알았다. 모두 이질적인 구성원들로 짜여져 있었다. 기존 제주 토박이 병력에 5연대 1개 대대가 합류하고, 2연대 대대병력이 들어오고, 4연대, 8연대 병력도 섞였다. 사고 덩어리들을 징벌차 보내버린 경우도 있었다. 이렇게 잡다하게 혼합 편성되니 조직이 잡탕이 되어버렸다. 숫자만 채웠을 뿐, 체계적이고 조직적인 군대가 되지 못하니 명령체계나 규율이 잡힐 리 없었다.

　장교단 또한 각양각색이었다. 강경파, 온건파, 협상파, 무색파, 무능파, 거기에 제주 본토박이와 육지 출신… 협상에 미련을 두기도 하고 도망갈 궁리를 하기도 하고, 멋모르고 먼지처럼 아무렇게나 휩쓸려 다니기도 하고… 그 중 신경 거슬리게 하는 장교가 오민균이었다.

　"건방진 자식…."

　박진경 연대장은 정보국 김창동 소령으로부터 제보를 받았다. 김종석, 최남근, 박정희, 조병건, 이정길, 홍태화, 이성유, 이상진, 김학림, 최학림, 오민균… 주로 일본 육사 재학 중 해방을 맞은 생도들로 구성된 반군 조직이 움직이고 있다는 것이었다. 나쁘게 보니 모든 것이 거슬렸다.

　오민균은 박 연대장을 신임하지 않았다. 탈주병 중 체포된 20여 명 전원을 총살해버린 것이 지휘관으로서 자격이 있는가를 의심케 했다. 죄의 경중이 있을 것이다. 주모자가 있겠지만 병사들 중엔 강제적으로 끌려간 자도 있을 것이고, 덩달아 따라나선 자도 있었을 것이다. 그런데 묻지도 따지지도 않고 단번에 처단했다. 가혹한 징벌은 필연코 반작용을 가져온다. 저항하거나 자폭하거나… 토벌작전에 나가도 성과를 내기는커녕 도망가는 병사들이 속출하는 것으로도 그것은 입증되었다. 이런 것일수록 절망과 허무주의를 병사들 가슴 속에 짙게 심어주고 만다.

　지루하고 답답한 나날이 지속되었다. 기강을 잡기 위해서도 토벌이 강행되었지만, 동력은 현저히 떨어졌다. 박 연대장 혼자 고군분투하는 상황이었다. 이런 것을 보상이라도 하듯 윌리엄 딘 미 군정 장관이 박 연대장에게 1계급 특진명령을 내리고, 대령 진급을 통고

했다.

두 발의 총성

1948년 6월 17일 밤. 제주 읍내 고급 요리집 옥성정에서 박진경 연대장의 대령 진급 축하연이 열렸다. 요리집에는 도지사를 비롯한 도내 유지급과 미군 고문관, 경찰청 간부, 군 간부들이 대거 참석했다. 특히 미군 고위급 장교와 새로 편성된 11연대 간부들이 들뜬 모습으로 들어와 왁자지껄 떠들었다. 그들은 자신들의 일인 양 뻐기는 모습이었다.

"제주 연대에 첫 대령 출신이 나왔다. 미래의 총참모장이 등장했다."

한복 차림의 예쁜 여자들이 술 시중을 드는 가운데 주흥은 무르익어 갔다. 참석자들은 연대장의 전과를 칭송했고, 빨리 혼란을 끝장내야 한다고 한 목소리를 냈다. 지루하게 상황을 끄는 것이 지긋지긋하다고 했다. 그러는 가운데 모두들 거나하게 취했다.

연대장 진급 축하연은 본래 박진경 연대장이 6월 1일 진급된 다음 날 갖기로 했었다. 그런데 연대장이 마저 토벌작전을 마친 뒤 갖자고 해서 17일로 미뤄졌다. 승진 때문인지 그의 소탕작전은 더욱 불을 뿜었다. 이를 지켜본 주민들은 두려움에 떨었다.

연회의 주빈이었지만 박진경 연대장은 연회 내내 침통한 표정이었다. 술을 많이 마시지도 않았지만, 그렇다고 취하지 않을 만큼 마시지 않은 것도 아니었다. 남의 잔치에 온 듯 흥이 나지 않고, 서울에 두고 온 처자 생각이 났다. 그것은 강공 드라이브에 대한 누적된 피로 때문일 수도 있었고, 야릇하게 가슴을 누르는 어떤 생에 대한 막연한 두려움 때문이기도 했다. 그는 취흥이 나지 않았지만 그럴수록 머리를 털고 건네는 술잔을 마다하지 않고 마셨다.

자정 무렵 지친 듯 취한 듯 비틀거린 몸으로 그는 숙소로 돌아왔다. 숙소는 제주 농업학교 연대본부 내에 있었다. 그는 예복을 입은 채로 침대에 쓰러져 잠이 들었다. 주번 사령은 1중대장 정 대위이고, 당번병은 정보과 최 상사였다. 이들도 늘 하던대로 연대장이 침소에 들자 숙소로 돌아가 잠을 잤다.

— 가혹한 주민 진압과 탈주병사들 집단 처형. 선택의 길은 하나다.

11연대 2대대 2중대장 문상길은 기회가 왔음을 직감했다. 명분은 분명히 섰다. 양민·폭도 구분없이 벌이는 강경 토벌작전은 물론, 사랑하는 병사 20여명을 일거에 즉결처분해버린 것은 자신의 행동을 정당화시켜주는 확실한 근거가 되었다.

문상길의 계획은 착착 진행되었다. 지난번 지방 올구로부터 비판을 받은 이후 그는 묵묵히 일을 추진했다. 누구의 지시를 받는 위치가 아니라 지휘하는 위치였기 때문에 처음부터 끝까지 독자적으로 임무를 수행했다. 중앙 올구와 지방 올구는 철저히 구분되었고, 연락망 체계도 달랐다. 지원을 받는 자는 조직 내부 그의 직속 프락치였다. 다만 연대 내의 오민균 소령에게 자문을 구하고 싶었다.

오민균은 양민 토벌에 회의감을 갖고 있었고, 강경 지휘부에 일정 부분 반감을 지니고 있었다. 그래서 암묵적 지지자로 삼았다. 전임 김익창 연대장 휘하에서 화평회담을 주선한 참모로 활동해 왔다는 점도 그를 고무시켰다. 김익창 연대장이 징계를 받아 옷을 벗고 제주를 홀연히 떠나고, 후속 조치를 취하기 위해 5·10선거가 있던 날 김달삼 측과 교섭했다는 소문도 그를 신뢰하는 바탕이 되었다. 부대

내에 그런 지휘관이 있다는 것은 알게 모르게 힘이 되었다.

문상길 중위는 정보계 선임 양회천 상사를 불렀다. 그가 부대 내에서 부리는 자는 그뿐이었다. 중앙 상부 올구를 통해 필요하면 양회천을 활용하라는 지시를 받았다. 그의 명령을 받기 전에 그도 벌써 결행 준비를 하고 있었다. 이심전심 통하는 바가 있어서 두 사람은 더욱 자신감을 가졌다.

"한 사람의 희생으로 더 큰 피해를 막는 것은 정당하다."

그는 스스로에게 행동의 정당성을 부여했다. 양회천은 심복 세포 손선호(22세) 하사를 불렀다. 그가 손선호를 부른 것은 '10·1 대구폭동'에 가담했다가 경찰의 추적을 피해 경비대에 입대한 인물이었기 때문이다. 그만큼 수완이 있었고, 신념이 투철했다. 그는 또 세포 신상우(20세) 중사, 강자규(22세) 중사, 배경용(19세) 하사를 만나 지침을 주었다.

"17일 밤이다. 연대장이 숙소로 갈 때다."

당초 예정대로 진급 다음날 6월 1일 축하연이 열렸다면 암살을 모면할 수 있었을지 모른다. 명분이 축적되지 않았고, 준비도 덜 되었다. 그렇다면 다른 날로 미뤄질 수는 있다. 그러나 그것은 그것이고, 그땐 또 실패할 수도 있다.

"신상우는 연대장이 숙소에 든 것을 확인했으면 강규찬에게 알리고, 강규찬은 배경용과 손선호에게 알리고, 숙소 밖에서 보초를 서라. 배경용은 후래쉬로 안을 살피고, 손선호는 침소로 들어가 머리에 딱 한 방으로 끝내라. 두 방 이상 쏘면 모두 놀라서 잠에서 깨고, 다른 부위를 쏘면 죽는 대신 피가 많이 흐른다. 주번사령이 깨나지 않도록 하되 깨면 미리 열어둔 창밖을 넘어 숲으로 사라져라. 붙들리면 자결하라. 혼자의 죽음으로 끝내야지 다른 전우 끌어들여서는 모두 망한다. 누설하면 누구보다 먼저 사살될 것이다."

작전은 주도면밀하게 추진되었다.

손선호는 내부반에서 점검 나간다는 이유로 M1 소총을 분해해 닦고 8발의 실탄을 탄창에 재어 넣어두고 초조하게 시간을 기다렸다. 하수인들은 모두 지시된 장소에 배치되었다.

"새벽 두세 시 경이면 모두 잠이 든다. 연대장은 취했으니 곯아떨어졌을 것이고, 깨어난다 해도 취해서 비틀거릴 것이다."

손선호는 '대구 폭동'을 일으키고 고향 경주에서 동료들을 규합하여 야산대에 합류해 태백산맥에서 여러 달의 비트생활을 하면서 경찰과 대치한 경험이 있었다. 그때 두둑한 뱃심을 길렀다. 그래도 막상 시간이 촉박하자 가슴이 쿵쾅쿵쾅 뛰었다. 배경용이 오히려 사명감에 불타는 용사처럼 여유가 있었다.

"두 시 사십오 분이오. 떠납시다."

물론 엎드리면 코가 닿을 곳이었다. 미리 잠복해 배치된 세포들의 손짓으로 손선호는 소총을 품에 숨기고 연대장 숙소로 고양이 걸음으로 허리를 잔뜩 구부려 살금살금 기어 들어갔다. 침소에 이르러 안전핀을 풀고 M1 소총의 총구를 연대장의 머리에 겨누어 방아쇠를 당겼다. 빵! 연대장의 머리가 박살이 났다. 그런데 또 한 방이 울렸다. 손선호가 연대장의 가슴에 확인사살한 것이다.

졸던 당직 사령이 달려갔을 때, 박연대장은 야전 침대에 머리와 가슴에 피투성이가 된 채 쓰러져 있었다. 위생병이 언제 왔는지 연대장의 피묻은 얼굴과 가슴을 씻어내며 울고 있었다. 총탄은 그의 심장과 머리를 관통했다.

박진경 대령은 1948년 6월 18일 새벽 3시15분 총을 맞자마자 즉사했다. 그의 나이 만 28세였다. 미래의 확실한 육군참모총장이자,

고위급 장교 한 명이 창군 이래 첫번째로 암살당한 비운의 주인공이 되었다. 암살단은 작전대로 각자의 부대로 그림자처럼 모두 사라졌다.

새벽의 적막을 깬 두 발의 총소리는 모두를 잠에서 깨웠다. 옆방에서 잠을 자고 있던 주번사령과 부관이 총소리에 놀라 연대장실로 뛰어 들어갔다. 경황이 없는 가운데 허둥대는데 위생병이 시체의 몸에서 피를 닦아내며 연신 눈물을 흘리고 있었다. 그가 바로 M1 소총으로 박진경을 암살한 손선호 하사였다.

범죄심리학에서 나오는 말이지만, 범죄자는 범죄현장을 자기의 은밀한 소유물로 여기는 심리가 있다. 마치 어릴 적 자기만의 비밀방이나 음침한 곳에 자기만의 것을 숨겨두고 몰래 들여다보는 심리와 비슷한 행동양태다. 손선호 역시 쏜살같이 도망가다 혹시 물증이 남아있지 않을까 하는 조바심으로 되돌아와 침소를 더듬거리다 주번사령, 당직 부관이 뛰어들자 재빨리 위생병으로 변신해 피로 얼룩진 연대장의 얼굴을 씻어내고 있었던 것이다.

박진경 연대장의 암살에 미 군정장관 딘 소장이 직접 내도해 박연대장 유해를 수송기에 싣고 상경하고, 뒤이어 국방경비대 정보국과 미국 CIC 수사대가 제주에 급파되었다. 수사대는 도내에 있는 M1 소총을 모두 거두어 감정하는 데 열흘을 소비했으나 단서를 잡지 못했다. 육군 정보국 수사관 김창동은 채명산 소위를 불렀다.

"박 연대장 추천으로 제주연대로 배속되었지?"

"그렇습니다."

"상황을 살피라고 박아놓았을 텐데, 임무 수행했나?"

"충실히 했습니다."

"그럼 오민균 대대장 동태 파악했나."

"함께 작전에 나간 적이 있습니다."

"특이점은?"

"미친 병사가 전우를 향해 총을 겨눈 것을 직접 쏴서 제압했습니다. 조국의 미래를 생각하는 민족정신과 군인정신이 투철한 장교입니다."

"이 자식아, 내가 말하는 동태는 그것이 아니야. 서청에도 가입했다는 놈이 생각하는 게 고작 그 모양이냐?"

사상적으로 의심하지 않는다는 질책이었다. 채명산은 오민균을 다르게 말할 수 없었다. 생각이 다르긴 했지만 그의 정신은 의심의 여지없이 지적이고 이성적이고 합리적이었다.

김창동은 제주 현안 정보를 꿰뚫고 있었다. 반란 두목 김달삼이 제주연대 내 40여명을 탈영시키자 박진경은 이중 20여명을 잡아다가 총살시켰다. 김달삼은 그 보복으로 박 대령을 죽이기로 작정하고, 연대 내 문상길 중위에게 지령을 내렸다. 5월 10일 남한 단독선거일에는 제주읍에서 남로당 제주도당 군책(김달삼), 조책 2명과, 국경측(국방경비대)에서 오민균 대대장 및 부관, 9연대 정보관 이동락 소위 등 3명과 비밀회담을 하여 대대 내 박진경 연대장 이하 반동 장교들을 숙청하자는 데 뜻을 모았다. 그런 내용의 첩보를 입수한 것이다. 맞는 것도 있고 맞지 않는 것도 있었지만, 믿고 싶은 것만 믿는 것이 정보장교 특유의 인성이다. 어떤 의심에 집착하면 그것은 곧 신념이 된다. 의심하면 할수록 그것은 확신에 가까운 '종교'가 되어버린다.

이런 상황에서 채명산이 애송이 티에서 아직 벗어나지 못한 순진한 '관념 청년'에 머물러 있으니 김창동은 화가 치밀었다. 부대원 중

누구 하나 믿을만한 똑부러진 놈이 없는 것이다.

아, 죽음이 멀리 있지 않구나

깊은 밤, 일단의 괴한들이 보헤미안 다방 주변을 에워싸고 있었다. 사진봉이 숨어든 것을 알아차린 괴한들이 한 순간에 집을 덮쳤다. 그를 쫓는 사람들은 경찰과 구대구 일당이었다. 최동칠 경위가 살해된 이후 구대구는 단번에 사진봉을 의심했다.

"개새끼, 그 자가 최동칠 경위님을 기습, 조자버린 기라우!"

사익을 챙긴 자, 청년단을 배신한 자, 경찰에 항명한 자는 가차없이 분쇄해야 한다는 것이 제주 서청 조직의 조칙(條則)이었다. 피의 보복만이 배반을 막는 길이었다.

"믿는 도끼에 발등 찍혔디. 사진봉, 그 자가 여태까지 우리를 팔아서 부를 쌓구, 이익을 챙기구, 폭도와 거래했다는 게 드러났다. 그런 놈의 새끼가 우리 지도자라니, 참 내 눈이 한심해서 못 보갔다. 고놈에 새끼가 자기 비리를 감추갔다고 압박해오는 최동칠 경위님을 참혹하게 봐버린 기라우. 은혜를 원수루 갚는 새끼디."

아직도 이마빡에 반창고를 붙이고 있는 구대구가 전의를 불태웠다. 최동칠이 언질했을 때, 구대구는 처음에는 믿지 않았었다. 그러나 최동칠이 무참하게 살해된 후 비로소 확신했다.

최동칠은 어느날 말했다.

"사진봉 그자, 폭도대장과 9연대 사람들, 지역내 유지와 폭도대 간부를 연결해주구 거금을 챙갔다. 그자가 숨겨둔 돈의 은신처도 알아냈디. 보헤미안 오신애 마담년 팬티 속에 거금이 잠겨 있디. 그래서 동태를 살펴보는 중이다."

배신자 새끼. 지 혼자 살겠다고 여자 치마폭에 자금을 숨겨? 지도

자란 놈이 함께 나누지는 못할망정 사복(私腹)으로 배때지를 채워?
부글부글 화가 끓어오른 구대구는 그동안 당한 것까지 모아서 되갚
아 주리라 마음 먹었다. 단원들은 경찰의 비호를 받는 구대구가 힘
이 생겼다는 것을 알고 단번에 그의 편에 섰다.

"내 말 잘 새겨 들으라우."
깊어가는 밤, 쫓긴 신세가 된 사진봉이 오신애를 뒷방으로 불러세
웠다. 이제 그는 더는 숨을 곳이 없었다.
"떠나라우."
그가 다급하게 말했기 때문에 오신애는 처음 무슨 말뜻인지 알아
차리지 못했다.
"어디로 가라구요?"
"무조건 이곳을 떠나. 아기를 살려야 한다."
제주 땅에선 어느 곳도 안심할 수가 없었다. 이곳에선 단 한 평의
공간도 그에게 내주지 않는다는 것을 그는 알고 있었다.
"배편이 있을 거야."
"다방은요?"
"다방이 아니라 두 사람이 살아야 할 거 아니간? 버리고 떠나."
"안 돼요, 떠날 수 없어요."
"진미호, 배재정 사장을 찾아. 시간이 없어. 그 돈이면 어디서든
견딜 수 이서."
"안 돼요. 이제 안정을 찾았는데, 떠나다니요."
"떠나야 해. 급하다."
오신애는 사태의 심각성을 알아차리지 못하고 있었다. 사진봉이
거듭 다그쳤다.

"어떻게든 떠나. 살아 있으면 만나게 돼. 절대로 절대로 살아 있어야 돼."

밖에서 호루라기 소리가 났다. 개들이 일제히 짖어댔다. 이윽고 경찰의 핸드마이크에서 카랑카랑한 쇳소리가 울려나왔다.

"사진봉은 완전 포위됐다. 사진봉은 포위됐다. 무장해제하고 밖으로 나오라."

오신애가 울음을 터뜨렸다. 그제서야 사태의 심각성을 알아차린 것이다.

"어떻게 헤어져요? 당신을 떠날 수 없어요."

다시 밖에서 요란한 마이크 소리가 마을을 울렸다.

"사진봉은 포위됐다. 열 셀 때까지 나오라. 그렇지 않으면 일제 사격이다!"

조명탄이 터뜨려졌다. 그와 동시에 보헤미안의 현관문이 와지끈 부숴졌다. 문짝이 떨어져 나가자 구대구의 곁에 섰던 대여섯 명의 청년단원들이 우루루 안으로 쏟아져 들어갔다. 그들 뒤쪽에 일단의 경찰이 무릎을 꺾은 채 거총자세를 취하고 있었다. 경찰 지휘관이 핸드마이크를 입에 대고 숫자를 세기 시작했다.

"하낫, 둘, 셋, 넷….

사진봉은 오신애를 향해 빠르게 말했다.

"나를 쫓을 때 도망가. 시간없어. 꼭 살아남아. 장롱 속에 권총 한 자루 있으니까 필요하면 사용해."

그렇게 말하고 그가 허리춤에 휴대했던 권총을 꺼내 총알을 재넣은 뒤 후닥닥 뒷문으로 뛰어나갔다. 그가 훌쩍 뒷담을 넘어 골목으로 사라지자 밖이 더 소란스러워졌다.

"뒷골목이다. 쫓아라! 추격하라!"

괴한들이 뒷골목으로 몰려가 그를 쫓기 시작했다. 구대구는 뒷방으로 스며들어가 급히 옷을 챙기는 오신애를 덮쳤다. 그가 워커발로 그녀 등짝을 걷어찼다. 자루처럼 풀썩 그녀가 고꾸라졌다.

"간나년, 갈보년처럼 이놈 저놈 배를 내주니 살맛 나누?"

그리고 장농을 열어젖히더니 속을 마구 헤집었다. 옷가지 속에서 권총을 발견했다. 그가 권총을 집어들고 위아래를 살피더니 소리쳤다.

"최 경위님 권총이 여기 숨가져 이서. 요새끼가 사람 죽이고 무기까지 빼앗았군. 이건 내가 선물한 권총이야, 이년아!"

그가 권총을 자기 품에 찔러넣었다.

"이 권총으로 모든 것이 드러난 기야. 두 번 다시 헛소리 못 하갔지?"

그는 더 이상 운신하지 못하도록 오신애를 걷어차고 밖으로 사라졌다. 사라진 사진봉을 붙잡아야 했다. 사진봉은 골목을 빠져나오자 바다쪽으로 달렸다. 아무 배나 타면 된다. 밀선들이 정박해 있는 비밀지역을 그는 알고 있다.

주력 좋은 청년들이 줄기차게 그의 뒤를 쫓고 있었다. 여러 개의 플래시 불빛이 어둔 밤을 가르듯 서치라이트처럼 이리저리 들과 바다를 훑었다.

"저기다!"

사진봉의 형체를 발견하고 외치던 청년들이 무섭게 그를 뒤쫓았다. 목표물이 정해지자 그들은 일사불란하게 움직였다. 반대편 쪽에서도 일군의 청년들이 달려오고 있었다. 사진봉은 주춤 제 자리에 섰다가 구렁창으로 뛰어들어 권총을 뽑아들었다. 은신처는 그곳뿐이었다.

"넌 독 안에 든 쥐야!"

청년들이 구렁창으로 쏟아져 들어왔다. 사진봉이 권총을 발사하자 한 사람이 쓰러졌고, 그때 그의 몸이 플래시 불빛에 노출되었다. 몇 사람이 단박에 달려들어 그를 덮쳤다. 그의 팔이 꺾이며 권총을 떨어뜨렸다. 누군가 휘두른 각목에 그의 팔이 부러졌다. 팔은 순식간에 펄럭이는 허수아비처럼 하찮게 너덜거렸다. 그는 한 주먹으로 한 사람씩 제압해 나갔으나 역부족이었다. 청년들이 그를 넘어뜨려 마구 밟았다.

"멈춰라."

어느새 구대구가 뒤따르던 대원들과 함께 현장에 당도했다. 구대구는 청년들을 몇 걸음 뒤로 물러서게 한 다음 사진봉 앞에 섰다.

"단장님, 왜 이러십네까. 왜 이 지경이 되었습네까. 왜 최동칠 경위님을 살해했습네까. 동지 아닙네까. 왜 그리 축재를 하셔서 여인의 치마폭에서 놀아나셨습네까."

조롱이 가득 담긴 말씨였다. 사진봉은 대답하지 않았다. 부러진 팔의 부위가 쑤시고 아렸다.

"운명이 이리 될 줄 몰랐습네다. 인간지사 참 험악하외다. 자, 이자 결박하라우!"

결박당하면 끝이었다. 모진 모욕과 망신을 당한 끝에 죽을 것이다. 그는 벌떡 일어났다. 어떻게든 이들의 숲을 헤치고 나가야 한다. 두 걸음도 못 가서 그는 앞으로 고꾸라졌다. 구대구의 칼이 그의 복부에 정통으로 들어와 꽂혔다. 구대구가 쓰러진 그의 얼굴을 군홧발로 짓이겼다. 부러진 팔을 잡아 비틀었다. 아아아, 본능적으로 비명을 지르면서 그는 반사적으로 구대구의 바짓가랑이를 붙잡아 물어뜯었다. 질긴 목숨이었다. 구대구가 칼로 그의 얼굴을 찍고 목을 연달아 내리쪽었다. 사진봉의 몸이 풀석 한 차례 떠오른 듯하다가 꺼지더니 더 이상 움직이지 않았다.

"야비한 새끼. 지 혼자 쳐먹갔다구, 지 혼자만 살갔다구. 그러면서 대장 흉내를 다 내?"

구대구가 그의 얼굴에 침을 칵 뱉었다. 경찰 간부가 달려왔다. 구대구가 그들에게 보고했다.

"최동칠 경위 죽인 놈을 제압했습네다."

"잘했어. 하지만 생포가 더 나았는데 처치했나?"

"어렵습네다. 무술 유단자에 총기를 휴대하구, 완력이 셉네다."

"보헤미안 압수 수색하라."

"경찰 두 사람 붙여주시라요."

"이제 자네두 경찰이야. 여기 순경 두 사람 구 단장 따르라. 구 단장이 아니었으면 전과를 올리지 못했지. 동선을 아는 사람이 협조하면 이렇게 사건 제압하기가 쉽단 말이야. 자, 귀대한다."

구대구가 보헤미안을 찾았을 때는 어두운 정적만이 무겁게 감돌 뿐, 집안은 텅 비어 있었다. 오신애는 자취를 감추었다.

최동칠의 참혹한 죽음 이후 경찰서 분위기는 긴장되고 격앙되었다. 그의 시신을 거둬다 장례를 치른 경찰서장은 침통한 표정으로 전체회의를 소집했다. 최동칠의 죽음을 계기로 떨어진 사기를 끌어올릴 필요가 있었다.

"여러분에게 알린다. 폭도대에게 판판이 깨진 것은 내부의 기강이 해이해졌기 때문이다. 내부에 불순분자가 없는지 다시 한 번 감시하기 바란다. 이제부터 시작이다. 다행히도 11연대장이 새로 교체되고 브라운 대령 각하가 제주지역 미군사령관으로 부임해오셨다. 진압

작전 최고지휘권을 행사하게 된 것이다. 천군만마를 얻은 것이다."

경찰서장은 직원들의 사기를 고조시킬 필요가 있었다.

"조병옥 경무부장 각하께서 제주도 사건의 치안수습 대책을 발표하셨다. 정예부대 파견, 유능 형사대 증파, 영구대책으로 제주경찰학교 강화, 2개 경찰서 신설계획을 천명하셨다. 경무부장 각하께서는 주민의 귀순만을 바라는 소극적인 대책을 떠나 실력으로써 적극적으로 폭도들을 제압 섬멸하라고 지시하셨다. 더 이상 수세에 몰릴 수 없고, 물러나서도 안 된다. 화력이 압도적으로 우세한데 무엇이 두려운가. 오늘부터 폭도와 주민 간의 관계를 철저히 분리시키라. 온정주의가 화를 불러일으키고, 진압 실패의 요인이다. 여하한 수상한 작태를 보면 의심의 여지없이 척결하라. 빠른 시일내 진압해야 주민 피해를 줄일 수 있다. 민보단의 활약상이 새로운 출발점이다. 향보단은 5·10 선거의 역할로 끝났다. 이제는 민보단이다."

5·10선거에서 활약한 향보단은 1948년 5월 22일 해산되었으나 6월 민보단으로 부활했다. 민보단은 주민들로 구성되었지만 관제 경찰의 외곽 조직으로 군경 진압작전에 동원되었다. 보초를 서는 일과 토벌작전 시 죽창, 각목 등의 무기를 들고 경찰에 앞서서 나가는 총알받이 역할을 했다. 경찰의 외곽조직인 서청보다 민보단의 활약에 경찰은 기대를 걸고 있었다. 민보단은 주민과 군경 사이의 분열을 부추기는 조직으로 악용되었다.

제주 민보단은 5만명 규모였다. 그러나 인력 고갈로 소집할 청년이 부족했다. 이 때문에 남녀노소 모두에게 민보단의 이름 아래 동원 의무가 부여되었다. 민보단에 대한 미군의 보고서는 무지를 그대로 드러냈다.

1949년 4월 1일자 미군보고서는 "제주도 남자들은 농사일보다는 보초를 서거나 토벌전에 나가는 것을 더 좋아한다"고 기록했다. 이런 기록들은 많았다. 치안 유지는 서청과 대청이 중심이었다. 경찰력으로는 힘에 부쳤기 때문에 청년단에 기대한 바가 컸는데, 이승만은 "사상이 건전한 여러분이 나서야 한다"며 서청의 활약을 독려했다. 미군 보고서 역시 "제주도의 서북청년단이 경찰과 경비대를 지원하게 된 것은 명백한 성공이다"고 기록했다. 이런 평가로 서청단원들은 '특별중대'라는 특수 칭호를 받았는데, 이들에겐 군 내부의 반대자 색출이라는 헌병 기능까지 임무가 부여되었다. 군대 침투는 물론 주민 감시까지 담당했다. 구대구가 힘을 받는 이유이기도 했다.

그럼에도 불구하고 월급이 제대로 지급되지 않았다. 현지 조달하라는 식으로 처리했으니 주민을 뜯어먹으라는 지침을 준 것에 지나지 않았다. 착취는 일상화되었다. 정부의 외곽조직이었으니 이들의 비리를 정부가 공적으로 책임질 이유는 없었다.

"어떤 놈의 짓이야?"

오민균 대대장이 긴급 중대장 회의를 소집했다. 그가 이처럼 화를 낸 것은 근래 본 적이 없었다. 그의 얼굴이 벌겋게 충혈되었다가 창백해졌다.

"암살의 후과를 모르는 놈들!"

박진경 연대장 암살은 걷잡을 수 없는 후폭풍을 몰고 올 것이 자명했다. 그는 그 후유증을 잘 알고 있었다. 토벌의 명분을 강화하기 위해 자작극을 벌이는 일도 서슴지 않는데, 이는 권력에게 울고 싶을 때 뺨때려준 격이나 똑같다. 내부 모순을 해결하기 위해 어떤 조작도 감행하는 것이 권력의 속성이다. 그런데 이런 사건이 벌어지고 말았다. 작은 명분, 소영웅주의의 발로는 엄청난 비극을 잉태하고 있었다.

"지휘관을 제거했다고 해서 문제가 해결되는가. 왜 하나는 알고 둘은 모르는가. 오늘부터 의심스런 자를 색출하기 바란다. 중대별로 의심스런 내통자, 행동대를 살피기 바란다."

그런 지침이 내려진 며칠 후, 밀고가 들어왔다. 연대장 암살 배후는 바로 오민균 대대장이라는 것이었다.

제31장
박정희 정보국과 점과 선

"쌍간나 새끼, 너 같은 게 정보장교믄 갯지렁이가 용이디. 새앙쥐가 호랑이란 말이다. 정보장교란 자의 역할이 뭔간? 동태 파악은 내팽개치구, 반란군 편에 서?"

"아입니다. 정탐할래믄 그들 속으로 들어가야지에. 그렇게 보지 마이소."

이동락이 강한 경상도 말씨로 응대했다. 그의 고향은 울산이었다.

"그기 아이라니? 내내 동조했대믄서 뭐가 아이라는 기야?"

김창동이 눈썹을 여덟팔자로 말아 올리며 이동락을 노려보았다. 박진경 연대장 암살 직후 제주도로 급파된 김창동 국방경비대 정보국 수사관은 11연대 정보장교 이동락을 앞에 세워놓고 심하게 야단을 치고 있었다.

"너는 김익창 연대장과 김달삼 폭도대장, 김익창이 쫓겨난 뒤엔 오민균 대대장과 폭도대장간에 후속 비밀회담을 주선한 놈 아니간?"

1948년 5월 중순 오민균 소령과 김달삼 간에 비밀회동이 있었다는 첩보를 받고 김창동은 이를 싸잡아 추궁하고 있었다. 거기서 박진경 암살의 단초가 나왔을지 모른다.

"그건 4·28 화평회담 실패에 대한 오해를 풀기 위한 입장 전달이었습니다. 화평회담은 결과적으로 거짓말이 되어뻣고, 상부에서 인정하지 않았으니까네 우리가 오해를 사게 한 건 맞십니다. 거지발싸개하고의 약속을 파기해도 그 이유를 알려야지예. 후사를 위해서도 신의는 지켜얍니다. 오라리 사건에 대해서 그자들의 소행인가 아닌가도 파악했심더."

"그래서?"

"혐의는 없었심더."

"개노무시키, 니가 폭도대 대변인이니? 사실대로 정직하게 말하는 공산주의자 봐서?"

이동락은 화평회담을 성사시켜 놓고 몰리는 그들이 휴전을 깰 이유는 없다고 생각했다. 그것은 상식에 관한 문제다. 경찰이 비틀어버리고, 충돌을 불렀다. 경찰 지휘부는 화평회담을 인정하지 않았으며, 그 후과로 김익창 연대장이 보직 해임되지 않았던가.

"적군에게 기밀을 갖다바치는 자는 총살이야!"

김창동이 으름장을 놓았다. 도대체 이자가 속이 있는 것인지, 순진한 것인지 이해할 수 없었다. 박진경 연대장 암살은 폭도대와 비밀 라인이 작동한 연장선에서 나온 사건이라고 김창동은 단정하는데, 이자는 반신반의한 모습이다. 부대 내에 간자가 있고, 그 비선 중에 이자도 포함되지 않았을까? 박진경 연대장 암살은 분명 어떤 맥락과 흐름이 있었다.

박진경 연대장의 강공토벌 드라이브에 대한 견제, 그리고 저항. 그래서 필시 거대한 음모가 도사리고 있다. 캐내면 고구마 줄기같이 배후가 줄줄이 엮어져 나올 것이다. 그 라인 선상에 이동락이 끼어 있다는 것이 마음에 걸렸다. 그는 함께 근무하는 이휘락 정보장교의 친제(親弟)였다. 이휘락이라면 그와 호흡을 같이하는 머리 좋고 눈치 빠른 에이스급 정보 장교였다. 김창동의 말이라면 먼저 알아차리고 먼저 행동에 옮기는 순발력과 민첩성을 보이고 있고, 어느 곳에서든 기밀을 뽑아오는 데 귀신같은 솜씨를 발휘하는 존재였다. 이동락이 그가 신임하는 자의 동생이니 따끔하게 훈계나 하고 육지부로 쫓아 버릴 생각을 했다. 귀찮은 장애물은 빨리 배제시키는 것이 좋다.

"대책없이 제주 주민과 폭도대 편에 서지 말라우. 니 봐주는 건 니 형 덕분이야, 알간?"

싸구려 정의감이 인생을 파국으로 몰고 간다는 것을 모르는 감성 파 청년장교. 정말 이휘락의 동생이 아니라면 그는 벌써 사라졌을지 모른다.

"주민 동향 살피는 것이 제 역할입니다. 주민 개개인의 억울한 사 정도 있십니다."

"뭐야 새끼야? 넌 어린아이 코흘리개도 빨갱이로 몰아 죽여야 하 냐며 항변했다며? 야, 아이들도 모두 세뇌된 공산주의자야. 리승만 박사 교시 못 들었네? 공산주의자는 그 자식까지도 빨간 물이 들었 다고 말씀하셨다."

김창동은 사명감이 투철했다. 미 CIC 실력자 하우스만의 전폭적 인 지지도 힘이 되었다. H로 통하는 하우스만은 언제나 장막 뒤에서 움직였다. 그의 힘은 군부 고위 지휘관은 물론 각부 장관까지 교체 할 능력을 갖고 있었다. H는 미국의 밀가루, 쌀, 피복, 군화와 담배 따위 원조물자 배급권을 쥐고 있었다. 그가 어느 곳에 피복 한 차분 보내라, 어느 지역에 밀가루 두 차분 보내라, C레이션 한 차분, 팔말 과 말보로, 샐럼 오백 보루 보내라… 그러면 그대로 이행되었다. 이러니 군부와 권력층은 그의 신분과 계급에 상관없이 깍듯이 모셨다. 그의 지시 하나면 혜택이 고스란히 떨어지니 그와 안면을 트려는 고급 장교들이 많았다. 그는 군부 인사까지 좌지우지했다. 이승만이 그를 총애한다고 했으나, 사실은 이 박사가 그의 조종을 받고 있었다. 나이 스물여덟에 지위는 대위 계급장이었지만 남한 사회에서 그가 휘두르는 힘은 막강했다.

김창동은 이동락을 육지로 쫓아버리고 오민균을 정보대로 호출했다. 그와는 구면이었지만, 사실은 악연이었다.

"당신은 론리가 앞서는 장교디? 론리가 많은 건 공산주의자라는 데 말이디…."

오민균을 보자 김창동은 인상부터 찌푸렸다. 김창동의 표정은 늘 그렇듯이 그늘지고 차가운 인상이었다. 그는 '스네이크 김'이라는 닉네임을 갖고 있었다.

국방경비대 사관학교 응시생 때, 면접관이던 오민균은 김창동의 전력을 보고 퇴짜를 놓았다. 만군 시절 헌병 보조에서부터 헌병이 된 후 계속 항일운동자들을 잡아들인 인물이라는 것을 오민균은 확인했다. 당연히 불합격 조치했는데 청주 연대로 전속간 사이 그는 어찌어찌 입교해 졸업하더니 지금은 대위 계급장을 달고 그의 앞에 불쑥 나타난 것이다.

김창동은 가슴을 앞으로 내밀고 실내를 왔다갔다 했다. 너 같이 새파란 어린 장교는 밟을 수 있다는 태도였다. 정보국 출신들은 대부분 만군의 헌병 출신이거나 일본군 정보팀 출신들이었고, 일제 고등계 사찰반 출신 경찰들을 수사원으로 고용했다. 이들이 하는 일은 사상불온자 체포였지만 저항 단체의 정탐과 분열이 포함되었다.

군의 움직임, 고급 장교들의 사상검증, 세상의 민심 등 모든 첩보를 수집하는데, 그 전제는 일제 때 사상범으로 몰렸던 좌익 가담 여부였다. 엊그제까지만 해도 미 군정은 이념의 문제는 민주주의 국가 체제에서 용납되고, 민주주의라는 용광로 안에서 용해될 수 있다고 했지만, 남로당 박헌영의 월북 이후부터 확 바뀌었다. 그리고 경비대 정보팀과 경찰 사찰계가 전면에 등장했다.

국방경비대 정보국에는 박정희도 투입되었다. 경비대사관학교 생도대장으로 있을 때, 만군 시절 가깝게 지냈던 백선진 정보국장 주선으로 그는 정보국에 차출되었다. 그는 김창동, 이한필, 이휘락과는 결이 달랐다. 사회주의 사상이 드셌던 대구 출신에, 여운형 휘하에서 건준—인민위원회 선산 구미지부를 이끌었던 중형(仲兄)이 경찰 총에 피살된 이후 그는 늘 마음 속으로 불만을 품고 지냈다. 자연 그는 정보대에서 소외되었다.

어느 날 박정희는 오민균을 불러 격정적으로 토로했다.

"사태를 파악하그라. 이승만 박사가 정치 전면에 나서지만, 핵심 역할은 홀리 풀러 대령과 H라는 미 육군 대위데이. 이들을 유의하래이."

"홀리 풀러와 H 대위는 누굽니까."

"아마 가명일 거야. 그중 H의 손에 의해 한반도가 설계된다고 보아야 된다. 정국에 강한 텐션과 프레스를 가하고, 대결 구도로 끌어간 뒤 새 판을 짜는 기야. 정정 혼란이 그의 생태환경이야. 그 전위 행동대가 백의사, 간토 토쿠세스부타이(간도특설대), 서북청년단, 대동청년단 등 아이가. 테러, 폭력, 암살도 거기서 나온다. 자기들 입맛에 안 맞으면 좌건 우건 닥치는 대로 제거한데이."

"선배님은 만주군 출신이라 그들과 선이 닿잖아요. 그들이 정보부대를 장악했잖아요."

"나는 달라."

박정희는 분명한 어조로 짧게 응수했다.

"남한에는 수천 명, 아니 수만 명의 밀정과 공작반이 암약하고 있다는 것 알아두라. 친분, 또는 선후배 관계에 따라 적이 되고 동지가 되는 풍토야. 완전 공포 세계데이. 정통성이 약할수록 음모와 배신이 판을 친데이. 공작팀 H를 잘 살피그라. 연탄가스처럼 냄새가 나지만 형체가 없다. 공산주의 박멸이라는 이름으로 남한의 우파 테크노크라트들과 결탁해 나라를 자기 식으로 디자인하고 있대이."

그도 생각이 있어 물었다.

"남한의 우파 테크노크라트라면 일본 제국주의를 떠받든 세력들 아닙니까."

"그렇지. 그들은 해방이 마땅치 않은 기라. 이익을 쫓아다니는 족속들이니까 양심세력과는 근본적으로 다르지. 외세와 자본, 그들만의 인적 네트워크로 판세를 이끌고 간다고 봐야. 수천 명의 검은 머리 미국인, 수만 명의 조선 쪽바리들이 미국과 일본의 앞잡이로서 분단 현실을 이용해 이익을 추구하는 거이야."

제주 전역은 전국 유일하게 5·10선거를 치르지 못했다. 미 군정은 외부 공산주의자들의 조종에 의한 거부라고 보고, 해상 봉쇄와 함께 경찰과 청년단을 조종해 좌익세력 소탕작전을 벌였다. 여기에 미군사 고문단과 방첩대, 범죄수사대, 미 군정 중대가 총동원됐다. 제주 해안에 괴선박이 출몰했다거나, 소련의 기지설 등의 가상 첩보를 유포하기도 했다. 극우 세력의 무자비한 진압행위를 때로 제어했으나 실제적으로는 부추기는 이중성을 보였다.〈이상 제주4·3희생자 유족회 주최 '제주4·3, 미국의 책임을 묻는다' 심포지엄 일부 인용〉

"점과 선을 분명히 확보하그래이."

오민균은 김창동 앞에 서니 박정희의 이런 말이 되살아났다. 그의 생각을 꿰뚫기라도 하듯 김창동이 물었다.

"박정희 소령 만나나?"

"존경할만한 분입니다."

"만나나 안 만나를 묻잖네?"

김창동은 경비대사관학교 응시 때 오민균 앞에서 멸시받던 때를 회상했다. 괘씸한 새끼, 그때 이자는 이렇게 물었었지….

"조국이 진정으로 해방이 되었다고 보는가?"

"물론입네다."

"그렇다면 신생 조국 건설의 주체는 누구여야 하나?"

김창동은 얼른 생각이 떠오르지 않았다.

"구폐(舊弊)를 청산해야지. 썩은 것은 어떤 무엇도 만들 수 없으니까. 어떻게 생각하나."

"못된 놈들입니다."

그는 이렇게 얼버무렸다.

"일제에 협력하고, 애국자들을 탄압한 과오에 대한 반성은 준비돼 있나?"

"난 그런 적 없습네다."

솔직히 일제가 좀더 지속되어야 하사관이 되고, 고급장교가 되는데 패전해버린 것이 두고두고 가슴 아픈데, 반성이 준비되어 있느냐고? 이런 개새끼가 있나.

"적폐라는 건 악성 종양이야. 그들이 너무 많은 종양을 배양했어. 이런 걸 고치는 건 신생독립국의 지상 명령 아닌가?"

"알겠습니다."

"알겠습니다, 라니. 대안을 말해봐야지."

김창동은 "이 새끼가 날 떨어뜨리려구 작정했구나"라고 생각하며 멀뚱히 허공을 바라보았다. 그는 결국 불합격 통지를 받았다. 꾸중 듣고 모욕을 당하고 나온 기분이었다. 낙방소식을 듣고 그는 이를 갈았다.

"리론이 분명한 대대장이니까니 얘기 한번 해보자우. 악성 종양이란 무슨 뜻인가."

김창동이 경비대사관학교 입시 때의 면접을 기억하고 물었다. 그는 지금까지 그걸 잊을 수가 없었다.

"이렇게 대답하겠습니다. 전주성을 동학군에게 빼앗기고 공포심에 사로잡혔던 왕실이 동학군을 우금치 전투에서 섬멸할 수 있었던 것은 일본군의 진압작전이 성공했기 때문이지요. 해방이 된 지금 자주적으로 나라를 세울 수 있었던 국내의 대표적 조직 건준이 와해된 것은 친일 진영이 미군에 기대어 밟았기 때문입니다. 이렇게 우금치 전투처럼 외세를 끌어와 민족자주를 분쇄했습니다."

"반미구먼? 고래서 5·10선거를 보이콧한 거이야? 박진경 대령의 암살이 정당한 건가?"

"박 연대장 암살은 어리석은 자들의 망동이라고 생각합니다. 그렇게 해서 해결될 일은 없습니다."

"당신 연루됐다는 투서가 이서!"

그가 가늘게 눈을 뜨고 오민균의 전모를 샅샅이 훑었다.

"나는 그의 강경 토벌작전을 반대했을 뿐, 이렇게까지 되리라고는 꿈에도 생각지 못했소. 탈영한 병사 20여명을 생포해서 총살했을 때 절망했을 뿐이오."

"총살이 상부 지시라면?"

"당연히 불복해야지요."

"그러니 문제고, 반미야."

그가 벽에 붙어있는 비상전화기를 들더니 짧게 영어로 말했다.

"Commander, can you come to my room for a moment?(지휘관, 나의 방으로 잠깐 와줄 수 있소?)"

잠시 후 육중한 체구의 미군 장교가 들어왔다. 그는 선글라스를 낀 채 들어왔으므로 눈빛이 어디에 있는지 알 수 없었다. 자기 소개는 생략했다.

"폭도대에게 무기를 지급한 지휘관이군."

그가 또렷한 한국말로 말했다. 김창동이 보탰다.

"탈영 병사들에게 M1 소총과 탄환 2천발을 제공했디?"

생판 모르는 말이었다. H가 말했다.

"증거 수집했소."

그가 바로 H라는 하우스만이었다. H가 오민균을 한동안 바라보았다. 오민균은 작전에 나가 산골짜기에서 일본군이 버리고 간 무기고를 발견하고, 그중 일부를 운반 도중 한 하사관에 의해 분실됐던 것이 떠올랐다.

"폭도대장 참모와 비선 라인을 구축한 것은 어떻게 된 건가?"

김창동은 오민균과 현호진과의 관계를 파악하고 있었다. 모든 것이 하나로 귀결되는 양상이었다.

"박진경 연대장 살해사건과 연관 짓습니까?"

"그와 트러블이 있었던 건 사실 아닌가?"

"트러블이 있으면 혐의가 있다는 것이오?"

"그건 수사의 기초디. 불만과 트러블은 범죄와 분명한 상관관계가 있다. 연대장의 강공작전에 불만을 갖고, 갈등이 생기고, 그래서 충돌한 것이라는 가설은 얼마든지 가능하디. 대대장의 흉중을 알고 따르는 부하들이 행동할 수도 있는 것 아닌가!"

"김익창 연대장의 진압방식과 박진경 연대장의 진압방식이 구분되고, 박 연대장의 진압방식이 우려되는 바가 커서 불안하게 지켜보았을 뿐, 이견을 표출한 바는 없습니다. 나의 부대는 불과 석달 전 부산 연대에서 파견된 독립 대대고, 주요 병력이 제주읍에 주둔했기 때문에 연대와는 크게 상관이 없습니다."

"그것이 이유가 될 수 없다. 비밀리에 활동하기가 더 수월할 수 있으니까니 더 자유롭게 활동할 수 있다… 김익창 연대장 시절에는 귀관이 9연대장 참모로서 함께 살다시피 하지 않았나."

어떻게든 엮을 모양이었다. H가 검은 선그라스 안경알 속에서 그를 뚫어져라 응시했지만 오민균은 그의 눈빛을 가늠하지 못했다. H가 김창동을 향해 말했다.

"킴과 오, 두 사람 사이에 사적으로 감정이 있습네까?"

"물론이오. 수사 경험상 감이라는 것이 있소. 조선 말로 촉이라는 것인데, 이것이 수사에 명확한 나침반 역할을 하오."

김창동이 차갑게 웃었다. 오민균은 아득한 절망감을 느꼈다.

실성한 사람들

박진경 연대장 피살사건 수사가 진행되는 동안 소강상태를 면치 못했던 제주 토벌 상황이 다시 악화되었다. 초여름의 날씨가 후덥지근하던 어느날 밤, 화북리의 김상복 소년은 예의 집 담장 밖을 주시했다. 그것은 거의 습관이 되어버린 행동이었다. 열다섯 살의 소년에게는 상황이 너무 무거웠다. 한동안 졸고 있는데 밖에서 소란이 일어났다.

무장자위대가 마을을 습격한 것이다. 무장자위대는 서부락 구장을 끌어내 살해했다. 구장은 지역 5·10선거관리위원장이었다. 그들은 동부락에 들어가더니 김상복의 당숙을 살해했다. 그 역시 선거관리위원이었다. 그들은 김상복의 부친을 살해하고자 집을 기습했으나 그의 부친은 미리 피신했다. 부친이 피신한 것은 그의 팔촌 형이 "내일 밤 폭도대가 당숙 집을 습격할 것"이라고 미리 정보를 알려준 덕분이었다.

김상복은 큰아버지 집에도 화가 미칠 것이라고 생각하고 큰댁에 달려가 알려주었으나 한 발 늦었다. 큰 아버지는 강직한 성격파답게 "그놈들한테 나쁜 짓하지 않았으니 걱정할 것 없다"고 버티고 있다가 피살되었다.

김상복의 집안은 대대로 지역의 토호들이었다. 말하자면 부르주아지였다. 그의 부친은 제주에서 양파, 대파, 당근 등 특용작물로 이문을 남겼으며, 일본에서 들어온 돼지 버크서 종돈을 번식시켜 돈을 벌었다. 화북리번영회에 발전기금을 기탁하고, 5·10선거에선 화북리 선거관리위원으로 위촉되었다. 위에서 시키니까 했을 뿐이었다.

김상복은 친구들이 민애청 회의에 참석하길 권할 때, 아버지로부터 전해들었던 말을 되새기고 가지 않았다. 각 학교에서는 동맹휴학, 백지동맹, 동맹파업이 이어졌다.

김상복은 얼마 전 선생님을 잃은 이후 무서워서 어떤 단체에도 가입하지 않았다. 그는 양치명 화북초등학교 교사가 살해된 현장을 목격했다. 김상복은 초등학교를 졸업했으나 그 무렵 아버지가 일본에 체류하고 있었기 때문에 중학교 진학 문제를 결정하지 못하고 집에서 쉬고 있었다. 이때 양치명 교사가 그를 불러내 초등학교 고등반격인 학습소에 다니도록 주선했다. 재수학원인 셈인데 양치명이 무료 교사로 진학이 어려운 소년들을 지도하고 있었다.

양치명은 공부할 여건이 못된 어린이들이 안타까워 이들을 모아 열성적으로 가르쳤다. 어느 날 그는 마을 사람들을 모아 화북초등학교 교정에서 면민대회 약식 행사를 갖고 이들을 관덕정으로 인솔해 갔다. 김상복도 따라가 광장에서 조선독립만세를 부른 후, 누군가가 선창한 대로 신탁통치 결사반대, 양과자 결사반대 등의 구호를 외쳤다. 이때 기마경찰이 군중 속을 누비며 사람들을 해산시키려 했으나 군중이 불어나 사건이 크게 터졌다. 여기저기서 총을 쏘는 가운데 사람이 죽고 다쳤다. 집으로 돌아오니 그게 3·1사건이었다.

"절대로 함부로 나서지 말아라."

나중 귀국한 아버지의 엄명이었다. 공포스런 나날이 지속되었다. 파업도 전도민적(全島民的)으로 펼쳐지고 있었다.

얼마 후 친구들과 집 앞에서 놀고 있는데, 양치명, 문선호, 김규태, 세 청년이 포승줄에 묶여 토벌 경찰관에게 연행되어 벌랑동 버렁 쪽으로 끌려가는 것을 보았다. 그는 또래들과 함께 양치명 선생님의 뒤를 따랐으나 순경들이 총으로 위협하며 따르지 못하도록 쫓고, 양치명 역시 "걱정하지 말고 들어가 숙제해라"라는 말을 듣고 마을로 돌아왔다. 30분쯤 지났을까 고개 너머에서 총성이 울렸다. 그리고 경찰관 일행이 다시 마을로 돌아왔다.

"이상하다. 총소리 난 쪽으로 가보자."

호기심 반, 두려움 반으로 친구들과 함께 총성이 울렸던 곳으로 가보니 양치명 선생님과 그 일행이 길 옆 빈 개울에서 총살당해 쓰러져 있는 것을 발견했다. 그는 선생님과 마을 청년들이 왜 그렇게 처참하게 죽어갔는지를 알지 못했다. 끙끙 앓다가 밤이면 신열로 헛소리를 냈다.

"애야, 못 볼 것을 보면 헛것이 보인다. 절대로 밖으로 나가지 말아라."

어머니의 말이었다. 그런데 이번에는 무장자위대가 아버지를 죽이러 다닌다고 했다. 이유는 아버지가 돈을 많이 가지고 있고, 선거관리위원이 되었기 때문이라고 했고, 경찰에 협력했기 때문이라고 했다. 아버지는 집에서 키우던 돼지를 모두 팔고, 평소 타고 다니던 말도 팔아치웠다. 아버지는 피신생활을 하면서도 늦은 밤 몰래 월담하여 집안을 살피고, 뒤쪽 오름 주변의 보리밭에 은신했다. 그런 어느 날 대문 부숴지는 소리가 나더니 일본군모를 눌러쓰고 군도를 옆구리에 찬 복면 무장자위대 수 명이 들이닥쳐서 안채, 바깥채, 변소칸을 샅샅이 뒤졌다. 아버지를 찾지 못하자 지휘자인 듯한 사내가 어머니 가슴에 총을 들이대고 위협했다.

"당신 남편 어디다 숨겼나? 사실대로 말하라. 우리가 다 정탐하고 왔다."

"나도 찾고 있소. 어디에 가 있는지 내가 더 알고 싶소."

"거짓말 말라. 당신 배 부른 것 보니 남편이 밤마다 배 맞추고 간 것이 아닌가. 그것이 아니라면 불륜 저지른 것인가?"

"예끼, 나쁜 놈들. 알아도 가르쳐주지 않는다!"

어머니도 당차게 응수했다. 어머니한테서 어떻게 그런 용기가 나왔는지 알 수 없었다.

"그 자가 집에 들어와 있다가 튀는 것을 봤어. 이 근방에 은신처가 있을 거야. 제대로 대지 않으면 모두 몰살시킬 거야!"

"남편이 갯 것을 잘못 먹고 복통을 일으켜서 정약국에 약을 지으러 나간 후 아직까지 귀가하지 않았소. 그 냥반이 약골이라 걱정인데, 당신들이 좀 찾아주시오."

"말과 돼지 판 돈 있지?"

"남편이 가지고 갔소. 나한테는 생활비가 얼마간 남은 게 있소."

"내놓으라."

어머니가 치마폭에서 돈을 꺼내 내놓았다. 그들은 돈을 챙기고, 보리가마니를 창고에서 끄집어내 일본군용 마차에 싣고 사라졌다. 이때 6촌 누나가 울부짖으면서 집안으로 뛰어 들어왔다.

"아버지가 창에 찔려 죽었어요."

김상복은 어머니와 함께 육촌 누나를 따라 당숙부 집으로 달려갔다. 당숙부는 마당에서 쇠창에 복부를 난자당해 살해되어 있었다. 내장이 삐져나오고, 바닥에는 피가 흥건했다. 육촌 형도 쇠창에 찔렸지만 목숨만은 부지한 채 거칠게 숨을 몰아쉬고 있었다. 아침이 되자 피신했던 아버지가 나타나 출동한 경찰 차를 타고 1구서(제주경찰서)로 가서 피해상황을 신고했다.

화북리에서는 일본군 지원병 출신인 무장자위대 특공대장 김주민과 동생 김주태, 그들의 부친 김우범 일가족의 독려 하에 5·10선거를 반대하기 위한 입산 작전이 전개되었다. 노약자를 제외한 남녀 모두 약간의 식량만 휴대하고 근처 산으로 입산했다. 김상복은 입산 동기도 모른 채 엄마와 동생들과 함께 주민들을 따라 입산했다. 용강동 오름 지점에서 철모를 묘하게 뒤집어 쓰고 창을 들고 서 있는 초등학교 동창생 김주생을 만났다.

그는 명령을 받은 듯 김상복 가족을 소나무 숲 건너편 밭으로 인솔했다. 그곳에는 약 3m 깊이의 구덩이가 파여져 있었는데, 그 속에는 먼저 연행된 마을 사람들이 웅크리고 앉아 있었다. 동부락, 중부락, 서부락 사람들 가족 열댓 명이었다. 김상복 가족 역시 구덩이 속에 감금되었다. 김상복은 김주생에게 눈을 맞춰보려고 했지만 그는 구덩이 주변을 왔다갔다 하며 이상하게 헛소리를 내며 중얼거리고 있었다. 머리가 돌아버린 것 같았다. 구덩이 속에 갇히자 두려움이 사라졌다. 시간이 흐르면서 살아날 희망이 없다는 생각이 들었고, 일단 체념하자 마음이 편해졌다. 죽음을 앞둔 인간의 심리상태라는 것이 별게 아니었다. 그런데 기적이 일어났다. 화북 출신 원로들과 민애청 간부들이 회동하여 숙청 여부를 결정하는 회의가 열렸다. 누군가가 특공대장 김주민을 설득한 끝에 모두 풀려나게 된 것이었다.

5·10선거 후에도 마을 한복판 광장에서 화북리 주민들과 인근마을 주민들이 모여 집회를 열었다. 특공대장 김주민은 붉은 깃발을 앞세우고 무력시위를 주도했다. 적기가, 김일성장군 노래, 혁명가를 부르고, 연설을 했다. 연설 내용은 잘 몰랐지만 적기가는 자주 들어온 터라 김상복도 힘차게 따라 불렀다. 행사가 끝난 후 주민들은 비를 맞으며 용강동 야산으로 올라가 은신했다.

5·10선거 반대 입산을 주도한 세력은 무장 특공대원들로서 화북리 동부락 김주민 부자, 중부락 이한동, 허삼성, 서부락 양순달, 최이채, 웃무드내 유초식, 걸머리 문인수 등 화북 출신이 다수를 점했고, 삼양 도령 봉개 회천 용강 영평 월평 아라 등 타지역 출신도 상당해 제주읍 동쪽 마을은 거의 다 참여한 셈이었다.

특공대장 김주민은 일본군 복장에 철모를 쓰고 군도와 권총으로 무장했으며, 다른 대원들은 당꼬 바지에 일본군모, 개머리판을 만들어 끼운 99식 장총, 개머리판 없는 99식 총과 각목으로 무장했다.

며칠 후 무장폭도대를 반대한 이웃마을 모창인과 현철수가 납치되었다. 모창인은 해방이 되자 일본에서 귀국하여 화북리 축구대표로서 명성이 높았다. 그는 인민재판 끝에 살해되었다. 걸머리 출신 현철하도 창에 찔린 처남을 치료해주려고 처가에 갔다가 모창인과 함께 납치되었으나 걸머리 무장폭도들의 보증으로 피살만은 모면했다. 죽고 사는 것은 친분이 있느냐 없느냐에 따라 결정되었다.

김상복의 부친은 지인의 집 부엌에 숨어 있다가 생포돼 김주민 일당에게 인계되었다.

"나는 너희들의 원수가 아니다. 너희들을 반대한 적도 없다. 나라에서 하는 선거는 치러야 할 것이 아니냐."

그는 쇠창으로 가슴팍과 얼굴을 난자당해 현장에서 죽었다. 며칠 후 경찰토벌대가 용강동 동부락을 진압했다. 폭도대의 집에서 민애청 간부회의가 열릴 때, 그들은 포위되었다. 총격전이 벌어지는 가운데 민애청 간부 두 명이 사살되고 수 명이 부상했다. 가옥이 전소되면서 주인집 딸이 불에 타 죽었다.

김상복의 집은 동부락 버렁질 끝집에 있었기 때문에 사방을 관망하는 지리적 조건이 좋아 삼양지서와 토벌대의 움직임을 감시하는 적소였다. 그의 가족들은 고립무원의 상태에서 무장폭도들이 금전 또는 식량을 요구하면 다른 가정보다 더 많이 기부했고, 백지에 날인을 요구하면 내용도 모른 채 날인해주었으나 참변을 피하지 못했다.

1948년도 저물어가는 세모, 눈보라가 휘몰아치는 날 아침, 슬픔이 일상인 듯 쓸쓸하게 남은 가족이 둘러 앉아 아침식사를 하는데 대문 밖에서 "상복아!" 하고 누군가가 그의 이름을 불렀다. 문을 열어보니 6촌 형 김은성과 김환성이 군인 십여 명과 함께 나타났다.

"빨리 나오라!"

그는 중학생도 아니고, 그렇다고 초등학생 신분도 아니었지만 워낙 험한 세상을 살다 보니 어느새 늙은 어른이 되어버린 것 같았다. 그리고 어느새 집안의 가장이 되었다.

"경찰지서로 가자."

언덕을 넘어 초등학교 모퉁이에 임시 설치된 화북지서로 향하던 중 몇몇 집에 하얀 천을 단 깃대가 세워진 것을 발견했다. 마을에는 그런 깃발이 수십 개 세워져 있었다. 그 중에는 초등학교 동창생 집도 섞여 있었다.

"형 저게 뭐야?"

"그냥 따라와."

화북지서에 도착하여 대기하는 동안 서부락 쪽에서 총소리가 요란하게 들리고, 그 너머 곤을동 쪽에서는 검은 연기가 하늘 높이 치솟고 있었다. 동부락과 중부락에서도 콩 볶는 듯한 총소리가 들렸다. 경찰은 하얀 천의 깃발이 휘날리는 집들만 골라 모조리 소각했다.

"산간은 군대가 밀어붙이고, 해안 마을은 경찰이 소탕 정리하고 있다. 당분간 집에 들어가지 마라. 당숙모랑은 안전지대에 계시다."

6촌 형 김은성이 설명했다. 며칠 후 경찰 인솔하에 집으로 돌아가니 엊그제와 다른 광경이 펼쳐져 있었다. 집을 떠나올 때 마을에 우뚝 서있던 유서깊은 초등학교 건물이 모조리 불타고 없어졌다. 그 잔해만이 남아 아직도 연기 속에 매캐한 냄새를 내뿜고 있었다.

"건물은 다시 지으면 된다. 사람은 한번 죽으면 두 번 다시 살아나오지 못해. 그러니 목숨만은 건져야 한다."

김은성의 말이었다. 김은성의 집도 무장자위대의 습격을 받아 안채는 전소되고, 마당 가에는 누군가 살해되어 흘러나온 혈흔이 흥건하게 고여 있었다. 시체는 보이지 않았다.

"너의 누부가 죽창을 맞고 죽었다. 시신이 상할까봐 뒷 텃밭에 가매장했다."

이웃집 노파가 메마른 목소리로 말하고 멍하니 빈 하늘을 바라보았다. 혈흔이 흥건한 주인공이 육촌 누나였다. 다시 경찰이 마을을 접수했다. 경찰은 구장 장용식과 전날 무장대의 습격 당시 보초근무자 5명을 무장 폭도대와 내통했다는 죄명으로 마을 사람들이 지켜보는 앞에서 모두 총살했다.

며칠 머물렀던 경찰이 물러가고 밤이 깊자 무장자위대가 다시 마을을 습격해 경찰의 친인척을 골라내 살해했다. 화북리는 무장폭도들의 습격과 군·경에 의한 수색작전, 총살 등으로 사람의 씨가 말랐다. 무장폭도들로부터도 당하고, 토벌대로부터도 당하니 살아남은 사람이 없었다. 생존한 사람 중에는 그 후유증으로 머리가 돌아버린 사람이 많았다.

김상복은 어머니를 찾아 친척집에 셋집을 얻어 생활하게 되었으나 막내 여동생은 영양 결핍으로 죽었다. 별도봉과 원당봉에 봉화가 오르는 밤이면 그는 버릇처럼 깜짝깜짝 놀랐다. 화북 남문 쪽에서 무장폭도와 민애청원들이 모여 왓샤왓샤 하며 무력시위를 하는 날 밤이면, 실성한 어머니를 그대로 두고 어린 남동생을 안고 울타리 안에 있는 고구마 저장용 구덩이 속이나 마루장 밑에 숨고, 어떤 때는 울타리 넘어 보리밭, 돼지우리 속에 숨어 밤을 지샜다.

그 사이 하나 남은 어린 동생도 죽었다. 부모님과 칠남매 중 생존자는 실성한 어머니와 그 자신 단 둘뿐이었다. 〈이상 '김하영 수기' 일부 참고〉.

이시하라 겐지 상은 성산포구를 지나 성산봉을 오르고 있었다. 일출봉에 이르러 그는 평평한 분지로 들어섰다. 키높이 자란 풀들을 헤치며 천천히 걸음을 옮기다가 가끔씩 저 멀리 펼쳐진 수평선을 바라보았다. 다시 시선을 돌려 길게 뻗은 만과 우아한 한라산을 손으로 햇빛을 가리며 바라보았다. 너무나 아름다운 경치다. 이곳에 사는 것만으로도 축복이 되는 것 같다.

그는 난리가 진행중인 제주도 처갓집에 머물렀다. 그에게는 방관자였지만 아픔은 배가되었다. 그런 중에도 성산포구와 성산봉에 오르면 누군가로부터 위안을 받는 기분이었다.

바로 눈 아래엔 항구가 펼쳐져 있는데 슬프도록 한가로워 보인다. 어항인 듯 돛배가 몇 척 정박해 있으나, 정물처럼 고정되어 있다. 모든 것이 한 폭의 풍경화 같다. 오래전에 개항되었다고 하지만 태초의 고요가 어항에 내려앉아 있는 것 같다.

포구 건너편 쪽엔 제주에서 볼 수 없는 사구가 형성되어 있었다. 파도가 모래를 밀어와 사구가 형성되어 띠처럼 육지로 이어졌다. 그것이 방파제 구실을 하여 천연의 피항이 되고, 접안시설을 대신하고 있었다. 이런 아름다운 곳이 피로 물들다니, 이건 슬픔이고 비극이기 이전에 인간으로서 견딜 수 없는 수모였다. 그가 이상향으로 삼았던 땅이 왜 이렇게 참혹한 땅으로 변모되었나….

이시하라 상은 얼마 전 고길자와 야학반 청년 교사들과 성산포를 찾았다. 성산봉을 올라 풀밭을 거닐었다. 풀밭은 누워서 깨어나지 않고 영원히 잠들고 싶을 만큼 안온하고 평화로웠다. 낙원에 온 기분에 젖었다.

파도 소리와 풀벌레 소리와 바다 냄새. 그것에 젖으며 진실로 세상의 평화를 맛보았다. 그런데 지금 그런 평화가 산산조각이 나고, 젊은 그들을 만나볼 수가 없다. 죽었는지 살았는지, 행방을 알 수가 없으니 마음만 납덩어리를 단 듯 무거웠다.

이 날도 마음이 무거워서 처갓집을 나와 길을 걸었다. 자연 성산봉으로 향했다.

그가 수풀을 헤치고 분지의 중간쯤 갔을 때, 두 장정이 불쑥 얼굴을 내밀어 그에게 총을 겨누었다. 그중 하나가 거칠게 물었다.

"누구냐?"

순간 이시하라 상은 말문이 막혔다. 우물쭈물하는 사이 다른 장정이 소리쳤다.

"이 새끼, 간첩이다!"

반대 쪽에 매복해있던 장정 두 명이 풀숲 위로 고개를 내밀었다. 그들은 경찰 복장에 국방군복 차림이었다.

"나 일본 사람이오."

"이 새끼 조선말 안 쓰네?"

당장 장정 하나가 개머리판으로 그의 옆구리를 찔렀다. 그는 반사적으로 옆구리를 싸안고 도망치기 시작했다.

"잡아라!"

이시하라 상은 더욱 빠르게 달렸다. 공포감이 몰려와 일단 자리를 피하고 싶었다. 그때 빵빵빵 연속적으로 총소리가 났다. 이시하라 상이 그 자리에 고꾸라졌다. 머리와 가슴에서 피를 쏟고 쓰러져 그는 곧 숨을 거두었다. 한 순간의 일이었다. 장정들이 달려와 그의 호주머니를 뒤지더니 지휘관인 듯한 자가 투덜댔다.

"진짜 일본놈인가봐. 작전 나오길 잘했다. 아직도 물정 모르고 헤매는 놈들이 있단 말이야. 2진은 우도 쪽으로 들어가라우."

돌아서던 그들 중 하나가 권총을 빼들어 이시하라의 가슴을 겨냥해 확인 사살하고, 시체를 그대로 둔 채 이동했다. 키 높이 자란 풀들이 바람을 따라 한쪽으로 쓸리며 서걱거리고, 여전히 파도 소리와 풀벌레 소리, 향긋한 바다 냄새가 분지상에 넘치고 있었다. 그의 사상은 폭력이 휘둘러진 곳에서는 아무 효용 가치가 없었다.

신문사를 접수하라

문용철이 조카 박찬욱을 인계받아 경찰서 밖으로 나오는데 한 무리의 청년단이 경찰청사 안으로 들이닥쳤다. 부상자를 들것에 메고 들어오는 자, 붕대로 두상을 감고 들어오는 자, 다리를 절뚝거리는 자와 일부 몸이 성한 자들이었다. 어디서 또 부딪친 모양이었다. 문용철이 멀대처럼 키가 큰 박찬욱을 향해 한마디 했다.

"너는 서울로 올라가거라. 아버지 생각이시다."

"갈 수 없어요, 외삼촌."

"떠나라니까."

"그런 말씀 마세요. 여기 있을 겁니다."

"여기 있으면 뭘하니. 신문사도 문 닫았는데….."

"상관 없어요."

"종이가 없는데 펜은 무슨 필요가 있냐? 혈기만 가지고 나설 때가 아니다."

"외삼촌, 눈 앞에서 폭력이 벌어지고 있잖아요. 총으로 세상을 잡겠다고 하잖아요. 이러니 제가 이곳을 떠날 수 없죠, 기자의 있을 곳은 현장입니다."

문용철은 조카의 '—잖아요'라는 반어법이 이상하게 마음에 걸렸다.

"앞서 가선 안 된다."

"왜 이런 일이 일어나는지 아세요? 왜 평화로운 제주가 부숴지는지 아시냐고요?"

"아서라."

"공산당은 개뿔, 그런데 숨으라고요? 제주도를 폭력 진압의 실험장으로 삼고 있는데 비겁하게 도망가라고요?"

"힘 약한 백성은 숨죽이고 사는 것이 그나마 안전하다."

"외삼촌까지 그러니 나라 꼴이 이 모양이지요. 왜 이래야 합니까. 배운 사람들이 더 비겁하고 잔인해요."

"날뛰어봐야 한 손에 나가는 수가 있어. 사람 다치고, 집안 다쳐. 패가망신한다."

"외삼촌, 일제의 마름들이 전권을 장악하고, 다시 세상의 주류로 나서고 있죠. 이런 세상을 방임해야 하나요?"

"너 혼자 우국지사연하지 말아라. 무장폭도들도 잘한 것은 없어. 세상은 그렇게 단순하지 않아. 제주연대장 암살이 더 큰 재앙을 불러온다는 것을 알았어야지. 토벌 명분이 강화됐다."

"저 먼저 갑니다."

박찬욱이 경중경중 뛰듯이 청사 밖으로 나가 어디론가 사라졌다. 문용철은 그런 그를 암울한 마음으로 바라보았다. 말이 통했던 서청의 사진봉이 사라진 뒤 그는 더욱 마음이 쓸쓸했다.

"구대구 단장, 단장 취임을 진심으로 축하하오. 단원 수도 배 이상 늘었으니까 제주읍 서청조직이 빡세고만! 역할이 막중하오."

제주경찰비상경비사령관이 구대구를 불러 다과를 베풀었다. 구대구는 사진봉 후임으로 제주읍 서청단장으로 취임했다.

"단장 취임 기념 선물이 있어야갔지?"

그는 두둑한 봉투를 내밀었다. 이런 애들은 공명심을 불러일으키면 불길도 마다 않고 뛰어든다. 구대구는 그에 대한 예의로라도 한 건 올릴 생각이었다.

"토벌대장 각하, 《제주신문》사가 좌익의 온상입네다. 홑이불에 이 박히듯 깊숙이 세포들이 박혀서 드러나디 않디만 내 다 알디요."

"그야 김재풍 제주도본부청년단 위원장이 작업하는 거 아니가. 그를 만나봐야갔구먼."

김재풍은 제주도 전체를 아우르는 서북청년회 총단장이었다. 육척 장신에 무릎까지 차오르는 장화를 신고, 말가죽으로 만든 회초리를 들고 다니며 여차하면 누구에게나 휘두르고, 밤에도 검은 선그라스를 끼고 다녔다. 선그라스는 눈밑에 난 상처를 가리기 위해서였지만 상대방을 위협하고 이쪽의 의중을 감추는 위장술을 보여주기에 딱 맞는 물건이었다.

제주신문은 4·3 이후 구성원 모두 무력감에 빠져 있었다. 계엄령하 경찰의 지침대로 보도해야 하니 그것은 곧 토착 주민을 배신하는 행위가 되었다. 보도관제가 심해 진실보도를 기대할 수도 없었다. 중앙에서 내려온 기자들은 경찰토벌대의 입맛에 맞춰 르포 기사를 써서 내보내는데 대개는 여관에 눌러앉아 쓴 창작이었다. 토착 신문마저 그렇게 할 수는 없었다. 사실을 꿰뚫고 있는데 거짓말을 쓸 수는 없었다. 피해자가 가해자가 되고, 가해자가 피해자가 되는 경우를 그들이라도 가려주어야 했다.

"이자들, 뭘 보고 이렇게 갈겨쓰는 거야?"

편집국 기자들은 중앙의 신문보도를 보고 분개했다. 중앙지 기자들은 미 군정이 제공한 비행기를 타고 내려오거나 해군함대나 경찰 토벌사령부의 편의를 제공받아 내도했다. 토벌사령부에서 제공한 여관에 투숙하고, 밤이면 경찰과 관이 돌아가며 제공하는 술과 여자에 빠졌다. 직접 뛰는 것이 아니라 경찰이 제공하는 자료에 기초해 끄적거려 본사에 올리고는 줄창 먹고 마셨다.

"비뚤어진 입이라도 말은 바로 해야지. 한데 이자들은 한 수 더 뜬단 말이야. 이렇게 한심한 종자들인가?"

토벌대는 선이고 폭도는 악이라는 이분법적 논리. 거기에 진실과 주민의 고민은 찾아보기 힘들었다. 향토 신문마저 그런 편파와 왜곡과 조작 기사를 쓸 수 없었다. 제주도민에 대한 배신행위를 할 수 없는 것이다.

제주경찰비상경비사령관의 부추김을 받고 구대구는 한달음에 서청 중앙본부로 달려갔다. 김재풍 총단장은 의자에 깊숙이 파묻혀 자고 있었다. 구대구는 망설였지만 상황이 다급한지라 김 총단장을 흔들어 깨웠다.

"김재풍 총단장 각하! 일어나시라요!"

김재풍이 잠꼬대하듯 뭐라고 지껄이다가 턱밑으로 흐르는 침을 손으로 닦으며 눈을 떴다.

"아니, 신임 구대구 단장 아이가."

그 역시 이북에서 내려온 사람이었다.

"《제주신문》사를 손봐야갔습네다."

"어뜨렇게 고런 걸 다 생각했네?"

"다 알디요."

"고렇디, 서울의 신문들은 우리말 척척 알아듣구 애국적으루 잘도 써 제끼는데 고 자식들은 언제나 폭도들 편이란 말이야. 완전 반동이야."

"맞습네다. 봉개리작전 기사 보구 분개해서 밤잠을 설쳤습네다. 갈아먹어두 분이 안 풀리디오. 총단장 각하께서 심혈을 기울여 벌인 봉개리작전을 모기 콧구멍만한 지면에 두어줄 끄적거린 것 보구 내

환장해서 팔딱팔딱 뛰었습네다."

봉개리 작전은 경찰과 서청·대청이 총동원된 합동작전이었다. 이 작전에서 주민이 수십 명 죽었다. 참상을 안 신문사는 경찰이 요구한 대로 기사를 쓸 수 없었다. 주민의 참상을 고발하지 못한다면 신문을 내지 않는 것이 나았다. 그래서 한두 줄 쓰다가 말고 자체 정간해버렸다.

"구대구 단장, 이거 두 번 볼 거이 없어. 당장 뿌솨버려야갔지?

김재풍이 앞장섰다. 구대구와 똘마니 열 명이 따라붙었다. 신문사는 관덕정 광장 건너편에 있었다.《제주신문》사는 판매부수가 육천 부가 넘는 도민의 대변지였다. 제주항에서 여객선으로 가장 먼저 닿는 육지부의 목포에서 발행하는《목포일보》는 발행부수가 이천 부였다.

김재풍은 지휘봉을 휘두르며 의기양양하게 앞서 걸었다. 신문사를 제압할 건수는 많았다. 김익창 연대장과 무장대와의 비밀협상이 백지화된 이후,《제주신문》사는 무장대와 또다른 비밀협상을 추진하고 있었다. 토벌대가 어승생진지 작전을 전개하던 때 지원 차 파견된 총사령부 정보고문 김종평 중령과 제주신문 김영수 기자, 무장대장 김달삼이 비밀접촉을 가졌다는 것이다. 세 사람이 공교롭게도 같은 학교 출신이라서 김종평 중령이 김영수를 설득해 비선을 통해 김달삼과 접촉했다. 경찰이 미리 알고 교섭로를 차단해버렸다. 그것만 가지고도 족칠 수 있는 근거는 충분했다. 그뿐만이 아니다. 암암리에 신문사가 무장폭도대의 포고문과 담화문을 인쇄해주고 있었다.

"조지면서 조목조목 이유를 대라우. 신문사한테는 리론이 있어야디. 불온전단지가 모두《제주신문》사에서 찍혀져 나오지 않았나, 폭도대장하구 비선을 유지하지 않았나, 무전송신기는 폭도대와의 접선용 아니가. 우리 서청 활약상을 깔아뭉갠 이유가 뭐냐. 조목조목 따지라우. 먹물들은 리론이 분명하니까니 리론과 논증과 근거로 들이대라우. 제 놈들이 좋아하는 육하원칙에 입각하여서 들이대라우. 우리도 그런 지식이 있다는 것 뽄대있게 보여주라우. 고렇게 증거주의에 입각하여 입을 봉해놓구서리 패는 기야. 뼈도 못추리게 아작내버리라우. 암, 가루가 되도록 뽀사버려야디."

마침내 신문사에 도착했다.

"김석표 나오라우."

김재풍의 당당한 체격에서 터져나온 목소리가 편집국을 쩌렁하게 울렸다. 구대구와 뒤따르는 청년들이 거리낌없이 한쪽 벽면에 줄지어 붙어서 있는 캐비닛을 뒤집어 엎어 서류를 헤집고 책상의 잉크병과 화병들을 내팽개쳤다.

"무슨 일입니까. 웬 행팹니까."

젊은 기자가 김재풍의 앞에 나섰다.

"이런 못된 놈, 니까짓 거는 상대할 거이 없어. 김석표 나오라우!"

"행패 부리면 안 됩니다. 나가주세요. 여긴 신문사 편집국입니다."

"여기가 폭도 본부디 글씨 쓰는 신문사간? 내 모르고 온 줄 아넹? 김석표 사장 나오라우!"

밖의 소란스런 소리에 김석표 사장이 편집국 귀퉁이에 붙어있는 사장실에서 나왔다.

"이게 무슨 짓이요?"

"나 모르가서? 나 김재푸이야. 당신 왜 모른 척 하오?"

직원들이 김재풍을 에워쌌다. 그는 조금도 위축되지 않았다. 그의 위세는 주위를 압도하고도 남았다. 김석표 사장은 그가 물품을 달라고 요구했다가 거절한 제주도청 총무국장을 서청 본부로 끌고 가서 패 죽인 장본인이란 것을 알고 있었다. 빨갱이를 잡아 처벌했다고 해서 사태는 묻히고, 그는 무공 포상을 받았다. 그런 사건이 바로 엊그제였기 때문에 김 사장은 아연 긴장했다.

"김 사장, 길게 얘기 않겠소. 무전송신기 어뜨렇게 됐소?"

"없앴습니다."

"봉인한 것을 그대로 두라면 두는 것이지 왜 없앤 거요? 몰래 사용할 생각 아니었소? 고것은 엄연히 불법이디."

어이가 없다는 듯 김석표 사장이 한동안 말문을 잃고 서 있었다. 김재풍이 말을 돌려 물었다.

"왜 봉개리 작전을 고따구로 보도했댔소? 우리가 얼마나 혁혁한 전공을 세웠느냔 말이오. 기자가 현장에 갔다면 여실히 보지 않았네?"

"양민 살상이 컸습니다. 억울한 사람이 많습니다."

"살상? 폭도가 아니구 양민이라구? 당신 사상이 어뜨렇게 된 인간이가?"

김석표 사장이 어이없다는 표정을 지었다.

"눈알 굴리지 말라우. 편집국장 놈이 폭도대사령관 명의의 포고문과 담화문을 몰래 인쇄해주구, 이런 반동 집단이 어디 있소?"

그 편집국장은 체포됐으며, 얼마전 전격적으로 처형되었다.

"빨갱이 새끼들, 물러서지 못간?"

둘러싼 직원들을 향해 구대구가 버럭 소리 질렀다. 박찬욱이 앞에 나섰다.

"이건 언론자유를 침해한 중대한 사태요. 미 군정에 고발하겠소."

김재풍은 허우대가 멀쩡한 박찬욱을 노려보았다. 한 놈 제대로 패주어야 다른 놈들이 기가 죽을 것이다. 그 대상을 만난 것이다.

"너 지금 뭐라 했네? 이 전쟁 시국에 언론자유? 나라가 백척간두에 서 있는 마당에 언론자유 찾게 돼서? 이 간나새끼야, 나라가 이 서야 신문이 있구, 회사가 있구, 가족이 있구, 조국이 있는 기야. 그런 개좆같은 문자 쓰려거든 저 평화로운 아라사로 가라우!"

그의 주먹이 단박에 날아갔다. 그와 동시에 서청대원들이 달려들어 그를 직신작신 밟더니 두 바지가랑이를 끌고 복도로 나갔다.

"이게 무슨 짓이오?"

김석표 사장이 소리쳤지만 김재풍이 그의 멱살을 쥐어잡았다.

서청 대원들이 책상을 엎고 유리창을 박살내고, 조판공 인쇄공 모두 한 두름으로 엮어서 매타작을 한 뒤 한순간에 썰물 빠지듯 물러났다. 박찬욱이 피범벅이 된 얼굴로 사무실로 들어섰다. 이 광경을 지켜보던 김석표 사장이 우두커니 서서 나직이 말했다.

"절망하지 마시오. 우리는 기록자요. 사회의 거울로서 영원한 기록자요. 오늘을 바르게 기록해야 바른 역사가 찍혀나오는 거요. 후세 사가들이 제주를 재해석하고 재구성하게 될 것이오."

"사장님, 미안합니다."

한 기자가 마침내 울음을 터뜨렸다. 김석표 사장이 그의 어깨를 다독이며 말했다.

"더 강인해야 하오. 역사란 화석이 아니오. 생물처럼 살아 숨쉬는 우리 삶의 거울이오. 반드시 오늘의 사건을 재생시켜야 해요. 야만을 분노로 엮지 마시오. 불행한 시대일수록 우리가 할 일이 있다는 것에 행복해하시오. 도민을 생각하면 우리는 그래도 선택받은 행운 아들이오."

박찬욱이 소리내어 울었다. 기자들도 따라 울었다. 김석표 사장은 치밀어 오르는 울음을 삼키며 말을 이었다.

"녹은 쇠를 먹듯이 위선과 허위는 영혼을 먹습니다. 저 자들의 폭력성은 녹과 같은 거요. 그것은 멀지 않아 부식하게 되어있소. 역사의 유용성, 기록의 유용성을 믿읍시다. 누군가 말했지요? 고통의 역사에 침묵하면 야만의 역사는 계속된다고… 지체된 정의는 정의가 아니라고…"

그는 보수적인 한학자의 집안에서 태어난 제주 지역의 대표적 민족주의자였다. 선친을 닮아 유림 정신이 뼛속까지 박힌 사람이었다. 선친은 흉년이 들어 먹을 것이 없는 이웃 마을 사람들에게 절간고구마를 풀어주었다. 그러면서도 표내는 법이 없었다. 김석표는 선친의 그런 모습을 보고 자라면서, 보수의 진정한 가치, 사회적 책무의식을 배웠다. 이웃에 대한 연민과 아량과 포용과 헌신과 책임. 선친이 보수주의가 무엇이고 사회주의가 무엇인지 알 턱이 없었지만, 마을 어른으로서의 삶이 어떤 것인가를 직접 행동으로 보여주었다. 그것이 일관되게 그의 핏줄에도 관류했다. 그런데 어느 순간 그는 빨갱이가 되었다.

서청 본부로 돌아온 김재풍은 구대구 이하 행동대를 세워놓고 일장 연설을 했다.

"친애하는 애국대원 여러분, 여러분의 양양한 영웅적인 행동은 영원히 력사와 청사에 길이 빛날 것이오. 조국건설의 대오에 앞장선 영용한 모습은 양양한 앞 길을 열어줄 것이요."

구대구가 자리에서 벌떡 일어나 부동자세를 취하고 거수경례를 착 올려붙였다. 그런 구대구를 지켜보며 만족한 웃음을 짓던 김재풍이 길게 설명했다.

"고자들이 3·1절 발포사건 때 유가족돕기 조위금 모금운동을 주도했다. 우리가 얼마나 분개했는 줄 아니? 돈 거둬서 폭도들을 도와준다? 우리에 대한 반대 여론전을 펼친다? 고때 신문사를 없애버리려 했대서. 미 군정이 만류해서 그만두었디만 이제 잔명이 다한 기야. 접수할 거니까. 구대구 단장은 신문사 총무국장을 맡으라우. 국문 좀 알면 편집국장을 시킬 텐데 그건 좀 어려울 거 같구, 대신 살림 맡는 총무국장 하라우. 어때?"

"영광입네다, 각하. 충성을 다하가습네다, 각하."

"총무국장으로서 첫 사업을 무엇으로 할 수 있네?"

구대구는 얼른 떠오른 것이 없어서 김재풍이 금방 말한 것에서 힌트를 얻었다.

"우리도 모금운동 같은 걸 해야디오. 희생된 경찰과 국군장병을 위한 위문금품 모집을 해야디오. 마을마다 일정액을 할당해서 내도록 해야디오."

"야, 그것 좋은 아이디어다만 좀 무리다야. 마을이 모두 불타 없어져버렸으니까니 성과가 있갔나?"

"그래두 짜내면 나옵네다. 저것들이 언제 자발적으로 낸 적 있습네까. 쥐어짜면 다 나옵네다,"

며칠 후, 김재풍은 구대구 일당을 이끌고 다시 신문사를 찾았다. 김석표 사장과 제작진을 각목을 휘두르며 밖으로 몰아냈다.

"폭도대장과 선을 대구, 간첩질이나 해대구, 김달삼이가 니네 조상이간? 이승만 박사가 아니라 김달삼 폭도대장을 지도자로 모시갔다구? 에라이, 씨발 자식들!"

완력으로 신문사를 접수하는 데는 그리 많은 시간이 필요치 않았다.

신문사를 접수한 김재풍이 가장 먼저 한 일은 구대구를 총무국장에 발령 낸 일이었다. 다음으로 제주읍 간판집에서 주문해온 '대표이사 사장 김재풍'이란 패를 테이블에 올려놓는 일이었다.

10개월 후 계엄령이 해제되자 전임 사장과 기자들이 법원에 고소장을 냈다. 서청의 불법 부당성은 입증되었다. 언론자유를 보장하는 미 군정이 이것만은 외면할 수 없었다. 경영권과 편집권이 김석표 사장에게 다시 돌아갔다. 서청 단원들은 창간 이후부터 자신들이 발행한 10개월여의 신문과 서류들을 모조리 소각하고 철수했다. 이로 인해 이 신문사의 초기 자료들은 모두 사라지고 없었다. 그들이 물러난 것은 또 다른 이유가 있었다.

"신문 발행이 쉽지가 않다야. 건어물상이나 포목점, 또는 술집 운영이 더 나을 뻔 했디."

김재풍이 물러난 것은 법원의 판결문 때문이라기보다 취재 보도와 편집, 판매망 구축이 엉망이었기 때문이었다. 그것도 전문직이 해야 하는 것이었다.

한국전쟁이 발발하자 《제주신문》사는 기자들을 맨먼저 연합군의 인천상륙작전에 종군기자로 파견했다. 이들은 미군의 인천상륙작전 승전보를 전국 언론사 중 가장 먼저 보도했다. 서청이 종북 빨갱이 신문으로 낙인찍었던 신문은 어느 매체보다 북의 남침을 비판했다.

박진경 연대장의 영결식이 엄수되었다. 당시 경향신문은 다음과 같이 박진경 연대장 영결식 소식을 전했다.

─ 지난 18일 새벽 제주도 연대 숙소에서 암살당한 국방경비대 제11연대장 박진경(朴珍景) 대령의 장의는 22일 오후 2시부터 서울 남

산동에 있는 국방경비대사령부에서 부대장(部隊葬)으로 엄숙히 거행되었다. 이날 장의식에는 통위부장을 비롯한 부대 관계자와 유가족, 군정장관 딘 소장, 안재홍(安在鴻)씨 등 각계 인사 다수가 참석하였으며, 통위부 차장 송호성(宋虎聲) 준장의 고인을 추모하는 애끓는 조문 낭독에 참여자 일동은 눈물을 금치 못하였다.〈경향신문 1948년 6월23일자〉

1948년 6월21일 수원 연대장 최경산 중령이 박진경 대령의 뒤를 이어 제주 연대장으로 부임해 왔을 때는 제주 상황이 소강상태를 유지하고 있을 때였다. 부연대장은 송요찬 소령이었다.

그때까지 박진경 연대장의 암살자를 체포하지 못했다. 윌리엄 딘 군정장관은 최경산에게 박진경 암살자를 한달내에 체포하라고 특명을 내렸다. 딘 소장은 경무부 사찰계는 물론 미군 CIC(방첩대), CID(범죄수사대) 요원들을 대거 제주에 투입했다.

이때 엉뚱한 투서가 날아들었다. 익명의 하사관이 정보참모에게 올린 투서에는 "9연대 문상길 중위를 조사하라"는 내용이 적혀있었다.

문상길과 그 약혼녀, 연대 정보계 선임하사를 포함해 4명의 하사관이 당장 체포돼 11연대 영창에 갇혔다.

제32장
'짓밟힌 평화향(平和鄉)!'

제주 11연대는 수시로 재편성되었는데, 그만큼 상황이 급박하게 돌아가고 있었다. 9연대는 본래 제주도가 전라남도로부터 독립해 도(道)로 승격된 직후 전국 각 도 연대 편성 중 맨 나중 창설된 부대(1946년 11월 16일)였는데, 김익창 연대장이 해임된 직후(1948년 5월 5일) 후임 박진경 연대장이 부임해오자 11연대로 개편되었다. 그리고 다시 9연대로 돌린다는 소문이 돌았다.

이때 광주 4연대 병사들이 차출돼 9연대에 배속되었다. 인원은 중대급 병력이었다. 어느 부대나 마찬가지지만 차출 병력은 기존 부대에서 말썽 많은 자들을 쫓아버리는 경우가 많았다. 차후 충원된 대전 3연대, 부산 5연대, 대구 6연대, 청주 7연대 병력도 정도의 차이는 있지만 대체로 그러했다. 그들은 평소 해방의 부조리에 대한 반발을 가졌던 데다 제주도로 좌천되었다는 불만을 갖고 있었다. 이러니 사기는 떨어지고, 부대로서의 응집력도 결여되었다.

제주 출신 병사들도 충원되었다. 그들 역시 바로 눈 앞에서 고향 사람들이 학살되는 광경을 보고 불만이 고조되었다. 이런 여러 가지 갈등과 분규가 심화돼 지휘관이 근무하기를 꺼리니 자주 교체되고, 사고 또한 빈발하면서 연대 명칭도 자주 바뀌었다.

연대장만 하더라도 장창국 중위—이치업 소령— 김익창 소령(제주 연대장 시절 중령 진급)— 박진경 중령(제주연대장 시절 대령 진급)— 최경산(록) 중령— 송요평(찬) 소령— 장도영 중령— 윤춘근 중령 등 불과 2년 사이에 8명이나 교체되었다. 짧게는 두 달을 못 채운 사람이 있었고, 길어도 1년을 가지 않았다. 주둔지도 제주—수원—대전—서울—문산—개성—인천—수색 등 전국을 맴돌았다.

이중 박진경과 최경산은 11연대장으로 제주에서 복무했다. 그 이후 연대는 제3여단에 예속되고, 다시 제2여단, 수도경비사령부—제7사단에 예속되어 포천으로 이동한 뒤 아예 사라졌다. 그 과정에서 지휘관, 하급 장교, 병사 할 것 없이 실로 갈피를 잡을 수 없을 정도로 헤매었다. 이런 혼란상 때문에 제주 주둔 연대를 흔히 대구 6연대와 함께 '사고연대'로 불렀다.

오민균의 숙소 현관문 앞에 웬 신문꾸러미가 놓여 있었다. 뭍에서 건너온 지방 일간지 《호남신문》이었다. 이 신문이 오민균 앞으로 특별히 배달될 이유는 없었다. 누가 보냈을까? 이상하다고 생각하고 신문을 가져와 살피는데 한 면에 '동란의 제주도를 찾아서'라는 현장 르포기사가 대문짝만하게 실려 있었다. 신문 분량이 많은 것은 시리즈로 연재된 신문을 모두 모아 보내주었기 때문이었다.

오민균은 제주 상황에 관한 한 그간의 신문 보도들을 불신했다. 현지 상황과 동떨어진 내용들이 너무 많았다. 그가 아는 한 신문이란 공정하고 편견없이 사실을 보도하고, 권력의 남용에 맞서 세상을 밝혀주는 파수꾼 역할을 해야 한다는 것이었다. 그러나 사실이 왜곡

되고, 편파적이고, 때로는 조작되었다. 정확한 사실 전달로 여론을 환기하고, 사회 감시를 통해 미래를 향한 담론 시장을 형성하고, 국민을 계도해야 하는데 동떨어진 현실 인식과 추상적 해결책만이 열거되거나 엉뚱한 문예물 같은 스케치 기사로 메워졌다.

이 신문을 살펴보니 좀 달랐다. 제주도에 파견돼 직접 취재한 김삼화 기자, 이경모 사진기자가 7회에 걸쳐(1948년 7월15일~22일) 보도한 현장 르포 기사는 생생한 현장감이 있었다.

그중 제1신은 사건을 개괄적으로 정리하고, 2신에 최경산 11연대장이 사태를 보는 관점이 담겼다. '짓밟힌 평화향(平和鄕)!'이라는 제목 아래 기사는 7월 1일 열린 제주지사·군수·읍면장·군책임자 연석회의에서 최경산이 이 시간 현재 피해상황을 보고했다. 소실 가옥 421호, 양민 사망 292명, 경상 98명, 납치 35명이라는 것이다. 이처럼 피해상황이 사실 여부를 떠나 구체적으로 적시된 것은 이 기사가 처음이었다.

최경산 11연대장은 기사에서 "사태수습은 무력만으로 진압시키기는 곤란하니 각 행정 기관에서 교화해야 한다. 국방경비대는 어디까지나 동족상잔을 피하도록 행동한다"고 지적했다. 또 "폭도측으로부터 압수한 무기가 패전한 일본군이 버리고 간 무기로 쓰지 못할 정도로 파괴된 것이 태반이고, 보잘것 없는 것"이라며 "무기라고 해야 요따위 것으로 과히 염려할 것은 아니며, 육지에 유포된 팔로군이 왔다느니, 일본 패잔병이 있다느니 하는 것은 무책임한 허위 날조의 풍설"이라고 밝혔다. 색다른 시각이었다. 경찰은 지금까지 폭도대가 엄청난 규모의 중화기로 무장했다고 발표해왔고, 중앙 일간지는 그대로 받아썼다.

제4신은 조천과 함덕의 상황을 담았는데, 조천 모 지서는 4·3 이후 4차례에 걸쳐서 습격을 받아 총구멍이 지서 건물에 무수히 박혀 있다고 생생하게 현장상황을 전했다. "조천과 함덕 지역에서는 청년은 구경할 수 없고, 정들어 살던 집은 텅텅 비어 있다. 시계를 뺏고, 처녀를 내놓으라고 조르고, 가재 도구를 부시고(부수고), 돼지를 잡아가버렸다"고 주민이 호소했다고 보도했다. 취재단은 '상식적으로 생각도 안되는 이런 만행은 도대체 누가 범하고 있는 것일까'라고 물었다.

제5신은 '복수 행위를 삼가라'라는 제목으로 구좌·세화에서 서귀포·한경 저지마을까지 돌아본 주민 참상을 소개했다. 구좌·세화에서 지서원이 자신의 가족에 대한 가해 혐의를 놓고 혐의자의 가족과 친척에 이르기까지 복수하면서 목숨을 빼앗았다고 했다. 산사람들이 면사무소, 구장 집, 사설 단체(서청이나 대청) 주택에 방화해 타버린 터가 헤아릴 수 없을 정도로 많다고 산사람들의 만행을 고발했다. 저지마을은 치열한 전쟁터 마냥 전체 300호 중 200호가 좌우 양측에서 복수적으로 방화한 것이라고 보도했다. 취재진은 폭도란 용어를 〈산악부대〉라고 칭하며 "왜 이렇게까지 집권자에 대해 총검을 겨누고 봉기하지 않으면 안 되었나"라고 물었다.

제6신은 '도민의 진정 파악이 수습의 요체'라는 제목으로 "제주는 역사가 증명하는 바와 같이 봉건제도가 이입·발달할 기회가 없어 사회적으로나 가족적으로 어느 특권층을 용납 안할 뿐더러 무리한 제압이 있을 수 없는 균등사회다"라고 보도했다. 제주도의 사회적 연대를 심층적으로 들여다본 것이다.

제7신은 '폭도 이외의 무고한 양민엔 교화 선무책이 긴요'라는 제목으로 "도민의 의견을 종합해 보면 육지에서 파견한 토벌대를 조속히 육지로 돌려보내고, 민중의 원한에 있는 각종 기관의 행동을 시정하는 동시에, 당국의 잘못은 잘못대로 인정하는 것"이라고 썼다. 이런 대안 제시가 기존의 신문에선 찾아볼 수 없었다.

　신문은 남로당 계열의 정치 야욕에 대해서도 비판했다. "1947년 2.7 총파업이 벌어졌는데 이 틈을 타서 남로당 계열이 정치야욕을 채우려고 암약했으리라는 점은 능히 짐작할 수 있다. 그러나 당국에서 말하는 바와 같이 남로당 계열의 책동이라고 하더라도 왜 민중이 그 책동에 따라갈 구실을 주게 했느냐는 것이 안타깝다"고 지적했다. 〈한라일보 2018. 12. 10일자 인용〉

　오민균은 신문을 읽다 말고 신문지를 말아 들고 그길로 연대장실을 찾았다.

　신임 최경산 연대장은 의자에 깊숙이 파묻혀 앉아서 생각에 잠겨 있었다. 박진경 연대장 암살 혐의자를 잡아내는 일은 미군 CIC(방첩대)와 CID(범죄수사대) 주도 아래 통위부 정보국 수사요원들이 파견되어 진행하고 있었다. 자기 부하들을 모조리 죄인시하는 것이 연대장으로서 허수아비 같은 존재라는 기분이 들어 조금은 불쾌해하고 있었다. 신임 초이고 현지 파악이 안되어서 지켜보고 있지만 기분은 썩 좋지 않았다.

　이런 저런 상념에 젖어 있는데, 오민균 소령이 연대장실을 찾았다. 같은 고향 출신에 일본 육사 6기 후배여서 최경산은 부임하자마자 그를 챙겼다.

　"어서 앉아."

　그와 마주 앉자 오 소령이 신문을 펼쳐보였다.

　"각하의 인터뷰 기사가 실렸습니다. 용기있게 말씀하셨는데, 소신입니까?"

　"그래. 그 신문 내가 보낸 거야."

최경산 연대장이 스스럼없이 말했다.

"각하께서 보낸 것이라구요?"

"그래. 현지 상황을 생생하게 보도하고, 문제점과 대책을 적시하는 신문도 있어서 말이야, 어떻게 생각하나."

오민균은 연대장의 말뜻을 얼른 알아차리지 못했다.

"대대장이 생각하는 수습책이 무엇인가?"

"연대장 각하께서 도 수뇌급 회의에서 발언하신 말씀이 해결책 아닌가요? 신문을 저에게 보내주신 것은 그런 의견에 동의를 구하자는 뜻 아닙니까?"

"내 멘트에 기대지 말고 오 소령 자산의 미션과 솔루션을 말해봐."

"미국의 실체를 알 수 없습니다."

"뚱딴지같이 그게 무슨 말인가."

"너무 잘못 관리하고 있습니다."

"오 소령은 지금 뭔가 잘못 짚고 있어. 미국은 조선에 대한 편견을 애초부터 갖고 있는 나라야. 사실은 그것이 맞고 말이야."

"네? 그것이 맞다고요?"

"한 예를 들어보지. 미국의 군 급식은 A,B,C,D 등급으로 나누지. A,B레이션은 쇠고기, 돼지고기, 채소 등 조리 기구가 필요한 취사용 군 식량이지. 후방이나 주둔 기지에서 여유있게 먹는 지휘관급 급식이야. C레이션은 전투 현장에서 먹는 병사들의 간편한 야전식이야. D레이션은 C레이션조차 먹기 힘든 상황에서 먹는 비상식(非常食)이고. 그런데 군의 위계에 따라 우리 군에 지급되는 급식이 모두 태부족한 거야. 연대장, 중대장, 소대장, 병사들에게 150% 할당해 지급하는데, 그래도 터무니없이 부족해. 알고 봤더니 뒤로 빼돌리고, 훔쳐가고 하는 것이지. 급식만이 아니야. 직분에 상관없이 피복, 모포,

군화, 하다못해 팬티까지도 빼돌린다는 것이야. 위생불량에, 속이고 거짓말하고, 약속 안 지키고… 어느 것 하나 믿을 수 없다는 거지. 쥐새끼 같은 조선놈과 정직한 일본놈으로 비교되네. 맥아더사령부가 일찍이 일본의 자문을 받아 조선 관리를 하는데, 과연 그게 맞다는 거라. 일본이 야만시하고 조롱하고 경멸한 것이 맞다는 거야. 민나 도루모데스(모두 도둑놈)… 미군은 일본군에게서 조선 사람의 부정적인 측면만 들었을 것 아닌가. 그런데 그게 현실이야. 미 고문관한테서 직접 들은 얘기야."

오민균은 자신도 모르게 얼굴이 화끈 달아올랐다. 그러나 반발심이 생겼다.

"특정한 부분을 가지고 일반화하면 오류가 생기지요."

"천만에. 악마는 항상 그런 디테일에 있어. 거대 담론이나 고상한 이론에서 찾지 않지. 군림하는 입장에서는 늘 '샤덴 프로이데'라고, 짓궂고 고약한 악마적 속성을 갖고 있는 거야. 그렇게 편리하게, 그들 유리하게 사물을 봐."

그들이 조선을 보는 눈은 유구한 반만년 역사와 전통과 차원높은 예법이 빛나는 나라가 아니라 소소한 단편적인 행태를 보고 인식을 규정해버린다는 것이다. 그러면서 조롱한다.

"그러나 각하, 그것이 그렇다고 해서 해방 관리를 이런 식으로 해서야 되겠습니까. 이건 깡패국가지 정상국가가 아닙니다."

최경산이 다르게 물었다.

"자네, 단독정부·단독선거를 반대하나?"

"정치 성향을 물으십니까? 당연히 반대합니다."

"그건 남로당의 지침 아닌가?"

"저는 남로당원이 아닙니다. 하지만 남로당이든 아니든 옳은 것은 옳은 것이지요."

"단정·단선 반대라면, 그것은 미국이 지향하는 바가 아니잖나. 좌익이자 죄악이야. 귀관은 반미인가?"

"그거야말로 궤변입니다. 저는 반미가 아닙니다. 학살을 반대할 뿐입니다. 단정·단선 반대는 남로당만의 주장이 아닙니다. 양심 세력은 그렇게 생각하고 있습니다. 이걸로 제압의 프레임을 짜는데 그것이 온당치 않다는 겁니다. 그것이 현실적이든 비현실적이든 분단을 막자는 몸부림 아닌가요? 분단은 미국의 책임이 더 큽니다. 미소공동위원회에서 미국이 먼저 협상을 파기했습니다. 그것을 지적하는 게 반미입니까?"

"당연하지. 소련은 대일 전쟁을 단 열흘 수행하고 한반도 북반부를 획득했지만, 미국은 태평양전쟁을 4년여간 주도했지. 그래서 절대적 권리가 미국에 있는 것이고, 나 역시 그렇게 생각해. 태평양전쟁 승리를 이끌어오고, 2차 세계대전을 종식시킨 미국이 한반도에서 소련이 미국을 제치고 소비에트식 국가를 세우는 것을 용납하겠는가."

"그렇다면 미국이 전체를 가져야죠. 또 전체를 가질 수도 있었습니다. 그리고 무엇보다 주재국민의 의사결정이 중요하지요. 어째서 나라의 주인이 배제되어야 합니까? 민주주의는 국민의 의사가 반영되는 정치제도를 말하지 않습니까? 민주주의 국가라는 미국이 과연 거기에 충실합니까?"

"뭘 모르는 소리. 설사 강대국이 분단을 획책해도 성숙한 국민이 막는 것이야. 투쟁에서 얻어지는 것이지, 익은 감이 저절로 입 안에 톡 떨어지는 법은 없어. 우리가 과연 준비되었나? 한반도 분단은 미소간의 이해관계에 의해서 이루어진 것이면서, 동시에 한민족 내부

분열이 잉태한 산물이야. 시시각각 변모하는 내외정세와 상호 관계를 보지 못하고 분열하고 대립만 키우다 우리의 통일 지향이 파멸의 길로 가고 있지. 이런 나라에 누가 관심 갖겠나? 자국이 해결하지 못한 걸 가지고 말이야. 우리가 이런데, 외세가 이용하지 자상하게 돕겠나? 좌우 세력이 모두 자신들이 주도하는 국가 수립으로 끌어들이려고 가루가 되도록 싸울 때, 외세에 빌붙어서 느긋하게 이익을 챙기는 자들만 재미 보잖나. 그들은 일제강점기 국가관리 노하우가 있고, 반면에 항일독립운동 세력들은 그런 것이 없다는 것이 문제야. 정의감과 당위론만 가지고 세상 사나? 준비도 안 하고 주먹총만 날리면 되느냐고….”

“그들이 능력이 없다는 것은 저자들의 프로파간다에 말려드는 것이죠. 한반도 관리에 관한 한 소련이 미국에 비해 더 유연합니다.”

“그것도 잘못 본 거야. 땅을 빼앗긴 지주 세력과 예수 믿는 수백만 명이 북에서 남으로 내려왔잖나. 이들이 탈출하니 북은 반대세력이 사라져서 별다른 저항없이 토지개혁 따위 일사천리로 변회를 모색하고, 일제 청산도 일사천리로 진행하고, 주민 환시리에 정부를 세워나가는 것이야. 남한은 북에서 내려온 세력과 남의 친일세력이 결합해 미국과 이승만 박사를 등에 업고 반공정권을 주도해나가고 있지. 반기를 든 자들을 공산주의자로 몰아서 분쇄하지. 북에서 온 세력까지 합해서 남쪽은 훨씬 혼란스럽지. 그래서 오 소령을 만나면 자중하라고 타이르려고 했네. 4·3은 남로당 중앙의 지령에 따라 그들 통일 전략의 일환으로 일으킨 반란 아닌가?”

“4·3은 남로당 중앙 조직과는 무관합니다. 제주도당의 독립적 행동이고, 차후 중앙당이 개입해가는 과정입니다. 4·3이 광범위하게 확산될 수 있었던 배경은 경찰의 폭력성, 청년단의 약탈, 친일세력의 재등용, 단독정부 수립에 따른 통일의 저해, 그런 사회·정치적 불만이 누적되어서 터져나온 민란입니다. 남로당이나 북한식 통일 전략이라는 것은 모략입니다. 미국이 소련을 지렛대 삼아 남한을 반공의 전진기지로 삼으려고 극우 집단이 퍼뜨린 데마고기이자 마타도어입니다."

"함부로 말하지 말게. 미군이 들어왔으면 민주주의 체제로 가겠다는 것이니 따라야지."

"당연히 따라야죠. 국가 정체가 군주제가 되든, 왕정제가 되든, 혹은 총통제가 되든 군인은 국가의 명령에 충성해야지요."

"공산국가가 되어도?"

"저를 시험하십니까? 제가 말씀드리고자 하는 것은 어떤 체제라도 국민을 위한 바른 길로 가야 한다는 것입니다. 그럴 때 군이 충성하는 명분이 생기는 것입니다."

오민균은 함정을 파놓고 유도하는 것이 아닌가 하는 생각이 들어서 불쑥 대들 듯이 따졌다.

"철이 없군. 귀관은 좌야? 우야?"

그는 사무적일 때는 항상 '귀관'이란 호칭을 썼다.

"저는 이념과 관련이 없습니다. 좌도 우도 아닙니다."

"나라를 생각하자는데 귀관의 국가관은 무엇인가?"

"좀 생뚱맞은 얘기를 하겠습니다. 가난에서 벗어나야 한다는 게 제 신조입니다. 이념 과잉이 우리에게 무슨 필요가 있습니까. 나라의 경제를 발전시켜야 합니다. 그럴려면 군대를 생산적으로 활용하자는 것이지요. 군 복무기간을 청년들에게 구체적으로 나라를 사랑할 수 있는 기회로 제시할 필요가 있습니다, 이들을 대대적으로 국토개발에 활용하는 것입니다. 우리가 굶고 살아온 것은 국토의 70%

가 산지인데다 대부분 천수답이기 때문입니다. 일년 강수량은 1천300mm라고 하는데 수량으로 치면 1천300억 톤입니다. 이 물의 95% 이상이 강과 바다로 빠져나가 버립니다. 빗물도 엄연한 우리의 산업자원인데 모두 허실해버리는 것이지요. 산과 산을 막아 호수를 만들고, 대대적으로 간척사업을 벌여서 농토를 만듭니다. 가둬놓은 물로 농용수, 공용수, 식용수로 사용합니다. 간척지는 서해안과 남해안의 뻘밭을 막아 조성합니다.”

“엉뚱한 발상이군.”

“의미 없이 싸움질하는 것보다야 백배 낫습니다. 세계대전이 끝난 지금 일본은 무기를 모두 버리고 경제개발에 나서고 있습니다. 중국은 내전 때문에 남의 나라를 침공할 수 없습니다. 이때 우리는 군대와 민병대를 두되 적정 인원만 국경선을 지키도록 하고, 나머지 군인과 민병대를 국토건설에 투입하는 것입니다. 분단을 해결하면 남북의 젊은 청년의 가용 자원은 무궁무진합니다. 간척지를 막아 20억 평, 또는 30억 평 농토를 조성해 굶주림을 해결해야 합니다. 산지는 나라의 허파이니 산소저장고로 그대로 두되 간척지에서 농사를 지어 굶주림을 해결해야 합니다.”

최경산이 놀란 눈으로 오민균을 쳐다보았다.

“꿈꾸나? 1억 평이라면 3만 3천 헥타르고, 10억 평이면 33만 헥타르, 20억 평이면 66만 헥타르, 30억 평이면 99만 헥타르… 웬만한 나라 땅덩어리 아닌가?”

“우리가 이 모양이 된 것은 4천년 가난을 극복하지 못했기 때문입니다. 우리가 잘 살자는데 그런 꿈이 헛된 꿈입니까? 이제는 발상의 전환이 필요한 때입니다. 해방된 국민을 나라 재건으로 에너지를 결집시켜야 하는데, 지금 무슨 짓들을 하는지 모르겠습니다. 제가 말씀드린 것은 그것을 꼭 하자는 것이 아니라 생각을 바꾸고, 나라를 리세팅하는 데 에너지를 결집시켜야 한다는 것입니다. 농사를 짓다가 나라가 산업화하면 공업단지로 그 땅을 제공하면 되는 것이고요."

"장교가 엉뚱한 생각이군. 그러면 재원은 어떻게?"

"노동력이 재원이자 자원이죠. 젊은 혈기를 싸우는 데 쓰지 않고 남북의 젊은이가 산업의 동력이되면 되는 것입니다. 3년의 국방의무를 매겨 일부는 국경선을 지키도록 하고, 백만, 또는 이백만 명을 산업현장에 투입합니다. 이들은 일하면서 제식훈련을 받으면 유사시 전력자산으로 써먹을 수 있습니다. 몽골의 팔기군 체제죠. 그렇게 해서 나라를 통합해나가야 합니다. 엉뚱한 데서 싸울 필여가 없지요."

"얘기가 이상하게 흘러가는데 듣고 보니 흥미롭군."

"미국이 2차 세계대전을 승리로 이끌면서 전쟁으로 무너진 유럽 재건을 위해 경제개발 계획을 추진하고 있습니다. 서방국가가 소련에 편입되는 것을 막기 위한 조치죠. 미국은 서유럽 16개 나라에 국가 원조계획에 따라 펀드를 조성하고, 원조물자를 제공하고 있습니다. 우리나라도 미국의 지배를 받고 있으니 미국에 기대 국가재건 계획을 세웁니다. 아까도 말씀드렸듯이 우리는 유휴 노동력이 수백만 명에 이릅니다. 젊은이의 일부는 국방의무를 지게 하고 나머지 백만 명 이상 국토건설단에 투입합니다. 총칼로 나라를 지킨다는 것보다 내 노동력 하나가 내 나라 땅덩어리를 한 평이라도 넓힌다는 행동이야말로 구체적 애국의 실체가 되는 것입니다. 신생 독립국가 건아로서의 자존감과 실존감을 줄 것입니다."

최경산이 비로소 정색을 하고 말했다.

"정신차려 이 사람아. 장교는 냉엄한 분단 상황을 알아야지."

"분단이란 미소 두 나라가 편의적으로 그어놓은 선이죠. 분단시켜 놓고 양측이 대립하고, 내부적으로는 헤게모니 쟁탈전으로 민족을 파편화시키는 음모에 우리가 왜 말려들어야 합니까."

"그건 귀관의 나이브한 생각이고, 현실은 그게 아니야. 엉뚱한 생각 말고 현실을 직시하게. 지금은 내전 상태야. 언제 당할지 모른다는 것을 염두에 둬."

"이런 구조는 더욱 우리를 분열시킬 것입니다. 국토 분단은 필연적으로 국가분단으로 이어지고, 민족 분단으로 이어져서 전쟁을 불러올 수밖에 없습니다. 이념 대립이니 뭐니 하지만 양강의 대리전을 치르는 것입니다. 상황을 빤히 아는데 이용당할 수 있습니까? 이런 때일수록 국가적 에너지를 결집시키는 지도자의 역량이 필요합니다. 이념이 아니라 실용이죠. 그것만이 대립을 중화시킵니다."

"이미 양측은 양강의 꼭두각시 춤판을 벌이고 있잖나. 너무 헝클어졌고, 해결하는 길은 난망해. 제주도 일을 보자면 진압밖에 없어."

"말씀드렸다시피, 국가 정책 방향성이 이념만이 전부가 아니죠. 대구 10·1 폭동도 굶주림 때문에 생긴 것입니다. 그게 이념과 무슨 상관이 있습니까. 저는 제주에 와서 그것을 여실히 봅니다. 제주 인민의 공동체적 삶, 자족 자활을 위한 노력들, 공동생산과 공동번영의 토대를 마련하려고 협동조합과 울력의 모습들을 보았습니다. 공연히 이념의 시험장으로 몰아 죽이고 죽는 참담한 전쟁 상황으로 몰아가는 것이 한심합니다. 그들의 주장은 틀린 것이 없습니다. 부도덕한 정부가 들어서니 우리 지방자치 방식으로 우리끼리 평화롭게 살아간다, 이상하게 정치가 개입돼 착한 공동체를 망가뜨리고 있다, 제발 우리를 불편하게 하지 말라. 외국 군대가 개입해 패악질 부리

러거든 나가달라… 따지고 보면 이런 것 아닙니까. 착한 외세라면 그렇게 인도하면 되죠."

"실로 꿈을 꾸는 청년이군. 답답해서 생뚱맞은 생각을 했겠지만, 아끼니까 하는 말이니 내 말 잘 들어. 우리는 너무 멀리 와버렸어. 지금 현실은 처절한 죽음의 잔치가 벌어지고 있어. 내가 신문에 어정쩡한 스탠스를 취한 것도 비겁하지만 내가 생존하기 위해서야. 일종의 보호막이지. 며칠 전 폭도대인지, 좌익 군인들인지 모르는 정체불명의 자들이 나의 숙소를 습격했네. 데리고 있던 세퍼트가 짖어대서 위기를 모면했지. 그래서 생각했네. 이런 혼란한 지역에선 내가 누구에게든지 적대적인 태도를 보일 수 없다고. 그래서《호남신문》기자가 취재 왔길래 폭도대들이 좋아할만한 멘트를 해주었던 것이야. 물론 나의 진실도 담겨있지. 하지만 목숨을 연명하기 위한 보호막이야. 일종의 트릭이지. 내가 부임한 이후 당번병도, 부관도 믿을 수 없다는 생각이 들었어. 최후의 승리자는 장수자 아닌가. 오래 살아야 자기 인생관의 성취를 맛볼 수 있네. 천재가 요절하면 뭘하나. 잠깐의 화제는 될 수 있을지언정 자기 철학을 완성하지 못하잖나. 오 소령이 젊은 엘리트장교고, 중립적 위치에 있다고 보니까 내 인터뷰가 인용된 신문을 보낸 것일세. 보고 느낀 것이 있었을 것이야."

연대장은 기회주의자? 그러나 오민균은 그렇지 않다고 생각한다. 연대장이 새카만 후배에게 이중적일 수밖에 없는 자기 심중을 털어놓는 것도 하나의 용기라고 생각했다. 생존을 위해 비열한 트릭을 썼다는 약점까지도 스스럼없이 고백하는 진심은 그를 우러르게 했다. 최경산이 말했다.

"잘 듣게. 나 역시 좌파 대 우파라는 이분법적 인식 지형이 아니야. 그러나 걸려들면 약도 뭣도 없어. 격류가 휩쓸려갈 때는 어느 순간 나도 모르게 거기에 휩쓸려가버려. 내 의도와 상관없이 진영이 갈려 적이 될 수 있어. 그러니 정신 바짝 차리고 현실주의자가 되어야 하네. 알겠나? 눈치 빠른 기회주의자가 되라는 것이 아냐."

"연대장 각하, 좌다 우다, 지긋지긋하지 않습니까. 모함하고 음해하고 배신하는 식민지 통치 프레임… 언제까지 이렇게 살아야 합니까."

연대장이 한숨을 쉬다가 정색을 했다.

"미국은 공산주의자들이 제주도에서 힘을 길러 북상한다고 보고 있어. 부임해보니 일본군이 버리고 간 무기들이 여기저기 많이 비축되어 있더군. 성능은 떨어지지만 수량이 엄청나더라고. 군사 이론에 질을 충족하지 못하면 양으로 대비하라고 했어. 그들이 공산혁명을 일으킨다고 미국이 오해할 만하지 않나?"

"한반도 최남단의 섬에서 공산혁명을 일으켜 북상한다고요? 만화 같은 이야기 아닙니까? 그런 식으로 보자면, 공산혁명의 승산은 육지가 더 높지 않을까요?"

"미 군정과 경찰은 남로당 중앙이 치밀하게 준비하고 있다고 보지. 육지다, 섬이다 하는 공간개념은 없어. 하면 한다고 보니까. 4·3이 남로당 중앙의 지령이라는 근거로 내세우는 것이 신촌회의야. 4·3 전에 남로당 조천지부에서 열렸던 회의를 급습한 경찰이 노획한 문건에서 이자들은 중화기로 폭동을 일으킬 것을 결의하고, 경찰 간부와 고위 공무원들을 암살하고, 무기를 탈취하자고 했다는 거지."

"저는 그렇게 보지 않습니다."

4·3은 남로당 제주도당 차원에서 벌인 경찰 지서 습격사건이었

다. 제주도당 자체적으로 회의를 열고 다수결에 의해 무장투쟁이 결정되었다. 이반된 민심을 이용해 5·10단독선거 반대투쟁과 단선·단정 반대를 기치로 무장봉기했다. 남로당 중앙의 지시가 있든 없든 투쟁 역량을 강화하기 위해 제주 주민을 자극한 것은 그들 입장에서 하나의 전략적인 선택이었다.

"미국과 경찰은 남로당 중앙이 획책한 반란이라고 이미 결론 내리고 토벌작전을 벌이고 있지 않나. 귀관은 그 점 명심하란 말이야. 공식적으로 그렇게 발표되었으면, 그걸 따르는 것이 군인이야."

"각하, 제주 인민의 입장에선 경찰과 그들의 행동대인 청년단은 이미족입니다. 그런 그들을 민족의 이름으로 처단하겠다는 것이 그들의 태도입니다."

"나도 일본군 대위 출신이야. 단순하게 사물을 보지 말란 말이야. 민족이 우리 의식의 상위 개념은 아니야. 그들만이 민족을 독점할 수 없어. 민족이란 이름 앞에 자격지심이 있는 사람들한테도 일말의 아픔이 있지. 상처난 부위를 자꾸 건드리면 어떻게 되겠나? 힘 가진 자들인데 가만 있겠나? 더 밟아버리지."

"그걸 알기나 할까요? 그리고 태도가 문제죠. 선배님과 같이 자기 성찰과 자숙의 과정을 거치면 누가 비난하겠습니까."

"난 자숙한 것이 아니야. 침묵할 뿐이지. 내 인생관이나 세계관이 확립되어서 일본 육사에 들어간 것도 아니고, 친일인지 아닌지도 몰랐어, 여건이 주어졌기 때문에 들어갔던 것이고, 이건 오소령도 마찬가질걸? 다만 지금은 충실히 배우고 익힌 대로 군무에 충실할 뿐이야."

"연대장 각하, 저는 미국을 등에 업고 일제 때 익힌 사상범 척결의 노하우로 존재감을 과시하는 경찰놈들을 인정 못 하겠습니다. 빨갱이로 몰면 모든 것이 해결되니 통치 비용으로는 염가겠지요. 하지만 참담하지 않습니까. 다스릴 자가 다스려야 하지 않습니까. 35년 식민 체제를 유지해온 기둥이었던 사상범 사냥, 이 무기로 세상의 주류로 복귀하다니요. 잔인하지 않습니까. 미국은 차도살인이라는 중국식 정적 제거 방식에 고무되어 있고요. 자신의 손에 피를 묻히지 않아도 손쉽게 정치적 패권을 달성하는 것, 우리로서는 얼마나 치욕적입니까. 경찰과 관료 집단은 사상범을 척결한다는 사역으로 친일의 부끄러움을 세탁할 좋은 기회가 생기고, 어언간에 정국 장악의 중심이 되었습니다. 오만하게 군림하면서 백성을 밟습니다. 영원히 오지 않을 것 같은 영광이 재현되니 미친 듯이 칼춤을 추고 있습니다. 고통의 역사를 침묵하면 야만의 역사가 되풀이된다잖습니까."

"자넨 너무 사변적이야."

"제 얘기를 마저 하겠습니다. 지금 제주 인민들은 깨어있을 뿐, 좌익이 아닙니다. 좌익이 이용할지라도 본질은 모순을 극복하자는 몸부림일 뿐입니다."

"귀관의 정체가 뭔가. 도대체 반미하자는 거야?"

"왜 제가 반미주의입니까. 친미주의자입니다. 진정한 친미주의자는 그들의 오류와 불법을 일깨워주는 데 있습니다. 그들이 똥개처럼 맹종하는 자들을 좋아하는 것같지만 이용할 뿐, 경멸하고 조롱합니다."

"김종석, 최남근, 박정희, 조병건, 김태성, 이정길, 김학림, 이상진, 황택림, 곽종진… 이 자들과 선을 대고 있나?"

"선을 대고 있다는 말씀이 무슨 뜻입니까?"

"수뇌부에 차트가 돌고 있어. 미국에 대항하면 공산당이란 것 모르나?"

"그것이야말로 야만이죠. 반항하면 공산당이다? 연대장 각하께서도 일제가 만든 탄압 프레임에 빠져든 것입니까?"

"귀관의 목숨은 하나야. 귀관이 나를 고향 선배라고 해서 신뢰하고 소신을 굽힘없이 말한 것은 고맙네만 누구한테든지 지나친 말을 하면 다쳐. 나중 큰 일 하려면 비켜가는 지혜도 길러라. 지금 잡혀가면 쥐도 새도 모르게 가는 수가 있어. 공포사회라는 것 알잖나. 지금은 부모도 보증을 서줄 수가 없어. 내 금명간 포로수용소를 차릴 계획이야. 그곳 수용소장으로 가게."

그는 오민균이 위험하다고 생각하고 보직을 바꿔줄 생각을 하고 있었다.

"싫습니다."

오민균은 단번에 거절하고, 연대장실을 나왔다. 2선으로 물러나라는 것은 야전군에게 지휘봉을 빼앗는 것과 같다.

서울 압송

영내에 비상 사이렌이 요란하게 울리고, 뒤이어 스피커를 타고 비상소집 명령이 떨어졌다.

"모든 병사들은 완전 군장을 하고 즉시 연병장으로 집합하라!"

이런 비상소집은 불시에 있었다. 탈영한 동료 병사 20여 명을 집단 처형하고, 곧이어 연대장이 암살되고, 방첩대와 범죄수사대가 대거 투입되고, 그 사이 병사들은 비상소집으로 기계 부품처럼 움직였다. 명령이 떨어지면 반사적으로 움직여야만 살아날 수 있다는 것을 그들은 알았다.

중앙에서 총포 연구자들이 내려오고 정보국 수사진과 미고문단이 들이닥칠 때, 장병들은 너나없이 연병장에 집결해 품행검사와 총기

조사를 받았다. 헌병들이 열 세워놓고 앞뒤를 돌아다니며 총기 상태가 불량하거나 태도가 석연찮으면 무조건 주먹으로 갈겼다. 미심쩍으면 열 밖으로 끌어내 조인트를 깐 뒤, 헌병대로 끌고 가 죽을만치 패고, 어떤 병사는 끝내 돌아오지 못했다. 깻단 털 듯 털면 결국 누군가 자복할 것이라고 믿는 것이었다.

채명산은 이런 게 싫었다. 증거주의는 소멸하고 적대감으로 병사들을 겁주고 주먹질로 범인을 색출하려 하니 공포스러워서 견딜 수 없었다. 그렇다고 부당하다고 나설 수 없었다. 연대장 암살은 그 어떤 것을 압도하고도 남는 엄중한 무게감이 있었기 때문이다.

연대는 제주도내 몇 군데로 병력이 분산되어 있었다. 부산 5연대 소속의 1개 대대는 제주읍에, 대구 6연대 1개 대대는 성산포에, 주력인 대정 연대 본부에는 제주 토박이와 광주·대전·수원병력이 섞여 주둔했다. 연대 명칭이 9연대가 11연대로 재편성되고, 어느 날 11연대는 수원으로 원대복귀하고, 다시 9연대로 명칭이 돌아오고, 그 사이 병사들도 하루가 멀다하게 들고 났다. 도대체 혼란스러울 뿐, 연대의 성격이 무엇인지, 병사 스스로가 어느 소속인지 헷갈리기만 했다. 다만 존재하는 것은 숨 막히는 공포감과 질식할 것 같은 두려움이었다.

장교단의 하나지만 채명산은 이때처럼 무서움을 느껴본 적이 없었다. 그렇게 모두들 떨고 있는데, 투서 한 장이 연대본부로 날아들었다.

— 2대대 3중대장 문상길 중위와 하사관을 문초해보십시오. 그들 안에 범인이 존재할 수 있습니다.

밑도 끝도 없이 써갈긴 투서는 연대 내의 팽팽한 긴장감을 단숨에 깼다. 범인이 특정된 투서가 날아드니 나머지는 혐의에서 벗어났다는 해방감과 구타에서 벗어났다는 안도감이 생겼다. 그러나 맥이 탁 풀렸다. 분명 병사 중에서 누군가 눈치를 챘거나, 사건에 연루된 자가 밀고했겠지만 막상 드러나자 이렇게 쉬운 걸 가지고 온 구성원이 만신창이가 되도록 시달렸나 해서 허무한 마음까지 드는 것이다. 그러고 보면 병사들을 집합시켜 가혹한 체벌을 가한 것이 야비하지만 단서를 잡아내는 중요한 수사기법의 하나였던 셈이다. 지겹게 시달리느니 누구라도 벌떡 일어나 나요! 라고 나가고 싶은 충동을 느낀 병사들이 어디 하나 둘이었던가.

당장 문상길과 하사관들이 체포되어 연대 헌병대로 연행되었다. 문상길 중대의 소대장 채명산 소위도 연행되었다. 그들은 각기 다른 방에 갇혀 취조를 받았다. 정보국에서 나온 수사관이었다.

"귀관은 박진경 연대장이 직접 선발해서 제주에 파견된 자다. 박 연대장 사람으로 알고 있고, 그래서 연대장 암살에 가장 분개심을 갖고 있을 것이다. 문 중위와 가까운 사이인가?"

"교회를 같이 다녔습니다. 독실한 기독교 신자입니다."

"그랬더니?"

"혐의자라는 것이 믿어지지 않는군요."

"병신 새끼, 옹호하는 거야? 두둔하는 거야? 너 도대체 군생활을 어떻게 하는 거냐?"

그는 배속된 지 넉 달밖에 안 되는 데다, 직속 상관인 문상길이 외출중을 끊어주고 한적한 바닷가에서 해녀가 따온 전복을 먹고, 여학생을 만나도록 호의를 베풀어준 사람이라서 호감을 갖고 있었다. 박진경 연대장이 취임한 이후에는 소대별 작전에 투입되어 여러 날 산

속에서 함께 비트생활을 했다.

"오민균 소령의 지침을 받은 것이 뭔가?"

무엇을 전제해놓고 묻는 것 같아 그는 기분이 언짢았다.

"지시받은 것 없습니다. 제 소속 대대장도 아닙니다. 합동작전에 함께 참여했을 뿐입니다."

"배후 몰라? 문상길―손선호―신상우―양회천 배후에 오민균이 있다는 거 몰라?"

금시초문이었다. 채명산은 수사대가 오민균을 때려잡을 구실을 만들고 있다는 것을 직감적으로 알았다. 무슨 꼬리를 잡았을까. 감이 오지 않았다. 굳이 따지자면 그가 좀 다르긴 했다. 폭도 토벌작전에 미온적이었으며, 경찰과의 합동작전에 비협조적이었다. 하지만 그만 떼어놓고 보아서 그렇지 장교단의 상당수는 그런 태도를 가지고 있었다. 채명산은 그를 지적인 장교의 전형으로 보았지, 불온하다고는 생각해본 적이 없었다. 명색 우파의 상징인 선망하는 일본 육사 출신이 빨갱이 사상에 물들 이유는 없는 것이다.

"오민균 대대장은 민족의식이 투철합니다."

"박진경 연대장이 총애했으면 그 값을 해야지 물정모른 막내자식처럼 정보 탐지는 팽개치고 순진하게만 놀아? 당장 꺼져!"

채명산은 취조실을 나왔다. 제주 연대의 수사는 한계에 부닥쳤다. 주변인들이 한결같이 입을 닫았다. 하긴 다들 인과관계가 있으니 침묵했을 것이다. 수사가 지지부진하자 통위부 정보국에서 혐의자들을 모두 서울로 압송했다. 윌리엄 딘 미 군정장관의 특명이었으니 범인 체포를 이행하려면 속전속결이 필요했다.

정보국은 명동의 옛 명치좌(구 국립극장)에 본부를 두고 있었다. 1층에 헌병대와 방첩대, 유치장이 있었고, 2층에는 별도의 수사과와 행정실이 있었다. 김창동은 곱상하고 얌전한 얼굴의 청년장교를 앞에 두고 조금은 여유를 가졌다. 이런 자 다루기는 쉽다. 닳아진 놈 같으면 애 좀 먹을 텐데 순진해보이는 것이다.

"관등성명은?"

"국방경비대 11연대 2대대 3중대장 문상길 중위입니다."

"고향은?"

"경상북도 안동입니다."

"나이는?"

"스물셋입니다."

김창동은 머릿속으로 셈을 해보았다. 자신보다 딱 열 살 아래였다.

"응, 자료를 보니 대구 6연대에 들어가서 하사관으로 있다가 국방경비대사관학교 3기생으로 임관했군. 그럼 나 모르네?"

"......"

"날 몰라?"

그래도 가만 있자 김창동이 그의 정강이를 걷어찼다. 문상길이 정강이를 싸안고 주저 앉았다.

"일어나라우. 나는 부산 5연대에 입대했다가 3기로 들어가서. 날 보라우. 나두 3기야. 모르가서?"

3개월의 짧은 교육 기간에 400명이 넘는 생도들이 바구니 속 미꾸라지들처럼 바글거렸으니 같은 구대 소속이 아니면 잘 알지 못했다. 김창동이 다시 말했다.

"옷 벗어!"

문상길이 군복을 벗었다.

"팬티도 벗어!"

팬티도 벗었다. 김창동이 그의 몸 위아래를 살피더니 쓰게 웃었다.

"가냘픈 몸매에 고걸 좆대가리라구 달고 다니네? 씹은 할 줄 아네?"

순간 문상길이 김창동을 노려보았다.

"네 가슴에 빨간 물이 든 거이 뭐네?"

"부적을 붙였습니더."

"왜 부적을 붙였네?"

"어머니가 절에서 부적을 하나 받아와서 가슴에 붙이라고 보내주셨습니더."

"넌 기독교 신자 아니간?"

"맞습니더."

"그런데 왜 불교 부적을 붙이네? 이상하지 않네?"

"어머니도 기독교를 믿지만 불교적인 정서를 갖고 있습니더."

"하긴 그렇디. 수천 년 동안 내려온 우리네 신앙 풍속인데 쉽게 바뀔 순 없디. 고양숙이 너의 뭐간?"

"약혼녑니더."

"사랑으로 뭉친 거이 아니구, 사상적으루 뭉쳤더군. 고양숙의 에미나이가 좌익 아니간?"

"사랑하는 여자의 부모가 좌익이냐 우익이냐를 따지고 사귀진 않습니더."

"뭬이라? 요새끼, 입은 그럴사 하군. 고럼 고양숙이 씹맛을 보구 사귀네?"

"왜 고따우로 말하십니꺼? 수사 내용과 상관없는 얘기는 대답하지 않겠소."

"고래? 어디 그렇게 되나 보자."

문 밖에서 노크 소리가 나고, 대답도 나가기 전에 사복 차림이 불쑥 안으로 들어왔다. 그가 김창동에게 다가가 귀에 대고 뭐라고 속삭였다. 김창동이 알았다는 듯 고개를 끄덕이며 지시했다.

"아. 그래, 계속하라우."

사복이 목례를 하고 밖으로 나갔다. 잠시 후 옆방에서 아아악, 하는 비명소리가 났다. 아악, 아아악, 으흐흐흐… 괴성이 계속 이어지고 꺼억꺼억 숨넘어가는 소리가 나더니 곧 잠잠해졌다.

"전류가 몸에 들어가면 저렇게 절규하다가 기절하디. 바로 너의 부하다."

김창동이 문상길을 노려보았다. 너도 각오하라는 뜻이었다.

"고생하디 말구 이쯤되면 불 때가 되지 않았네?"

문상길은 부하들을 보호해야 한다고 굳게 마음 속으로 다졌다. 무너지면 안 된다….

"옷을 입겠소."

"누구 맘대루? 네가 김달삼의 지시를 받구, 하사관을 시켜서 연대장 각하를 살해한 거다. 아니간?"

"아닙니더."

김창동이 그를 노려보다가 밖으로 나갔다. 위층인지, 건너방인지 모를 방에서 또 비명소리가 터져나왔다. 손선호 목소리 같기고 하고, 양회천 목소리 같기도 했다. 시커먼 작업복 차림의 사복조 둘이 들어왔다. 그들은 다짜고짜 문상길을 패기 시작했다. 패는 것만이 임무인 양 말없이 주먹질과 발길질을 했다. 눈에서 불이 나고, 코피가 터지고, 가슴을 맞고 숨이 막혀 쓰러져 정신을 잃었다. 눈을 떴을 때는 천장에 매달린 희미한 전구의 불빛이 시야에 들어왔다. 대낮에도 조사실은 어두침침해서 사물을 잘 알아볼 수 없었다. 전등 불빛이 웬지 친구처럼 다정하게 느껴졌다.

"바로 앉아라."

김창동이었다. 바로 앉자 책상 뒤에 취조관이 숨듯이 앉아있는 것이 보였다. 구석진 곳이라 문상길은 아무도 없는 줄 알았다. 임무를 교대한 그는 문상길이 깨어나기를 기다리고 있었던 것이다.

"발버둥쳐 봐야 끝났어. 다른 놈들이 다 불었다."

문상길은 침묵을 지켰다.

"넌 빨갱이 중에서도 핵심이야. 중앙 올구라구? 그것으로 다 증명되지 않니?"

"난 빨갱이가 아니오."

"그럼 뭐냐."

"9연대 중대장이오."

"말장난하나? 빨갱이는 가슴까지 빨갛군. 니 가슴팍을 한번 보아라."

부적의 흔적은 여전히 그의 가슴에 남아 있었다.

"왜 근래 부대에 출근하지 않았나?"

"약혼녀 집에 있었습니더."

"왜?"

"몸이 불편해서 쉬고 있었심더."

"그 처녀 벌써 여기 잡혀왔다."

수사진은 잡혀온 고양숙을 돌아가며 집중 심문했다. 김창동이 맨 나중 수사실에 들어가 고양숙과 마주 앉았다.

"문상길이 처니 집에서 뭐했나?"

"쉬었어요."

고양숙이 겁먹은 얼굴로 대답했다. 그녀 나이 열여덟이었다.

"이 난리에 집에서 씹이나 하고 있었단 말이가? 그게 말이라고 하네?"

고양숙은 대답도 못 하고 몸을 떨기 시작했다. 한창 물오른 나이의 고양숙은 스물세 살의 젊은 청년과 골방에서 단내 나는 육체의 향연에 빠졌던 것은 사실이었다. 연대장이 암살된 난리가 난 가운데 청년장교를 숨겨두고 사랑에 빠졌으니 스스로 생각해도 큰 죄를 저지른 것 같았다.

"넌 살인범을 숨겨둔 중대범죄를 저질렀다."

오들오들 떨던 고양숙이 마침내 흐느껴 울기 시작했다.

"살려주세요. 목숨만 살려주세요. 잘못했습니다."

"사실대로 자백하면 목숨을 참작할 수 있디. 그동안 문상길이의 동태를 샅샅이 고백하라우."

그녀는 문상길과의 관계를 하나하나 말하기 시작했다. 사랑에 무슨 의심과 불신이 있겠는가. 그가 시키는 대로 심부름을 했고, 사람을 연결해주었다.

"돼서."

김창동이 얘기를 다 듣고 나서 다른 방으로 옮겨갔다. 체포된 자가 물이 고여있는 씨멘트 바닥에 나동그라져 있었다. 어지간히 당한 모양이었다.

"일어나 앉으라우."

그가 꿈틀대더니 힘겹게 일어나 앉았다.

"관등성명 대라우?"

"하사 신상우입니다."

"사실대로 자백할 때도 되지 않았네?"

“…….”

“이 새끼가 아직도 상황을 모르누만. 다 자백했는데두 니가 무슨 항우 장사라구 버티네?”

“정말 나는 모릅니다.”

한심하다는 듯 김창동이 그를 고정된 철제의자에 앉힌 다음 끈으로 상반신을 꽁꽁 묶었다. 전선이 연결된 집게를 그의 귓볼에 물렸다. 벽의 스위치가 올라가자 그가 아흐흐흐, 억억억 기묘한 신음소리를 내뱉으며 꽈배기처럼 몸을 꼬며 발작을 하기 시작했다. 머리를 마구 흔들었지만 집게는 떨어져 나가지 않았다. 몸에 전기를 흘려 육체적 고통을 준다는 것, 그것은 힘 안 들이고 효과를 백프로 달성할 수 있는 괴력을 지니고 있다. 수사기법 치고는 너무나 시원한 기법이다. 전기를 감전시켜 고통을 주면 배겨내는 자는 거의 없었다. 김창동이 스위치를 내렸다. 그는 축 늘어졌다. 김창동이 물었다.

“누구야?”

“모, 모, 모릅니다.”

꺼져가는 목소리로 신상우가 더듬거렸다. 김창동이 이번에는 신상우의 두 팔목에 전선의 집게를 물렸다. 순간적으로 신상우가 그것을 털어내려고 하자 당장 군화발이 그의 발등을 찍었다.

“가만 이서. 정말 모르네?”

“사, 살려주십시오.”

김창동이 두말 없이 전압을 최대 출력으로 올렸다가 내리고, 또 올렸다가 내리기를 반복했다. 피의자는 온 몸을 비틀며 절규하지만 김창동은 개의치 않았다. 이윽고 고기 타는 냄새가 나고, 그의 몸에서 수증기가 피어올랐다. 신상우가 다급하게 외쳤다.

“이정우 하사입니다.”

"이정우?"

"네."

그러나 이정우 하사는 체포 직전 도주하는 바람에 체포되지 않았다. 그는 도망 간 이정우를 댄 것이고, 함께 체포돼 온 자들을 불지 않았다. 김창동이 보조를 불러 확인하더니 "니가 나를 기만하구, 능멸해?" 하면서 그의 신체 여러 부위에 코일을 감고 타올을 올린 다음 바께쓰 물을 부었다. 전신으로 전류가 잘 통하도록 조치한 다음 다시 스위치를 올리려 하자 신상우가 외마디를 질렀다.

"마, 말씀드리겠습니다."

더 이상 못 견딜 일이었다. 이 처절한 고통의 터널을 어떻게 빠져나가랴.

"연대장님의 무고한 토벌전을 막기 위해 저지른 일입니다."

"그걸 모르네? 그러니까 누구냐구?"

그는 체념하고 "손선호 하사입니다" 하고 말했다. 김창동은 사무실로 돌아가 서류철을 챙기고, 보조 하나를 데리고 건너편의 조사실로 들어갔다. 구석에 손선호가 짐승처럼 웅크리고 엎드려 있었다.

"바로 앉아!"

그가 무겁게 몸을 일으켜 벽에 기대앉았다.

"관등성명은?"

"11연대 2대대 선임하사 손선호입니더."

"고향은?"

"경상북도 경주입니더."

"이 새끼들은 한결같이 동향 놈들이야. 너 대구 폭동에 가담했다가 야산대 들어가서 활동하다가 국경에 들어온 놈이디?"

그는 대답하지 않았다.

"너의 신상명세, 활동상황 여기 다 쓰여 이서. 다 파악해뒀디."

김창동이 서류철을 책상에 올려놓더니 입에 침을 발라가며 한 장 한 장 제끼며 읽기 시작했다.

"손선호, 대구 10·1폭동에 가담하였음. 경찰의 추적을 피하여 야산대에 들어갔음. 국방경비대에 입대한 자로서 선산·칠곡·김천경찰서를 습격하였음. 남로당 세포로서 무장투쟁의 선봉에 선 자, 에라이 나쁜 놈!"

그 길로 달려가 주먹으로 그의 얼굴을 가격했다. 그의 입이 찢어져 금방 피투성이가 되었다.

"죽여라, 개새끼야!"

손선호가 바닥에 침을 칵 뱉자 이빨이 피에 섞여 뱉어져 나왔다.

"그러잖아두 죽게 돼서. 니 공모자가 다 자백했대서. 무슨 의리 지킨다구 버티나. 다 너를 배신 때렸는데 너만 의리 지킨다구? 미친 넘, 대질시켜 줄까?"

그들과 함께 사건의 전모를 퍼즐 맞추듯 얘기한다는 것은 치욕이고, 견딜 수 없는 수모다. 버티다 죽으면 그만 아닌가. 넘어가지 말자.

"난 범인이 아니오."

"넌 강성이라 그럴 줄 알았디."

김창동이 널빤지 위에 그를 눕히고 끈으로 몸을 꽁꽁 묶었다.

"이게 칠성판이란 거디. 장례 때 사용하는 장례용품이다. 너희같은 역도들을 혼내주라고 개발된 고문기로 진화한 거이야."

그의 신체 부위에 코일을 설치하고 스위치를 넣자 그가 순식간에 칠성판을 들썩이며 발작을 하기 시작했다. 몇분 지나지 않아 그가 입에 거품을 물고 늘어진 채 잠잠해졌다.

"찬물 끼얹으라우."

곁의 보조가 바께쓰 물을 그의 몸에 끼얹었다. 그가 으스스 몸을 떨더니 의식을 회복했다.

"정말 안 불 기가?"

이제는 말할 힘조차 없어서 그는 아무 대꾸를 하지 않았다.

"독종이군. 전기 침을 놓아라."

보조가 그의 허벅지, 성기, 가슴, 젖꼭지 겨드랑이, 닥치는 대로 전기침을 찔렀다. 손선호가 본능적으로 비명과 괴성을 질렀지만 보조는 표정 하나 구기지 않고 하던 일을 계속했다.

"그 고문으루 내가 항일 비적떼란 놈들 잡아들였디. 내가 고저 맨입으루 헌병 오장까지 올라갔갔니? 명색 독립운동한다는 비적 떼들 여기에서 다 무너졌디. 괘씸한 놈은 없는 혐의도 씌워버렸디. 불라우! 네가 쏘았댔디?"

"네, 네, 내가 쏘았십니더."

이윽고 손선호가 자백했다. 김창동은 이마의 땀을 씻고 비로소 휴 —, 긴 숨을 내뿜었다. 그러면 그렇지. 사실 그는 혐의자 모두에게 똑같은 질문을 했다. 쏜 사람은 분명 한 사람일 테니 똑같은 질문을 하면 그중 하나는 다른 공모자가 분 줄 알고 체념하고 자백하게 된다. 자백한 것을 토대로 육하원칙에 입각하여 사건을 하나하나 꿰맞춰나갈 때의 쾌감. 그것은 하나의 황홀감이다. 김창동이 나무라듯 나직이 말했다.

"죽은 사람이 불쌍하지도 않네? 박진경 연대장이 네놈들 부식비를 떼먹었네? 담배를 빼먹었네? 니 애인을 가로챘네? 니 부모를 쏘아죽였네? 왜 쏘아죽이네? 폭도들을 쓸어버리구, 제주 사회를 안정시키려는 시대의 영웅을 쏘아죽인 이유가 뭐네? 공산 정권을 수립

할 목적이었다구? 에라이 간나 새끼! 제주도를 평정할 기회를 빼앗은 네놈들이야말로 만고에 역도디! 하지만 니 놈이 주모자라구 생각진 않는다. 반드시 배후가 있을 거야. 대대장급, 연대장급이 아니면 이런 어마어마한 사건을 저지르지 못하디. 태생부터 빨갱이인 넌 빨갱이 소굴 6연대 물이 들었지만, 어디까지나 하수인일 뿐이야. 너는 단순한 행동대일 뿐이야. 안 그러네?"

손선호는 대답하지 않았다. 그는 좌익계라고 말하는 조선국군준비대(국준) 출신이었다. 총사령 이혁기, 부사령 박승환, 경리부장 이재복, 정보부장 장도용, 감찰부장 송태익이 이끄는 군사단체였다. 손선호는 일본군 하사관으로 복무하다 해방이 되어 귀환하자 국준에 들어갔다. 국준은 총사령부·각도 사령부를 갖추고 상비군 1만7천의 조직체를 갖춘 국내 최대의 군사단체였다. 경기도사령부 외 8개사령부, 인천 지대 외 82개 지대 등 체계있는 군사조직 체계를 갖추었다. 그중 하재팔이 조직한 경북지대 활동이 가장 활발했다.

학병동맹, 해방병단, 학도대, 보안대, 한국혁명군, 조선임시군사위원회 등 크고 작은 군사단체들이 난립하자 미 군정은 남조선국방경비대 창설을 계기로 1946년 1월 군벌 체제를 용납하지 않는다는 명분으로 이들 군사단체를 해산했다. 뒤늦게 환국한 광복군도 해체되었다. 그렇더라도 일본군·관동군·국민혁명군·팔로군·광복군 출신자들은 북한 지역과 서울·인천 등 지휘관의 지역 연고에 따라 분포되었다.

국준이 좌익 계열 군사단체였기 때문에 해체되었다고 하지만, 당시 모든 군사단체가 해산될 때 함께 해산된 것이고, 국준은 초기 우익 단체와 마찬가지로 신탁통치 반대 노선이었다. 국준 지도부는 좌우익부터 일본군, 만주군, 팔로군 출신이 고루 망라되었다. 이들은 진보적 민족 진영 어운형의 건국준비위원회—인민위원회—잠깐 명멸했던 인공을 지지했다.

국준은 미 군정의 해체 명령에 따라 해산하긴 했지만 규모가 커서 쉽게 흩어지지 않았을 뿐더러, 해산에 항의하는 자들도 적지 않았다. 미 군정은 극우 청년단체를 동원해 태릉(현 육사)의 국준 훈련장을 습격하고, 명동으로 옮긴 본부를 습격해 조직을 와해시켰다.

이때 이혁기 총사령이 체포돼 끝내 행방불명이 되었다. 이에 따라 국준은 더욱 미 군정과 대결적 위치에 섰다. 탄압이 가중되자 대원들이 흩어지면서 주로 대구 6연대와 부산 5연대로 들어갔다. 대원들이 5연대와 6연대에 많이 들어간 것은 이재복·하재팔 등 영남 출신 지도자들의 본거지고, 그 지역이 사회주의 성향이 짙어 보호받기 좋은 환경이었기 때문이다.

대구 지역은 국준 경리부장 이재복, 참모장 하재팔의 고향이었다. 이재복은 박상희·황태성·임종업과 함께 항일독립투쟁을 한 인물이었다. 그는 남로당 군사부장을 지내면서 친구인 박상희의 친동생 박정희에게 남로당 군책(軍責) 임무를 부여했다.

대구 6연대 군사들은 10·1 대구항쟁을 겪고, 일제강점기보다 못한 미 군정 정책을 현장에서 직접 목도하며 분개했다. 10·1 항쟁에 참여한 젊은 청년들이 경찰에 쫓기면서 상당수가 이들 휘하의 군대로 숨어들었다. 청년들이 피신처 삼아 6연대로 몰려드니 연대는 자연 사회 불만 세력의 집합소처럼 되었다. 손선호, 문상길도 그중 하나였다.

1946년 2월 창설된 대구 6연대는 태생부터 저항의 숙명을 안고 출범했다. 연대 창설의 산파역은 하재팔이었다. 그는 대구 국군준비대 참모장을 지내다가 해산되자 군사영어학교 1기로 들어가 소위 임관해 고향인 대구로 내려와서 김영환과 함께 6연대 창설에 나섰다. 표무원, 강태무, 곽종진, 이정택, 이상백 등 좌익계 청년들이 그의 휘하에 있었다.

6연대 연대장(창설 당시는 대대장)은 초대 김영환, 2대 최남근, 3대 김종석, 4대 심언봉, 5대 다시 최남근으로 이어졌다. 이중 초대와 4대의 재임기간은 통털어 3개월이었고, 김종석과 최남근이 1년 여 번갈아 연대장을 맡았다.

대구 연대 초대 연대장 김영환 구타사건이 일어났다. 부임한 지 한 달이 안 되어서 일어난 일이었다. 그는 부하로부터 구타당한 것에 분을 못이기고 사표를 쓰고 서울로 올라가버렸다. 후임 연대장 대리로 부임한 원기섭 소위 역시 살벌한 분위기를 못 견디고 예편해버렸다. 어떤 지휘관도 대구 6연대의 텃세를 견디지 못했다. 대구 연대에서는 항명과 테러와 린치가 일상의 일과처럼 일어났다.

대구 10·1사건이 터졌을 때, 6연대는 출동하지 않았다. 대구 6연대는 언제 터질지 모르는 화약고였기 때문에 미 군정은 이들의 출동을 막았다. 대신 멀리 떨어져있는 대전 2연대가 진압작전에 투입되었다. 미 군정이 우려했던 대로 내연하고 있던 6연대가 마침내 폭발했다.

1948년 11월 2일 반란이 일어났다. 제주 4·3과 여순사건에 지원병력이 차출되고, 200여 병력만 연대에 남아있을 때, 연대본부가 남로당 세포라고 지목한 곽종진 준위를 체포하려고 서둘렀다.

위기를 느낀 그는 정보과 이정택 상사와 함께 "경찰이 몰려온다"고 병사들을 선동해 장교 2명을 사살하고, 헌병 6명을 사상한 뒤, 6연대를 점령했다.

대구 주둔 미 1연대 병력이 중화기로 무장하고 출동하자 이들은

50명의 병사들을 이끌고 '경찰 타도'를 외치며 연대를 빠져나가 대구 시내를 거쳐 칠곡—동명—가산의 경찰 지서를 습격하고 사흘 뒤 김천에 나타났다.

국방경비대 총사령부는 청주 7연대 병력을 진압군으로 현지 출동시켰다. 반란 병력은 7연대 병력과 교전하다 팔공산으로 들어가 게릴라 활동으로 전환했다. 이정택 상사는 6·25 직전인 1950년 봄 국군의 태백산지구 토벌 작전시 사살되었다. 이들의 빨차산(야산대) 활동이 얼마나 긴 기간 동안 집요하게 활동해왔나를 알 수 있었다.

2차 반란은 1차 반란 한 달 후인 1948년 12월 초 일어났다. 지리산 토벌을 마치고 귀대 중 연대 본부의 지시를 받은 차갑준 대위가 하사관과 병사들에게 무장 해제를 요구했으나 일부 병사들이 불응했다. 이들은 좌익계였다. 좌익 혐의를 받고 있는 이동백 이하 하사관과 병사들이 무장해제 명령을 받자마자 숙청당할 것을 우려하고 역습에 나선 것이다.

바로 군 숙청의 1차 시기에 일이난 일이었다.

이동백 상사와 좌익계 병사들이 군 차량에 분승해있던 장교 9명을 사살하고, 병사들을 쏘아 처치했다. 이동백은 일당을 지휘하여 경북 달성 지서를 습격하고, 팔공산으로 들어가 10·1 항쟁에 가담한 야산대와 합류했다.

3차 반란은 2차 반란 한 달 후인 1949년 1월 하순 일어났다. 6연대 4중대는 포항 연일비행장 경비 임무를 수행하고 있었다. 연대 본부는 중대별로 차례로 좌익계를 숙청한 뒤 4중대를 숙청하기 위해 그들을 연대본부로 불러들였다. 그런데 1차 반란 후 팔공산에 들어간 곽종진, 이정택이 4중대 경리 선임하사관과 접선한 끝에 이들이 먼저 숙청 첩보를 입수하고 돌아가면 다 죽는다고 알리자 이들이 먼저 기습해 소대장 백달현 소위와 하사관 등을 사살했다.

이들은 대구 시내 좌익계와 함께 6연대를 습격해 무기고의 중화기를 탈취해 팔공산으로 들어갔다. 미리 입산했던 곽종진·이정택과 합류하니 이들 세력은 더욱 커졌다.

같은 연대에서 연거푸 세 차례나 반란이 일어난 것은 우리나라 군대 내에서 찾아볼 수 없는 최악의 반란사건이었다. 대구에서만 이같은 시도가 가능했던 것은 내부의 좌익계와 외부 좌익계의 접선과 응집력이 강고한 결과였다. 10·1항쟁과도 불가분의 관계를 가진 영향이었다.

이런 일 때문에 지휘관들은 6연대 배속을 사지로 가는 것으로 여기고 기피했다. 이 바람에 6연대는 한달이 멀다 하고 연대장 교체가 단행되었다. 지휘부가 취약하니 내부 좌익계가 더욱 준동했다. 박정희와 같은 엘리트 장교를 고향에 투입하면 금방 진정시킬 수 있었는데, 그 역시 의심받고 있었기 때문에 6연대에 배속하지 않았다. 그렇다고 이미 물든 지역인데 사고가 연이어 터져나오지 않을 수 없었다. 대구 6연대는 '사고 연대'로 낙인찍혔다.

대구 10·1사건은 제주 4·3이나 10·19여순사건과 같이 지역 '폭동'이었다. 지역사회의 모순을 타파하자는 울분의 저항일 뿐, 국가를 전복할 혁명 의지는 없었다. 그러나 후일 보수정권은 공산당에 의한 국가전복 세력이라고 규정했다.

그러나 대구 10·1항쟁 세력과 대구 6연대 군부반란 세력이 연합해 경찰과 군의 진압작전을 피해 태백산 줄기로 들어가 줄기차게 빨치산 활동을 편 것이 색다른 면이었다. 이들은 6·25 때까지 준동하며 남침한 북과도 밀접한 관련을 맺었다. 이들이 한국 빨치산의 원조였다. 규모도 컸고, 활동기간도 길었다.

훗날 군사정권이 들어선 이후 이들의 빨치산 역사는 묻혔다. 정권을 장악한 세력들이 의도적으로 감추거나 회피했다. 군사정권은 반공을 내세우고 정권을 잡았기 때문에 이들의 소탕 전과를 널리 유포할만한 데 감췄다. 박정희 정권시절 더했다. 당시 박정희가 좌익계의 중요한 직책을 맡았던 전력 때문에 묻어버린 경향이 짙었다. 이에 따라 덩달아 많은 사람들의 좌익 활동 내용이 가려지고 숨겨졌다.

박정희는 1961년 쿠데타를 일으켜 성공했지만 미국으로부터 심한 견제를 받았다. 그의 좌익 경력 때문이었다. 그는 미국을 안심시키기 위해 좌익 경력을 세탁할 필요를 느꼈다. 그것은 자신의 좌익 흔적을 지우는 것과 함께 좌익 경력이 있는 자들을 척결함으로써 자신의 전향과 신분세탁을 보여줄 필요가 있었다.

연이은 폭동으로 대구 6연대는 '반란 연대'라는 오명을 쓰고 숙군이 일단락된 1949년 4월 15일 해체되어 22연대로 편입되었다. 〈사사키의 '한국전쟁비사 건군과 시련' '제6연대'편 일부 인용〉.

"생사도 다 버리고 공명도 없다"

김창동이 문상길 조사실로 향했다. 문상길은 바닥에 죽은 듯이 누워 있었다. 그 역시 고문을 못이긴 채 온 몸이 누더기처럼 너덜거린 상태였다. 김창동은 이미 배후를 캐냈기 때문에 느긋하게 심문했다.

"배후가 김달삼이니?"

"나는 그의 지시를 받는 지체가 아닙니다."

"그렇디. 빨갱이들은 위계질서가 분명하디. 어차피 전모가 밝혀진 이상 니 몸이 성해야 할 것 아니가? 김익창과 오민균의 지시가 없었다면 그런 일이 일어날 수 없었갔디. 안 그러니?"

사건 전모를 안 이상 이제 배후를 캐내는 일이 중요했다. 단독범행일 리 없었다. 그는 김익창 오민균을 어떻게든 엮어 넣어야 했다. 그러면 대어를 낚았다는 것으로 영웅이 될 것이고, 특진은 따놓은 당상이다.

"이제 고문은 없다. 할 말 소신껏 하라우. 인생 별거간? 제주 문제를 어떻게 생각하니?"

"제주 문제는 총칼이 아닌 대화로 진정시킬 수 있는 사안입니다. 전임 지휘관 김익창 중령의 정세 판단이 옳았다고 생각합니다."

"고렇디. 고래서 군과 남로당이 합작한 게디?"

"쓸데없는 얘기 마소."

"자식, 고집은 있어개지구…."

며칠 후 수사본부는 사건의 전모를 발표했다.

암살사건에 연루된 범인은 문상길 중위, 손선호 하사, 배경용 하사, 양회천 상사, 이정우 하사, 신상우 하사, 강승규 하사, 황주복 하사, 김정도 하사 등 9명이며, 직접 총을 쏜 자는 손선호라고 발표했다. 암살 이유는 문상길, 손선호 일당이 남로당 중앙의 지시를 받아 제주에 공산혁명 기지를 세울 목적으로 신임 연대장을 암살하고, 군을 장악하려고 기도했다는 것이다.

이들 모두 실제로 암살에 가담했다고 보긴 어렵고, 미운 놈이 한둘 섞였을 수 있고, 기왕이면 여러 명이 가담했다고 해야 수사망 일망타진의 공이 인정되니 조금만 연결되어도 명단을 집어 넣었다고 볼 수도 있다. 이 많은 숫자가 가담했다면 반드시 사전에 누설되는 것이 암살의 기본 속성이다.

암살의 원인과 배경에 대해서는 발표되지 않았다. 신임 연대장이 강경 토벌작전으로 대규모 살상이 이루어지고, 6천여 주민이 체포되고, 강경 진압에 불만을 품은 제주 출신 하사관과 병사들이 탈출해 그중 20여 명이 체포돼 재판도 없이 즉결처분되었다는 배경 상황은 생략되었다. 그중 탈영병 집단 처형은 철저히 극비에 붙여졌다.

1948년 8월 8일 남산의 군기대사령부에서 박진경 9연대장 암살 사건 재판이 열렸다. 재판장은 이응준 대령, 법무사 김완룡 소령, 검찰관 이지형 중령, 관선변호사 김홍수 소령, 민선변호사 김양, 증인 김익창 중령이었다. 피고인석에는 피의자들이 모두 들어앉아 있었고, 문상길의 애인 고양숙이 유일하게 여성 피고인으로 앉아있었다. 재판은 몇 차례 더 계속되었다.

— 박진경 대령 살해범 공판 제3일. (8월)13일 상오 9시부터 개정되었는데 제2일인 12일 주범 문상길 중위의 기소문은 전기고문 끝에 눈을 막은 후 조서에 대한 기록 여하를 모르고 강제적으로 무조건 날인한 것이라고 부인하는 심리서를 낭독하고…(중략) 한편 전 제9연대장(현 제13연대장) 김익창 중령의 "모든 군사행동은 당시 최고작전회의 참모이던 드루스 미군 대위의 지휘였고 박 대령 살해는 전혀 나는 모른다"는 중대 증언으로 상오 군법재판은 일단 휴정하였다(11시 20분).' — 국제신문 1948년 8월 14일자

선고 공판은 1948년 8월 14일 열렸다. 속전속결이었다. 대한민국 정부 수립 하루 전이자, 광복절 하루 전이었다. 재판정은 마지막 사실 심리를 마치고 판결 주문이 낭독되었다.

문상길 신상우 손선호 배경용은 총살형, 양회천에게는 무기, 강승

규(강찬규)에게는 징역 5년, 황주복 김정도는 증거 불충분으로 무죄를 선고했다. 군사재판인지라 단심제였다(사형 집행 전 배경용, 신상우는 무기형으로 감형되었다).

사형 선고를 받은 문상길의 최후 진술

먼저 문상길의 최후 진술이 나왔다. "이 법정은 미 군정의 법정이며 미 군정장관 딘 장군의 총애를 받던 박진경 대령의 살해범을 재판하는 법정이다. 우리가 군인으로서 자기 직속상관을 살해하고 살수 있으리라고 생각하지 않는다. 죽음을 결심하고 행동한 것이다. 재판장 이하 전 법관도 모두 우리 민족이기에 우리가 민족 반역자를 처형한 것에 대하여서는 공감을 가질 줄로 안다. 우리에게 총살형을 선고하는 데 대하여 민족적인 양심으로 대단히 고민할 것이다. 그러나 그런 고민은 할 필요가 없다. 이 법정에 대하여 조금도 원한을 가지지 않는다. 안심하기 바란다. 박진경 연대장은 먼저 저 세상으로 갔고, 수일 후에는 우리가 간다. 그리고 재판장 이하 전원도 저 세상에 갈 것이다. 그러면 우리와 박진경 연대장과 이 자리에 참석한 모든 사람들이 저 세상 하느님 앞에서 만나게 될 것이다. 이 인간의 법정은 공평하지 못해도 하느님의 법정은 절대적으로 공평할 것이다. 그러니 재판장은 장차 하느님의 법정에서 다시 재판하여 주기를 부탁한다."〈김관후의 4·3칼럼(17) '제주사회에 대립과 갈등을 불러일으킨 박진경' 중 자료 인용〉

장내가 한동안 수런거렸으나 이내 조용해졌다. 곧 손선호의 최후 진술이 이어졌다.

"박 대령의 30만 제주도민에 대한 무자비한 작전 공격은 전 연대장 김익창 중령의 선무작전에 비하여 볼 때 불만을 갖지 않을 수 없었다. 그러한 그릇된 결과로 다음과 같은 사태가 빚어졌다. 우리가 화북이란 부락을 갔을 때 15세 가량 되는 아이가 그 아버지의 시체를 껴안고 있는 것을 보고 무조건 살해했다… 사격 연습을 한다고 하고 부락의 소 기타 가축을 난살하였으며, 폭도가 있는 곳을 안다고 안내한 양민을 안내처에 폭도가 없으면 총살하였다. (중략) 박 대령을 암살하고 도망할 기회도 있었으나 30만 도민을 위한 일이므로 그럴 필요가 없었다. 나 하나의 생명이 30만 도민을 위한 것이며, 3천만 민족을 위한 것인 만큼 달게 처벌을 받겠다."〈장태욱 '우리나라 고급장교 살해사건 1호는?' 오마이뉴스 2008.5.9 인용〉

1948년 9월 23일 오후 3시 35분. 경기도 수색의 산기슭에서 문상길, 손선호의 총살형이 집행되었다. 문상길은 사형 집행 전 하나님의 가호를 비는 기도를 올렸으며, 손선호는 "내가 좋아하는 군가를 부르고 저 세상으로 가겠다"며 '생사도 다 버리고 공명도 없다'는 용진가를 불렀다. 노래가 끝나자 그는 기독교 신자로서 "하나님, 민족을 위하여 싸우는 국방군이 되게 하여 주시옵소서"하고 기도하고, "대한민국 만세"를 외쳤다. 뒤이어 총성이 울렸다.

한국현대사 연구가 박명림 연세대 교수는 박진경 연대장의 토벌작전에 대한 평가를 다음과 같이 내렸다.

― 박진경의 무차별 체포 작전은 경비대의 힘을 과시함으로써 일반 민중들에게 두려움을 심어주고, 유격대와 그들을 분리시켰으며, 유격대를 더욱 깊은 산 속으로 몰아넣었다는 점에서는 성공이었다.

그러나 그의 작전은 민중들이 그때까지 갖고 있던 경비대에 대한 상대적 호감을 반감으로 전환시켰으며, 경비대 내부를 동요시켰고, 유격대에게 경비대도 경찰과 마찬가지로 자신들의 적이라는 인식을 심어주어 더 큰 대립과 갈등을 불러 일으켰으며, 그들을 더욱 깊은 산 속에 몰아넣음으로써 사태를 오히려 장기화시켰다는 점에서 실패였다.

박진경 연대장 암살사건은 제주에 보복의 '혈풍(血風)'을 몰고 올 것을 예고하고 있었다. 집권세력에게는 제주 평정의 좋은 구실이 되었다. 오민균은 자신에게도 목을 조여오고 있다는 것을 느끼고 연대장실을 찾았다.

"연대장 각하, 저번 제안하신 제주포로수용소장직을 맡겠습니다. 일선에서 물러나겠습니다."

"그래, 잘 생각했다. 나 역시도 이곳을 빨리 뜰 것이다."

최경산 연대장이 오민균의 어깨를 토닥거리며 애써 웃음을 지었다.

제33장
포로수용소장

잡초가 우거진 들판에 표지판이 하나 말뚝에 박혀 바람에 시달렸는지 삐뚜름히 아무렇게나 서 있었다. 제주도포로수용소. 벌판 한쪽에 풍향을 알려주는 초롱이 하늘 높이 떠서 바람을 한껏 먹은 채 빵빵하게 펄럭였다. 그 아래 비행장이 조을 듯이 펼쳐져 있는데, 철조망 안쪽에 낡은 비행장 청사와 격납고가 보이고 잔디로 덮은 봉긋한 무덤 같은 유류저장고, 탄약고, 검은 그물망으로 가려진 포 진지가 보였다. 격납고 옆엔 연락기와 수송기가 몇 대 멈춰 있고, 연이어 보안대 건물과 군인 숙소인 반달형 퀀셋이 붙어 있었다. 그 뒤로 철조망이 끝없이 이어져 있었다.

수용소 간판이 서있는 곳을 지나 평평한 아래쪽으로 내려가면 갑자기 낭떠러지가 나타나고, 그 아래 바닷물이 출렁거렸다. 바다의 파도는 일정한 간격으로 몰려와서 자갈밭에 부서져 하얀 포말을 남기며 흔적도 없이 사라졌다. 맑고 푸른 바다 위로 물새들이 평화롭게 날았다.

수용소에는 십여 개의 천막이 세워져 있었다. 수용자는 10대 소년에서부터 70대 노인에 이르기까지 연령 분포가 다양했다. 이들은 산에서 내려오거나 체포된 사람들이었지만, 마을에서 농사를 짓다가 붙들려온 농부와 바다에서 끌려온 어부들도 포함되어 있었다.

수용소와 철조망 주변을 지키고 있는 경비병은 꾀죄죄한 행색이었다. 천막은 비가 오면 물이 새고 습기가 차올라 바닥에 깐 가마니가 축축했다. 벼룩과 이가 들끓고 밤이면 모기가 피를 빨아먹어서 수용자들이 한결같이 피부병에 걸렸다.

포로수용소장 오민균 소령은 상황을 파악하고 식수 공급과 목욕및 세탁물 처리를 위해 물탱크를 설치했다. 식량과 피복을 부족하지 않게 준비했으나 밀려드는 수용자 때문에 넉넉하진 못했다.

오민균의 첫 번째 임무는 수용자의 분류였다. 귀순자 중 용의자와 비용의자, 게릴라와 비게릴라, 일반 주민과 상인·회사원 등 직업 따위를 구분했다. 신분이 불확실한 사람은 손과 발을 보고 파악했다. 농부와 어부의 손, 장사꾼과 사무직의 손, 그리고 학생, 이렇게 분류해 생계를 꾸려가는 농사꾼과 어부, 부녀자부터 풀어주었다. 그가하는 역할은 수용자를 가능한 한 많이 풀어주는 일이 주임무인 것처럼 보였다. 며칠 지나자 좋고 나쁜 풍문들이 한꺼번에 나돌았다.

"일하는 사람부터 풀어줘서 생계를 도와준다."

"아니다. 폭도들을 검증절차 없이 풀어주고 있다. 우리 부모를 해친 놈들인데 묻지도 따지지도 않고 풀어준다."

"좌익계만 풀어준다."

"아니다, 우익계가 더 많다."

개인의 유불리와 이해에 따라 각기 의견이 달랐다. 포로들은 각 부대에서 며칠 잡아두었다가 후방으로 이송했는데, 최종 집결지가 포로수용소였다. 그런 가운데 탈출자도 속출했다.

"경비가 허술하다."

"탈출한 것이 아니라 풀어준 것이라니까."

천막의 대표들이 가짜로 서류를 꾸미거나 초병과 짜고 수용자들을 내보내는 경우가 있었다. 오민균은 알고 있었지만 통제하지 않았다. 어차피 풀려날 사람들인데, 심하게 단속할 필요가 없다고 보았다.

어느 날 연대로부터 전화가 걸려왔다.

"포로석방자 중 폭도대에 다시 합류하는 자가 있소. 성분조사 하는 거요, 안 하는 거요?"

오민균은 천막의 손수건만한 창문을 통해 밖을 내다보며 쓸쓸하게 웃었다. 멀리 솟은 풍향탑에서 펄럭이는 깃발과 한라산의 우아하고 기품있는 자태가 형용할 수 없는 슬픔으로 다가왔다.

주민들은 어느새 서로의 가슴에 원수를 키우며 살고 있다. 자격심사를 한다고 했으나 가능한 한 풀어주는 것이 그의 수용소 운영 방침이었다. 그것을 악용하는 자가 있고, 속이는 자도 있다. 하지만 똑같이 고통을 겪는 이웃들 아닌가. 대립하고 증오하고 저주하는 대상이 될 수 없는 것이 이웃이다. 그런데 어느새 각자 가슴에 복수를 키우며 눈에 핏발을 세우고 있다. 그는 스피노자가 한 말이 생각났다.

— 우리의 모든 악은 부분적인 앎에서 나온다.

"포로수용 규정집을 가져오라."

오랜 상념을 멈춘 오민균이 책상에서 가르방을 긁고 있는 부관에게 지시했다. 부관이 가져다 준 포로수용 규정집에는 '포로란 교전 중 체포된 적군'으로 정의했다. 법률적 의미에서 볼 때에는 정규적인 군사 업무의 성원들로 분류되지만, 게릴라와 비전투원도 포함되었다. 무기를 들고 투항하는 민간인, 군대와 관계를 맺고 있는 비전투원, 교전국에 억류된 적대국의 국민도 해당된다.

범위가 넓다고 하지만 산에서 내려온 제주 주민이 포로일 수 있을까. 국제기준에 합당한지가 불분명했다. 적인지 폭도인지, 불순분자인지 단순 주민인지가 모호했다. 빨래터에 모이면 똑같이 다정한 이웃 사람들이다. 어차피 떠나보내는 사람들이라면 농번기 일손이라도 보태라는 것이 그의 생각이었다. 생업에 종사하도록 도와주는 것도 필요한 선무교육의 하나였던 것이다.

그는 규정집에서 2차 세계대전 포로수용소 운영 실태를 파악하고 오싹하는 기분에 젖었다. 나치의 포로수용소나 연합군의 포로수용소나 운영 방식이 비슷했다. 나치의 포로수용소 운영은 포로를 아예 없는 것으로부터 시작했다. 죽이는 것이다. 죽이는 방법도 다양한데, 나중에는 귀찮아서 독가스실에 한꺼번에 집어넣어 수백 명씩 한꺼번에 질식시켜 죽였다.

연합군 역시 독일군 포로를 잡으면 빵에 독약을 섞어 수백 명을 독살했다. 지휘감독관은 불법인 줄 알면서도 복수라는 이름으로 살인을 묵인했다. 미국과 영국은 귀찮아서 독일군 포로를 소련에 인계했는데 독일군과 가장 격렬하게 싸운 소련군은 이들을 추위가 매서운 시베리아 수용소에 배치해 하루 14시간이 넘는 중노동을 시키고, 근태를 이유로 즉결처분했다. 이렇게 해서 독일로 귀환한 포로는 30수만 명 중 3만 명도 채 되지 않았다.

제주 수용소만은 그러지 말아야 한다고 오민균은 마음속으로 다졌다. 왜? 그것은 사람이 할 짓이 아니기 때문에. 동족이라서가 아니다. 죄악이기 때문에 해서는 안 된다.

어느 날 토벌대로부터 어승생악과 노루악 인근의 연대 작전구역에서 폭도 둘을 생포했다고 연락이 왔다. 심문 결과 포로수용소에 갇혀 있다가 도망간 폭도들이었다. 석방되자마자 다시 폭도대에 합류한 것이었다.

"포로수용소장이 풀어줬소. 부모님은 병들어 누워계시고, 제가 농사를 지어야 한다고 호소했더니 풀어주었습니다. 산에 아버지를 모시러 가는 중이었습니다."

풀려난 폭도들이 심문 결과 실토한 내용이었다. 수용소의 과오가 이렇게 드러나고 있었다. 일부 귀순자는 석방을 바라지 않는다고 했다. 편안히 먹고 지낼 수 있어서만이 아니라, 수용소 내가 더 안전하다고 했다. 반면에 폭도대와 긴밀히 연락을 취하면서 세포를 확장할 수 있는 기회를 얻는 자도 있었다.

최경산 연대장이 비상전화로 오민균 소령을 불렀다. 포로수용소는 독립적으로 운영됐지만 미 군정과 연대 본부의 통제를 받았다.

"지금 연대로 들어오라. 들어오면서 부로자 문건 서류 가져오라."

그는 화가 나 있었다. 연대장 부속실에는 담배연기가 자욱한 가운데 중앙에서 내려온 기자들이 소파에 둘러앉아 있었다. 오민균은 연대장실로 들어가 챙겨온 문건을 내밀었다.

"귀순자 석방 기준이 뭔가."

최경산이 다자고짜 물었다.

"생업에 종사하는 사람, 즉 어부, 농부, 학생, 아녀자 중심으로 분류해 내보내고 있습니다."

"석방자 중에 폭도대 가담자가 있는 걸 모르는가. 심사는 제대로 하고 있나?"

"엄격한 심사는 하지 않습니다."

"뭐라고? 그걸 말이라고 하고 있나? 직무태만이고 직무유기야. 아니면 사보타진가? 끝까지 봐줄 성 싶나? 기자들이 대거 몰려왔어. 왜 그러는 줄 아나?"

오민균은 침묵을 지켰다.

"누군가가 신문사에 찌른 거야. 고발한 것이지. 사사로운 인정이 사태를 그르친다는 걸 알라. 연대 내에서도 불만이 많다. 기껏 잡아다 주는 걸 풀어줘버리면 어떡하나. 석방자들이 다시 폭도대에 가담하면 말 다한 거 아냐? 기자들이 물고 늘어질 거야. 경찰이 데려다 놓은 거야. 뒤탈 없도록 말 잘하게."

똑똑 노크 소리가 나고 부관이 들어와 회견준비가 되었다고 보고했다. 연대장이 무거운 얼굴로 접견실로 나갔다. 오민균이 그의 뒤를 따랐다. 최경산이 좌정하고 모두 발언을 했다.

"4·3 발생 이후 7월 현재까지 국방경비대 제주도방면사령부에서 취급한 부로 수는 1천800명입니다. 그중 석방자가 1천600명이며, 현재 부로수용소에 수용된 귀순자가 200명 내외이며, 송청자(送廳者)가 46명입니다. 송청자 46명은 주모자로 인정되는 사람들이며, 그 중에는 여성이 몇 명 있습니다. 여성들은 직장인과 주부가 반반인데 학력이 고녀 이상 출신들입니다."

한 기자가 물었다.

"국방경비대 병력이 산에 올라가면 폭도대들이 발포하지 않고, 경찰 병력이 올라가면 폭도대들이 여지없이 발포한다고 하는데 사실입니까."

"그것은 사실입니다."

최경산이 짧게 대답했다. 어이없다는 듯 기자가 물었다.

"왜 그렇습니까. 박 연대장 암살이 엊그제인데 벌써 군과 폭도대 사이에 다시 휴전협상이 진행되고 있나요?"

"그들이 전술상 그렇게 하겠지요. 우리와는 상관이 없습니다."

"무책임한 발언이 아닙니까?"

"무책임하다고 해도 할 수 없소. 우리와는 상관이 없는 일이니까. 그들의 전술전략상 그렇게 하는 모양인데 하지 말라고 당부한다고 해서 들어주겠습니까?"

"그럼 사태해결의 방법이 무엇입니까."

최경산이 오민균에게 시선을 옮겼다. 그리고 확신에 찬 목소리로 말했다.

"제주도 사태에 있어서 무력 해결로는 불가능하다는 결론을 얻었소. 귀순자가 많은 것으로 입증되오. 내가 어느 지방신문과의 인터뷰에서도 밝혔소. 가능한 한 생업에 종사케 하자. 나는 부로들을 관대하게 처리하고 있습니다. 그들은 수용소장에게 죽게 된 사람을 살려주었다고 고마워하고 있습니다."

연대장의 입에서 그런 말이 나오리라고는 오민균은 예상하지 못했다.

"폭도들이 풀려나는 것은 수용소 안에 동조세력이 있기 때문라면서요? 그들의 도움으로 풀려난다면서요?"

"단정적으로 말하지 마시오. 수용소 내에는 다양한 사람이 들어가 있소. 지금 여기 부로수용소장이 와 있소. 보충 설명을 들어보세요."

대답하려는 오민균을 제지하고 기자가 물었다.

"방금 연대장께서 부로수용소라고 하셨는데 포로수용소와 어떻게 구분됩니까."

"포로는 전쟁포로를 의미하고, 부로는 부랑자들로 이해하십시오. 제주도에 전쟁포로는 없습니다. 나는 포로수용소란 말이 싫어서 일부러 부로수용소라고 말하고 있습니다. 법률적으로도 틀린 용어가 아닙니다.”

실내가 술렁거렸다. 최경산이 오민균에게 시선을 주자 오민균이
나섰다.

“수용소장으로서 한 말씀 드리겠습니다. 방금 연대장 각하께서 말
씀하신 대로 제주도 문제는 평화롭게 마무리할 수 있습니다. 그러므
로 파리 잡기 위해 대포 쏘는 일은 삼가야 합니다.”

기자가 물었다.

“산사람들이 발행하는 ‘혈서’라는 유인물을 보면, 요구 조건이 경
찰관의 무장해제, 단정 반대의 자유 허여, 사설 청년단체의 즉시 해
산, 제주도내에 있는 모든 행정관리의 본도민 기용이라는 것 등이
있습니다. 받아들일 수 있습니까.”

“그것은 제 답변 범위에서 벗어나 있습니다. 다만 요구는 요구일
뿐이라고 생각합니다. 그중 한두 개 달성하면 그것만큼 성공했다고
보고, 그자들이 요구를 하는 것으로 이해합니다.”

연대장이 보충 설명했다.

“여러분이 회견 전 무기고에서 산사람들로부터 압수한 무기들을
보셨을 거요. 일본군 구식 총과 권총, 일본군도, 와사탕기, 화약기
구, 죽창, 톱, 의류, 전화기, 미싱기를 보았을 것이오. 전화기는 한라
산 속 수많은 진지동굴에 연결되어 있는 통신기구이고, 미싱기는 산
속에서 의복을 수리하고 제조하는 데 사용하고 있소. 이것들을 때려
부수려면 더 많은 화력과 더 많은 인명 살상이 요구됩니다. 옷을 깁
는 재봉틀까지 부숴버려야 되겠소?”

“적과의 싸움에 한가로운 인간애군요.”

“그들은 이민족도 아니고 적도 아니오.”

“경찰은 강경책을 목표로 하는데, 군은 기피하는군요. 제주 현지

의 경찰과 군인의 구성비는 어떻습니까."

"본도 내에 경찰의 정상 원수는 300명 정도인데, 지금 응원 경찰이 2천명이 들어왔습니다. 청년단 등 사설단체도 그 숫자만큼 들어왔으니 폭도대와의 구성비는 20분지 1정도 됩니다. 화력은 100분지 1도 안 될 것이오. 그런데도 저것들이 까부는군요. 싸우자고 하면 저것들 불나방 신세요. 우리 군도 지금 증원되고 있습니다. 2천 명을 헤아릴 것입니다. 섬이 이들로 빼곡히 찰 정도입니다. 그러나 그렇게 한다고 해도 해결 난망합니다."

"왜 그렇습니까. 적은 섬멸해야 한다고 하지 않았습니까."

"강경토벌로 나가면 뒤에 제주 인민 30만 명이 들고 일어납니다. 그들은 적이 아닙니다."

다른 기자가 물었다.

"군과 경찰이 왜 서로 갈등관계로 비협조적입니까."

"진압 방법이 다르면 생각도 다르겠지요. 작전이 똑같을 수는 없습니다."

"토벌 방식이나, 포로수용소 운영방식이나, 군경간에 협력 방식이나, 모두가 문제가 있구만?"

그들은 경찰의 관점으로 사물을 보고 있었다. 그들이 돌아가고 최경산 연대장이 오민균에게 말했다.

"저것들이 어떻게 긁어댈지 모르겠네. 좌우간 부로수용소가 또 다른 분쟁지역이 되면 곤란해. 전선이 확대되잖나. 잡아다 주면 관리를 잘해야지. 성분 조사 철저히 하도록. 생필품 부족한 건 없나?"

"미군 물자를 넘치게 받고 있습니다. 연대장 각하의 배려로 알고 있습니다. 감사합니다."

"미국 자선단체들에게 고맙다고 해야지. 내가 사다준 것은 아니잖

나. 벼라별 물건이 다 들어오지?"

"그렇습니다."

"난 자네를 보면 위태위태해서 못 보겠네. 구호물자 잘 관리하라고."

그럴 때는 그가 꼭 집안 형님과 같았다.

"알겠습니다. 허투루 사용하지 않겠습니다."

오민균은 그러면서 한 소년의 우스꽝스런 복장을 떠올렸다. 열서너 살쯤 되어 보이는 소년은 미국 성인 신사복을 외투처럼 입고 싸돌아다녔다. 한국 성인남자가 입어도 헐렁해보이는 재킷이었다. 소매가 손 밖으로 반이나 나와서 팔을 휘두를 때마다 허수아비처럼 팔을 팔랑거리며 다녔다.

"수용자들 위생은 어떤가."

"관리를 하고 있습니다만 한계는 있습니다. 한 어르신이 식중독에 걸려서 매일 설사를 하시더군요. 전염성이 강해서 서둘러 처치를 하는데 우유를 과도하게 먹은 탓이에요. 분말 우유를 날로 먹고, 냉수에 타먹고, 연일 그것으로 끼니를 때웠으니 위장이 놀랐겠죠. 미국인 위장과 한국인 위장은 다를 테니까요."

연대장이 조용히 웃다가 물었다.

"무장대가 깊은 밤에 포로수용소에 잠입해 들어와서 동료를 불러낸다는데 알고 있나?"

"알고 있습니다."

"알고도 방치하면 어떻게 되지?"

오민균은 침묵을 지켰다. 정작 할 말이 없었다.

"다시 말하지만 어설픈 휴매니티가 인생 조진다는 것 명심하게. 귀관이 다칠 수 있네. 매일 매복조가 대기하고 있고, 협조하는 초병들도 있다고 하니 주의하게."

"알겠습니다."

며칠 후 주요 중앙 일간지엔 '제주 포로수용소, 체포된 폭도대 문지도 따지지도 않고 석방'이란 제목의 기사가 떴다. 오민균은 야릇한 절망감에 젖었다.

정의란 무엇인가

제주기지사령부 정보고문 김종태 소령이 오민균 소령을 찾았다. 지휘관회의를 통해 몇 차례 정보교환 차 만났지만, 그렇다고 특별히 가까운 사이는 아니었다. 짚을 깐 바닥에 놓인 소파에 두 사람이 마주 앉았다. 바람이 천막을 때릴 때마다 거칠고 음산한 소리를 냈다. 천막의 천이 펄럭이는 깃발 같았다. 습내가 나는 쓸쓸한 막사였다.

"딘 소장이 주재한 제주 최고위급 회담이 성공했다면 어떻게 됐을까요?"

김종태가 뚱딴지같이 물었다. 비밀협상의 실패 트라우마는 오래도록 오민균의 가슴을 짓누르고 있었는데, 그가 상처를 덧내고 있었다. 오민균은 침묵을 지켰다.

"나 역시 비밀회담에 대한 미련이 많이 남소. 조병옥 경무부장이 포용적이었다면?"

"……."

오민균은 여전히 대답하지 않았다. 그의 갑작스런 방문에, 또 엉뚱한 말을 하는 것이 귀에 거슬렸다. 김종태는 오민균에게 친밀감을 느끼는 듯 스스럼없이 털어놓았다.

"나는 김익창 연대장이 서툴렀다고 봐요. 혈기로, 단기필마로 뛰어들면 애마까지 죽이고 말지. 대책회의가 실패한 것은 회의 진행

스킬의 미숙 때문이오. 회의 주재자는 이미 정해진 결론을 가지고 끌어가는데, 이를 바꾸려는 사람은 치밀한 준비를 하고, 지휘관을 설득하기 위한 목소리, 표정, 제스처까지 고려해야 하는데 아무런 준비없이 혈기와 당위성만 가지고 대들었던 말이오. 논리적인 강조보다 정감적인 표현수사법이 먼저 사람을 움직이지요. 그 대책회의가 얼마나 중요한 회의입니까."

"그러게요."

그제서야 오민균이 쓸쓸하게 맞장구쳤다. 사실 그렇다. 30만 도민의 운명이 걸린 가장 절박한 회의인데 게임의 승부 내듯 처리해버렸다. 오민균은 5·5 대책회의를 두고 두고두고 아쉽게 생각하고 있었다. 좋은 기회를 놓쳤을 뿐만 아니라 사태를 악화시켰다.

"한국 사람들은 회의 문화가 빈약해요. 쌈박질로 끝나거든. 그러면 누가 손해요?"

"약자가 손해겠지요."

"그렇죠. 아랫사람이 자기 주장을 관철하려면 상하 관계적인 분위기를 먼저 고려하는 것이 전달력의 기본이오. 통계 수치와 자료 사진 등 타당성 있는 근거들을 준비해서 조근조근 설득해야지. 이 중대한 시기에 한번 찔러보고 끝내다니, 무책임하지 않소? 회담에는 협상의 본질보다 태도가 더 중요하다는 것을 몰랐나? 예법을 중시하는 조선사회에서는 더욱 그렇지. 난 조병옥 씨보다 김익창 연대장이 더 나쁘다고 생각해요. 안 그렇소?"

회의가 순조롭게 진행되었다고 하더라도 잘 됐으리라는 보장은 없다. 강자의 의도대로 회의는 결론나게 되어 있으니까. 그것을 지금 되새긴들 무슨 의미가 있는가.

"김달삼이 북으로 갔다는 정보를 알고 있소?"

"북이라니요?"

오민균은 수용소 일 외엔 아는 것이 없었다. 신경을 쓰고 싶지 않았고, 쓸 생각도 없었다.

"수용소가 정보의 저수지 아니오? 여기 수용소엔 첩자들이 득시글거린다는데, 모른다고요? 이곳은 폭도들이 드나드는 비밀 루트 아니오?"

순간 오민균은 불쾌감이 확 들었다. 그가 무엇을 캐기 위해 방문한 것 같았다.

"드나든다 해도 난 나대로 관리하고 있소."

경계의 태도로 그는 분명히 말했다. 제주 사태를 볼 때, 어떤 흐름이 있는 것은 사실이었다. 4월 29일 김달삼과 김익창 간의 평화협상이 체결되었으나 오라리 폭력사태로 휴전이 깨졌다. 뒤이어 열린 딘 소장, 조병옥 경무부장이 참석한 제주 최고위급 회의. 수습 방안이 상정되었으나 논의조차 되지 못하고 파회되었다. 김익창 연대장이 즉시 보직 해임되고, 후임 박진경 연대장이 부임하면서 강경토벌 작전이 강행되고, 그리고 그는 곧 암살되었다. 이때 김달삼은 동력선을 타고 제주를 빠져나가 황해도 해주에서 열린 남로당 인민대표자 대회에 참석했다. 살펴보니 사건은 일정한 맥락을 갖고 움직이는 것 같았다.

"김달삼은 내 대구 소학교 동창이오. 아버지가 대구에서 양조장을 경영한 부자였소."

"그래요?"

오민균이 의아해서 물었다.

"내가《제주신문》사 김영수 국장과 함께 별도로 김달삼과 비밀협상을 추진했소. 그자가 잡으러 간 줄 알고 도망을 가더군. 이념은 이렇게 우정마저 갈라놓는 것이오. 그는 아버지를 따라서 어렸을 적에 대구로 이주해왔고, 그의 아버지가 양조장을 경영해서 유복하게 살았소. 소학교를 마치자 나는 가게 점원으로 들어갔는데, 그는 중학부터 일본에서 학교를 다녔소. 한 사람은 가게 점원이고, 한 사람은 일본 유학생. 자연스럽게 사이가 멀어지더군. 해방이 되어 귀국한 그가 나에게 먼저 다가왔소. 대구 10·1사건에 동창 친구들을 끌어들이는데 나는 점방 일도 바쁘고 해서 함께 하진 못했지. 얼마 후 그가 제주도 처가로 숨어들어가더니 한라산 빨치산 대장이 되었다는 거요. 나는 그가 본명 이승진이란 본명을 버리고 김달삼으로 사는 것을 여기 와서 알았소. 그는 대구에서 같이 활약하던 문상길, 손선호를 불러들였던 것같 소. 이걸 몰랐소?"

"금시초문입니다."

"처음엔 몰랐다가 동향이니 끌어들일 수도 있겠지요. 내가 제주도 지도층과 대화를 나눈 적이 있소. 그들은 친일파와 민족반역자를 청산하고 민족의 역량을 한데 모아 중립국을 만들자고 하더군. 북한과 함께 인민공화국을 만들자고 할 줄 알았는데, 중립국 얘기를 합디다. 오스트리아가 그 방향으로 간다고 말이오. 그들의 정보 탐지력도 수준급이더군요."

"일본 유학파가 많으니까요. 인생관이나 세계관이 우리와 다르더군요."

"위험하지 않소?"

"뭐가 위험하다는 것이죠? 어떤 체제도 따지고 보면 다 위험하고 불안하지 않은 것이 없죠?"

"그게 현실성이 있냐는 거요. 미국도 소련도 아니고, 중립국으로 간다? 몽상가들 아닌가?"

"이런 세상에는 몽상가들도 필요하죠. 새로운 체제는 이상주의를 꿈꾸는 자의 몫이니까요."

"몽상가들, 좋지. 제주 사건이 미몽의 한 전형이오. 너무 비현실적인데 무모하게 꿈을 꾼단 말이오. 제주 문제는 단순하지. 어렵게 만드니까 복잡할 뿐이죠. 그들 식으로 살도록 내버려두면 간단히 끝나는 문제요. 좌파·우파·중립적 시각, 주민의 입장, 경찰의 입장, 군의 입장이 다 다르게 나오지만 진실의 눈으로 보면 단순하게 풀리는 거요. 그런데 그게 아니야. 내가 묻겠소. 정의란 무엇이오?"

그는 담론에 익숙한 사람 같았다.

"실행을 못 하니까 관념이 돼버리죠."

"구체적으로 말해보시오."

"가령 교사가 아이들에게 차별적으로 대한다면 차별당한 아이가 수용하지 않겠지요. 부당하다고 반발하는 그것이 정의의 본질 아니겠소? 선생이 대든 학생을 체벌한다면 힘의 순서대로 가겠다는 것이고, 힘이나 무기의 순서대로 간다면 받아들일 수 없겠지요. 정의란 억울한 사람에게 억울한 일이 없도록 행동하는 것 아닙니까?"

"그렇지만 정의가 신의 영역인 것처럼 모두가 어렵게 받아들인단 말이오."

"그렇지요. '가난한 자에 복이 있나니'라는 성경의 말씀도 꼭 그들이 옳고 정당해서가 아니라 소외받고 외롭고 고달프기 때문에 그들 편에 서겠다는 예수의 사랑의 표시 아니겠습니까? 누구도 보살펴주지 않는 이에게 따뜻한 손길을 보낸다는 위로. 기존 기득 세력은 그들 스스로를 지키는 힘이 있고, 또 권력과 돈의 힘으로 약자를 쩌누를 수 있죠. 오만하게 군림하고 짓밟지요. 정의가 약자를 보호해야 하는 이유입니다. 헌데 오늘날 정의의 칼이 너무 멀리 있고 무디지요.”

“한 마디 보내겠소. 철학자 존 슈트어트의 말입니다만, 정의란 그렇게 하는 것이 옳고, 그렇게 하지 않으면 옳지 않을 뿐 아니라, 옳지 못한 일을 저지하는 힘입니다. 해야 할 발언을 하지 않으면 옳지 못한 것이 되고, 해서는 안 될 일을 하면 정의의 칼을 맞아야 한다는 것이지요. 서양의 보복과 응징의 법칙입니다. 이분법적이지만 그런 태도부터 가지고 시작하라는 것이지요. 정의롭지 못한 그 순간 도덕적 권위는 사라진다는 것이지요…”

화제는 이상한 방향으로 흘러갔다.

“그렇다면 일본에 부역해 권력과 자본을 쌓은 자는 불의이고, 조국을 찾겠노라 풍찬노숙을 마다하지 않는 사람은 정의입니까?”

“꼭 그렇지만은 않습니다. 다만 그렇게라도 규정해야 삶의 태도가 정리가 된다는 것이지요. 그렇게 해서 독립군은 보람을 얻게 되고 친일 부역자는 자숙해야 한다는 뜻 아니겠습니까. 그래야 바른 세상이 되고, 정의로운 세상이 열린다는 것이죠.”

천막 밖에서 누군가 얼쩡거렸다. 아낙네와 조그만 체구의 노인이었다. 초병은 어디로 새버렸는지 보이지 않았다.

“무슨 일로 오셨습니까.”

오민균이 나가서 그들을 맞았다. 아낙네는 고구마와 감자가 담긴 광주리를 머리에 이고 있었고, 노인은 생선이 담긴 대나무 조롱을 어깨에 메고 있었다.

“수용소장님, 나는 정뜨르 갯가에 사는 늙은 것입니다.”

“무슨 일로 오셨습니까?”

“산에 있는 아들한테 양식을 갖다 주러 갔다가 붙잡혔지요. 수용소장님이 풀어주셔서 이렇게 살아났답니다. 하지만 다시 아들을 찾아야지요. 그래서 돔 몇 마리하구 문어를 가져왔습니다. 저 여자는 이웃동네 영바우 어멍이고, 내가 온다니께 따라나섰습니다요. 남편이랑 함께 잡혀갔다가 홀로 하산했는데, 메칠 전에 소장님이 석방시켜 주셨다고 하네요. 저 어멍도 남편을 찾는답니다."

"그러셨나요. 들어오시죠."

그는 노인과 아낙네를 천막 안으로 안내했다. 접이 의자를 내놓자 두 사람이 그의 곁에 나란히 앉았다.

"폭도집결소에서 다 죽는 줄 알았지요. 험하게 다루니까요. 포로수용소로 옮겨와서 살 것 같았습니다. 심사를 너그럽게 해주고, 집으로 돌려보내주셨지요. 집에 가자마자 바다에 나가서 갯것을 잡아왔습니다. 어부들이 바다에 없으니 고기들이 많습니다."

"그랬군요."

아낙네가 뒤따라 나섰다.

"사람들이 다시 수용소에 들어가겠다고 해요. 옷을 받고 식량배급을 해주고, 약품을 주어서 다시 오겠다고 해요. 피부병 걸린 사람들이 거짓말처럼 나았어요."

"미제 약품이 좋아서 그렇지요. 제가 낫게 해드린 것은 없습니다."

"약을 주셨으니 나았지 안 주었으면 나았겠습니까요."

오민균은 우울한 생각들이 한순간에 날아간 기분이었다. 그는 처우개선과 의사 존중, 강압적인 심사 배제 원칙을 지킨 것이 얻은 것이 많다는 결론을 내렸다.

"회로 먹어도 좋고, 구워잡솨도 되지요."

"잘 먹겠습니다. 어려운 걸음 주셨군요. 고맙습니다."

한 소년이 바구니를 들고 왔다. 바구니에는 아직 푸른 기가 도는 귤이 들어 있었다.

"아버지가 갖다 드리라 했습니다. 수용소장님을 모시겠다고 날짜를 받아 오라시네요."

"오소령 정착하구려, 하하하."

김종태가 부럽다는 듯이 말했다. 이어서 자리를 털면서 그에게 짧게 말했다.

"여기 살만한 곳이나 살려면 피하시오."

김종태는 부대로 돌아간 뒤 곧바로 체포되어 서울로 압송되었다. 김달삼과 대구 소학교 친구에, 폭도와의 비밀 접선이 이적 행위로 몰렸다. 그가 한가하게 포로수용소를 찾은 이유를 알 수 있을 것 같았다. 쫓기는 사람은 어딘가 헛헛해보인다. 본능적으로 같은 동지를 찾아 위로를 받으러 다니는 것이다.

임신과 종말

오민균이 문상길의 처형 소식을 들은 것은 사형이 집행된 며칠 후였다. 신문에서 짤막한 사형집행 기사를 보는 순간 그는 정신이 아찔했다. 평온을 되찾으려 했지만 구토 증세까지 일어났다. 토해야 속이 시원할 것 같았다. 그는 천막 밖으로 나가 웩웩 힘껏 토했다. 저도 모르게 눈물이 흘러내렸다. 뭔가 쓸쓸한 것 같고, 허무한 것 같았다. 자리로 돌아와 책상 앞에 앉았으나 혼란스러웠다. 면회 한 번 가보지 못한 것이 아쉬웠다. 재판 과정이 속전속결로 진행되고, 그의 처소가 어디에 있는지 알 수 없었기 때문에 막연히 지켜보는 사이 형이 집행되었다.

오민균은 그를 만나 꼭 해주고 싶은 말이 있었다. 귀관으로 인해 사태가 걷잡을 수 없이 악화되었다. 강경 토벌의 명분만을 안겨주었다. 해결책이 강구되긴커녕 문제를 복잡하게 키웠다. 나 역시 폭도대에 대한 강경진압책을 반대했지만, 그렇다고 이런 암살 방식은 아니다. 토끼를 잡으려다 호랑이를 맞은 것이다. 약자에겐 사태해결이 갈수록 어렵고, 강자에겐 갈수록 쉬운 것이 이런 사건의 속성이다. 빌미를 찾는 권력은 옳다구나 하고 역이용한다. 이념의 간판을 걸어놓고 피를 부른다. 결국 이용당하고 말았다.

도대체 이념이라는 것이 무엇이냐. 양심의 소명대로 살아가지 못하도록 모든 폭력을 강제하는 무기. 그래서일까. 문상길이 응답하는 것 같다. 대대장님, 이건 대한민국 정부를 향해 결행한 나의 혁명입니다. 오민균이 반박했다. 그건 살인행위를 정당화한 비겁자의 변명이야. 그가 대답했다. 그것이 두려워서 결행했겠습니까. 오민균이 답한다. 한 줄기 가느다란 협상의 문마저 닫아버렸잖아. 대대장님, 순진하군요. 저들은 협상과는 거리가 멉니다. 시늉일 뿐입니다. 아직도 사태의 본질에 접근하지 못했군요. 자신의 안락을 기꺼이 헌납한 선각자들의 눈물겨운 투쟁의 역사를 보십시오. 개인적 고통을 딛고 희망을 만들어내는 그들의 절규가 들리지 않습니까. 문 소위는 아냐. 거룩한 이름들을 가지고 자기합리화하지 말라. 동일시할 수 없어. 세상은 단순하지 않아. 대대장님, 제주사건은 생각보다 단순하다 하지 않았습니까. 나의 진정성을 모르시나요? 너의 진정성은 판만 키우고, 저들의 수에 말려들었을 뿐이야. 고향에 계신 부모님 생각을 해보라. 사사로운 개인사를 생각하면 피끓는 청년으로 살 수 없죠. 어쨌든 불효야. 지금은 그런 행동을 할 때가 아니야. 다른 방법도 있었어. 아유 대대장님, 그 질식할 구조를 어떻게 뚫는단 말입니까.

"소장님, 어디 편찮으세요?"

그의 곁에 어느새 현호영이 와 서 있었다. 그는 그녀가 와있는 줄도 모르고 한동안 상념에 젖어 있었다. 그를 바라보던 현호영의 눈빛이 애처로웠다.

"내가 잠시 혼란에 빠져 있었소."

"그냥 돌아갈까 했어요. 여기 메리야쓰하구 팬티, 양말을 새로 가져왔어요."

현호영이 보퉁이를 내밀었다. 그녀는 포로수용소를 찾아 누더기가 된 담요를 거둬가 빨아서 바늘로 깁고, 때로는 반찬거리를 만들어 가져왔다. 오민균이 눈으로 앞 소파에 앉기를 권했다.

"미안해요. 오늘은 좀 쓸쓸하고 센티멘탈해져서…."

"그럼 바닷가로 나가요. 쓸쓸할 때는 바다가 우리를 위로해줘요."

두 사람은 포로수용소를 나와 무성한 풀밭을 지나 바닷가로 나갔다. 호영은 언제나 단아하면서도 청순한 분위기를 풍겼다. 흩날리는 긴 머리칼과 큰 눈과 하얀 이마, 적당한 높이의 코와 꽃 이파리 같은 입술. 보기만 해도 마음이 싱그러웠으나 오늘은 그런 모습까지 슬퍼 보였다.

"여기 앉아요."

언덕의 잔디밭에 앉으니 바로 눈 아래 바다가 펼쳐졌다. 파도가 밀려와 흰 포말을 일으키며 해변의 돌밭을 적시고 물러갔다가 다시 밀려왔다.

"아이를 가졌어요."

주어가 빠져서 그는 한동안 무슨 말인지 몰랐다. 현호영이 담담하나 또렷한 어조로 다시 말했다.

"기뻐할 줄 알았는데… 하지만 알아요. 당신 고향에 여자가 있다는 것 알아요. 알고 있었어요. 하지만 걱정하지 마세요. 이건 내가 감당할 몫이니까요."

슬픔의 내용은 그것과는 전연 상관이 없었다. 그저 이래저래 비감에 젖었을 뿐이었다. 그는 그녀를 안고 이윽고 울음을 터뜨렸다. 그녀도 덩달아 울었다. 한 사람이 가고, 한 사람이 온다… 왜 하필 이때 오는가. 서로가 감당하기 어려운 시기에 오는가. 내가 짊어질 운명이지만, 그것까지 감당하기엔 오늘의 상황이 너무 절망적이다. 절망의 시기에도 우주의 질서는 변함없이 운행이 되고 있다는 듯 생명이 잉태되고 있다.

최경산 연대장은 2개월 복무하고 본래의 주둔지인 수원 연대로 복귀했다. 육군본부의 명령을 따른다고 했지만, 그의 평소 언행을 볼 때 꼭 그렇다고 단정할 수 없었다. 그는 제주에 와있는 것 자체를 수치로 알았다. 토벌을 귀찮아하던 품성대로 육군본부에 손을 쓰더니 제주 출신 병사들을 인솔해 수원으로 복귀해버렸다. 제주 출신 병사들을 육지로 빼돌린 것은 폭도대 진압작전에 여러 모로 걸리적거렸기 때문이었다. 그들은 아무래도 지역 주민에게 우호적이었다.

부연대장 송요평 소령이 연대를 물려받아 새 연대장으로 부임했다. 11연대는 수원으로 가고, 제주는 다시 9연대로 원위치했다. 제주 출신 병사들 상당수가 11연대로 배속돼 제주 9연대는 육지인 중심으로 재편되었다. 대대급 병력이 외지로부터 들고 났다. 편제 구성과 이동이 어수선했다. 그만큼 9연대는 안정되지 못했다.

토벌작전은 종전과는 양상이 완연히 달랐다. 해안에서 500m 이상의 산간 지역엔 통행금지령이 내려지고, 주민 소개령이 떨어지고, 그 지역에 들고 나는 자는 이유 여하를 막론하고 사살된다는 포고령이 내걸렸다. 뒤이어 무자비한 진압작전이 전개되었다.

오민균은 우려했던 대로 사태가 최악의 상태로 굴러가고 있다는 것을 알았다.

　서북청년회의 단원들 중 20여 명이 경찰관으로 편입되고, 그중 구대구는 순사부장인 경사 계급장을 달았다. 일제강점기 순사보 계급장만 보아도 공연히 긴장했는데 직접 경사 계급장을 다니 그는 천하를 얻은 기분이었다. 고향에 계신 부모님께 계급장이 부착된 제모를 멋들어지게 한번 씌워드리고 싶은데 38선으로 가로막혀버렸다.
　"너는 벼슬길하고는 먼 인간이니 지게나 져야디" 하시던 부모님께 제모를 씌워드리고 싶었다. 부모님은 꿈에도 생각지 못한 일이 벌어졌다고 기절초풍하실 것이다. 그런 부모님을 놀래키고 싶은데 당장 만날 수가 없다.
　그는 일본군 군조(하사관) 지망 시험에 응시했으나 매번 탈락했다. 구구단 따위를 외지 못한 것이 탈락의 이유였다. 그런 그가 파출소장급인 경사를 달았으니 부모님은 그의 성공을 눈물로 반겨주실 것이다. 그런 부모를 만나지 못하는 것이 통탄스러웠다. 그것이 운명이니 받아들일 수밖에 없고, 대신 이승만 박사를 부모님으로 삼기로 했다. 이 박사는 우리의 국부가 아니신가. 그를 즐겁게 하는 일은 빨갱이를 많이 잡아올리는 일이다. 그는 금방 기분이 유쾌해졌다.
　마침내 경찰 편입식 날이었다. 구대구는 신임 경찰 대표로 답사를 했다.

　— 제주비상경비사령관 각하와 제주경찰감찰청장 각하, 제주 지사 각하, 김재풍 제주도 서북청년회 위원장 각하, 서북청년회 부하 여러분! 저는 여러 어르신들의 음덕으로 저의 오늘의 영광이 있는 것입니다. 분골쇄신, 용맹정진, 임전무퇴의 정신으로 나라에 충성을

다할 것을 맹서합니다!

　문자를 총동원해 연설을 마치자 신입 경찰들이 줄기차게 박수를 쳤다. 서청 대원의 상당수가 경찰로 기용된 자들이었다. 저런 고상한 문자로 답사를 하자 마치 자신들이 말한 것처럼 의기양양해지는 것이다. 권력은 이런 맛에 잡는 모양이다.

　1955년 통계에 따르면 우리나라 경찰 중 이북 출신이 24·3%를 차지했다. 이중 경찰서장급인 총경 40%, 경감 30.3%로 고급 경찰이 압도적으로 많았다. 이처럼 이북 출신이 다수를 점한 것은 서북청년회 출신이 대거 진출했기 때문이었다. 이들이 이승만의 반공 정권의 기둥이 되었는데, 점차 군대도 이북 출신들이 장악해나갔다.

　박정희가 5·16 쿠데타 이후 정권을 장악하면서 군의 이북 세력은 영남 세력으로 급속히 대체되었으나 그 이전은 압도적으로 이북세력이 장악하고 있었다(이상 김관후의 '서북청년단, 제주도 학살의 최선봉에 서다' 일부 인용).

　식이 끝나고 주요 간부들이 비상경비사령관실로 자리를 옮겼다. 차 한 잔 마시고 각자의 위치로 돌아갈 참이었다. 사령관실 응접실 소파에 앉자 김재풍 위원장이 큰 소리로 떠벌였다.

　"여러 어르신들, 제주 사태는 통일 정부를 갈망한 수많은 민중들의 의지를 대변한 항쟁이래요. 이거 맞습네까? 뚫린 입이라구 이렇게 갖다 붙여두 되는 것입네까?"

　그러면서 화가 난 표정으로 호주머니에서 유인물을 꺼내보였다. 유인물은 무장자위대가 찍어낸 전단지였다.

— 희생자가 급증한 것은 무장자위대의 저항이 증가한 때가 아니라 일방적으로 쫓기는 시기에 다발하였다. 학살 집행자인 파견 군대와 경찰, 우익청년단은 규율이 결여된 채 공사의 구분 없이 닥치는 대로 폭력을 행사하였다. 여성에 대한 강간, 유희적인 살인, 무자비한 참수 등 반인도적·반인륜적 범죄가 도처에서 일어났다. 탄압에 저항하는 제주도민의 행동은 그래서 정당하다. 평화롭게 살겠다는 자치적 투쟁과 단독선거 반대라는 정치적 투쟁이 무엇이 틀렸다는 말인가. 항일 투쟁을 통해 정통성을 이어받은 제주 인민위원회 등 제 단체는 무자비한 탄압에 끝까지 항전할 것이다. 최후의 일각까지 피를 흘릴 것이다.

"이런 자들을 씹어먹어 버려야디요! 내 실력으로 말해 주갔소!"

김재풍이 이를 뿌드득 갈았다. 그들은 그들의 사무실로 돌아가서 실적을 올릴 일에 골몰했다. 그는 구대구와 대원들을 단장실로 불러들였다.

"지금 김달삼, 강규찬이가 남로당 해주대회에 참가하디 않았네? 북한 정권 수립에 참여하디 않았네? 쌍간나 새끼들, 이래 놓구도 빨갱이가 아니라구? 구대구 순사부장, 이걸 봐주어야 하네?"

"안 되디오. 봐주면 나라가 적화되디요! 우리는 니북에서 공산당에게 재산 몰수당하구, 교회당 뺏기구, 일자리 뺏기구, 집 뺏기구, 고래서 오로지 살기 위하여 남하했디 않았습네까. 남한 사회가 빨갱이 세상이 되문 우린 설 자리가 없디오. 그리 되면 우린 서귀포 앞바다에 다 빠져죽어야디요. 이래 죽으나 저래 죽으나 죽을 양이면 싸우다가 디져야디요. 우리가 살래문 이것들을 바다에 쓸어넣어 버려야디요."

"백번 천번 옳은 말이다. 진실적 말씀이다. 그렇구 말구. 서북청년회가 최선봉에 서서 혁혁한 전과를 올려야디. 앞으로도 우리 단원들이 경찰에 대거 투입되어야디. 기래서 공을 세워야디. 분발하라우."

"지당한 말씀입네다."

미 군정청과 이승만 정부는 국립경찰 1천700명을 제주에 투입했다. 군대도 수천 명 현지 입대시켰다. 이들 중 상당수가 서북청년회 출신들이었다. 서청 단원들은 개별적으로 현지 임관된 경우도 있었지만 단체 임관은 경찰전문학교에서 간단한 면접시험을 보고 배치했다. 취조 조서를 꾸미려면 '가나다라' 정도는 알아야 했기 때문에 글을 읽는 단원은 경찰이 되고, 글이 서툰 경우는 국방경비대 이등병으로 들어갔다.

제주 성산포 일대에 주둔한 '200명 서청 특별중대'가 있었다. 이 중대는 군번없이 국방경비대 복장을 하고 소대 단위별로 취약지구를 찾아다니며 토벌전을 벌였다. 성산포 앞바다에서 28명의 고성리 청년들을 집단 학살한 것도 이들이었다. 인근 소학교 교사 6명도 끌고 가 총살했다. 이런 것들이 모두 전과(戰果)로 기록돼 영전과 승진 자료가 되었다.

구대구 순사부장이 실적을 올릴 절호의 기회가 왔다. 밀대로부터 한라산 중턱에 거물급 인민유격대 인사가 이동하고 있다는 첩보를 제보받은 것이다. 그는 여섯 명의 대원을 이끌고 작전 지역으로 들어갔다. 겨울철이라 낙엽이 지고, 산이 훤히 드러나면서 작전을 수행하는 데 여러 모로 도움이 되었다. 폭도들 거동이 그대로 노출되었고, 진지 동굴도 육안에 확연히 잡혔다. 이런 지형 조건이라면 그들은 흰 종잇장 위를 기어가는 지렁이 꼴이다.

"추가 병력 지원을 받지 않아도 되갔습네까."

대원이 묻자 구대구가 응대했다.

"이 숫자로 충분하다."

그는 별동대로 유능한 서북청년회 단원을 활용하고 있었다. 경찰 순사부장 직책이지만 그는 여전히 서북청년회 조직을 활용하고 있었다. 그는 그들에게 변함없이 단장이었다.

"우리 공으로 돌려야디. 고래야 니네들도 경찰복 입디 않가서?"

"훌륭한 말씀입니다."

"그렇다면 나를 잘 따르라우!"

밀대로부터 받은 첩보는 폭도대장이 사라지고 새 사령관이란 자가 들어서면서 조직을 재편했다는 것이다. 조직이 재편되자 들고 나는 사람이 있었다. 밀대가 인민유격대장 참모가 마을로 내려간다는 연락을 준 것은 그때였다. 그는 제주 읍내를 오르내리는 게릴라들의 주로(走路)인 밧세미오름과 안세미오름의 골짜기에 두 명씩 조를 짜 매복시켰다. 그는 대원들을 모아놓고 호주머니에서 지도를 꺼냈다. 안덕과 한림의 두 면 사이를 연필로 쫙 긋고, 그 반대편인 밧세미오름 쪽도 쫙 그었다.

"안덕지구가 중요하디만 요즘은 밧세미오름, 안세미오름 쪽이디. 엊그제만해두 한림 안덕은 반란군 본부와 분대간의 식량 보급선이 었댔디. 하디만 상당수 대원들은 이 생명선을 버리고 은거지역을 산 개시켜 나갔디. 새 폭도대사령관의 방침이다. 우리는 이 지역을 지키면 된다."

구대구가 안세미오름쪽을 연필로 내리찍었다. 연필심이 똑 부러졌으나 그는 개의치 않았다. 단장의 카리스마를 그런 식으로 보여주고 있었다.

밤이 깊자 산 위쪽으로부터 두런거리는 낮은 목소리가 들려왔다. 구대구는 바스락거리지 않도록 멧새 울음소리로 매복한 대원들에게 신호를 보냈다. 산사람들은 주의력 깊게 조심스런 발걸음으로 내려오고 있었지만, 밤길인지라 자갈 부딪는 소리, 개울물에 찰방거리는 소리가 가감없이 들려왔다.

"선생님, 이제 돌아가면 만나지 못하나요?"

소년의 목소리였다.

"응, 넌 올라올 필요가 없다."

"선생님은 언제 내려오실 거예요?"

"응. 난 내가 알아서 하마. 넌 활주로 쪽으로 가거라."

"거긴 왜요?"

"가면 알아. 용강을 지나 봉개까지 데려다 줄 테니까 거기서부턴 혼자 가거라. 우린 거기서 헤어지는 거야."

"내려가면 뜨거운 밥 한 그릇 먹고 싶어요."

"그래, 실컷 먹어라. 하복 입고 발발 떠는 거 보고 나도 마음이 아팠다."

"알아요. 지급된 옷을 입을 수가 없더라구요."

"왜?"

"헤진 일본군복이 맞지도 않고, 싫었어요. 그리구 하는 일도 없었잖아요. 땔나무나 하구, 마초(馬草)를 뜯었으니까요."

"누군가는 하는 일이었으니 장한 일이다."

그들이 점점 가까이 다가오고 있었다. 조심한다고는 했지만 그들은 계속 돌을 차며 내려왔다.

"선생님, 회담은 완전히 끝나버렸나요?"

남자는 대답하지 않았다. 그는 현호진이었다. 그는 머리가 복잡했다. 돌아보니 만감이 교차했다. 어느 진영이나 강경파가 세를 주도해나가는데, 현호진은 재무장을 반대하는 화평파였다. 참모진 구수회의는 새 지도부로 교체되면서 분위기가 일신되었다.

"총알을 가지면 쏠려고 하는 욕구가 있소. 어차피 우린 밀리고 있소. 싸움으로 하자면 패자일 수밖에 없소. 아무리 명분이 좋아도 패배가 이기는 것이 아니라 패배는 엄연한 패배요. 냉철하게 판단해서 후일을 도모합시다."

그러나 그의 목소리는 묻혔다.

"기회주의자는 나가시오!"

사령관이 교체되면서 대세는 더욱 강경해졌고, 그의 설자리는 없었다. 새 지휘부에선 그의 역할이 없었다. 비밀회담의 실패에 대한 책임만 돌아왔다.

"저 자들을 믿을 수 있습니까. 배신을 밥먹듯이 하잖습니까. 우리가 이용당하고 있습니다. 본부도 노출됐습니다. 새로 진지를 구축하려면 두 배, 세 배의 작업을 해야 해요. 회담을 해서 얻은 것이 무엇입니까?"

청년부장이 현호진을 비판했다.

"끝까지 항전입니다. 이미 떠나온 다리를 불태워버렸습니다. 돌아갈 길이 없어요!"

"비선이 아직 살아있긴 하오."

현호진이 호소하는 마음으로 말했다. 그는 오민균을 생각하고 있었다.

"그들도 교체되었소. 그들도 책임을 지고 물러난 것이오. 상황을 엉망으로 만들어버린 걸 모른단 말이오? 저놈들 오라리 습격사건 조작한 거 보시오! 뭘 믿으라는 거요? 상황이 여기까지 왔는데 협상이라니요?"

다른 간부는 더 강경했다.

"휴전협상을 휴지조각으로 만들어버리지 않았소? 약하게 보이니까 더 밀어붙이지 않소? 신속하게 진지구축을 한 게 그나마 다행이오!"

"배운 자는 언제나 저렇다니까. 기회주의자에 회색분자 반동들이오! 하산하시오! 다 죽기 전에 당신이나 내려가시오! 우리가 생사를 걱정하고 여기에 왔소?"

"나약한 소리는 배부른 인텔리들이 항용 사용하는 방식이오. 일제 강점기에도 가장 비열하게 변절한 놈들이 지식인 놈들이오. 나약한 행태를 보이는 먹물들, 창백한 인텔리들, 더러운 기회주의자들…."

옳소, 옳소, 옳소… 여기저기서 박수소리가 터져나왔다. 그를 따르던 학생 둘 중 하나가 더 강경했다. 그들은 통제 밖이었다.

"최후의 일인까지, 최후의 일각까지 불퇴전의 용기로 싸워나갑시다!"

그들의 말을 뒤로 하고 그는 깜깜한 밤, 여름옷을 입고 발발 떠는 병약한 소년을 데리고 하산길에 나섰다. 그는 소년을 내려보내고, 나약한 지성이 아니라는 것을 보여주기 위해 다시 입산할 생각이었다. 두 사람이 자갈밭을 지나 풀밭에 이르러 편히 걸을 때 매복했던 구대구가 벼락같이 소리질렀다.

"반자이 도쓰게키(만세 돌격)!"

일시에 두 조원들이 양 옆에서 뛰어들어 두 사람을 죽창으로 찌르고 각목으로 내려쳤다. 두 사람은 현장에서 즉사했다.

"목을 따라."

밤이 깊어가고 있었다. 구대구 순사부장은 대원들을 원대 복귀시킨 다음 키가 작다고 해서 이름 붙여진 땅개와 까실까실한 풀이름의 별명이 붙은 조뱅이라는 심복을 데리고 제주 읍내로 들어갔다. 조뱅이는 보퉁이를 각목에 끼어 어깨에 걸치고 의기양양하게 구대구를 뒤따라 걸었다. 그들은 관덕정 광장을 지나 이도동 좁은 골목길로 들어섰다. 통금시간인지라 사위는 먹물 풀어놓은 듯 깜깜하고 고요했다. 통금시간은 그들의 세상이었다. 신문사 총무국장 자리에 앉아 봤지만 맞지 않는 잠방이를 걸친 것처럼 늘 꼴이 거북했는데, 야밤을 행군하며 이렇게 거리를 누비는 청년단장과 순사부장 자리는 적성에 딱 맞았다.

정원수가 우거진 집 돌담에 당도했다. 숲에 묻혀서인지 집안은 절간처럼 고요적막했다. 그는 담을 사뿐히 타고 넘어 집안으로 들어섰다. 땅개와 조뱅이도 날렵하게 그의 뒤를 따랐다. 그가 현관문을 열자 의외로 쉽게 문이 열렸다. 아마도 누군가 다른 식구가 집에 들어오지 않았거나, 외지에 나간 식구가 언제든지 편히 들어오도록 문을 걸어잠그지 않고 있는지도 몰랐다.

"누구냐? 이제 들어오니?"

안에서 굵은 남자의 목소리가 들렸다. 그는 응접실에서 낮은 촉수의 전등불 아래 의자에 파묻히듯 앉아 생각에 잠겨 있었다.

"밖에 누구니?"

한번 더 묻는 소리가 났을 때, 구대구가 문을 단숨에 박차고 응접실로 뛰어들었다. 땅개와 조뱅이가 바짝 따라붙었다.

"누구요?"

주인이 당황해서 물었다.

"현문선 사장 맞디오?"

그는 대답하지 않았다.

"현문선 사장님 안녕하십네까. 나는 사장님을 잘 압네다."

"누구요? 이 밤에 무슨 일이요?"

"경찰이 빨갱이 잡는데 밤이 있고 낮이 있소? 당신 빨갱이 아들, 체포된 것 아시오?"

"못된 놈들. 그게 무슨 말버릇인가."

당장 불호령이 떨어졌다.

"빨갱이 새끼, 순사부장 앞에서 지금 뭐라고 했네? 사진봉은 사람이구 나는 거지 발싸개가? 당신, 그동안 사람 차별했디. 좌익 소굴에서 선한 일한다구 폼잡구 어른 행세하구, 세상 말세였디! 당신은 날 모르디만 난 당신을 잘 알디. 위선자! 빨갱이 뒷배!"

현문선이 사진봉 단장과 거래하고, 큰돈이 오가고, 그 자식이 폭도대에 가담하고, 정용팔 부장이 이 집 며느리 집을 들락거리다 행불이 되고, 이런 저런 생각이 미치자 구대구는 머리끝까지 화가 치밀었다.

"길게 얘기할 거 없수다. 우리 애국청년단원들이 작전수행 중 확인할 것이 있어서 물건을 가지고 왔수다. 확인하시오."

그가 조뱅이로부터 보퉁이를 받아 던지듯이 탁자에 확 풀어놓았다. 보자기에서 목이 잘린 두상 두 개가 드러났다. 탁자를 내려다보던 현문선 사장이 갑자기 아아아, 가슴을 쥐어잡고 격렬하게 몸을 흔들더니 고개를 떨구었다. 탁자에 놓인 두상은 현호진과 소년의 목 잘린 모습이었다.

한참 후 현문선 사장이 정신을 차리더니 소파 옆 서류함을 열어 손으로 더듬었다. 그리고 권총을 꺼내들어 순식간에 발사했다. 구대구가 쓰러지고 조뱅이가 쓰러졌다. 땅개에게는 빗맞았지만 구대구는 정통으로 가슴을 관통했다. 땅개가 달려들어 현문선 사장을 덮쳐

목과 가슴, 배를 칼로 마구 찔렀다. 찔리면서도 현문선 사장이 권총의 방아쇠를 당겼으나 총알은 발사되지 않았다. 총알이 떨어진 것이다. 땅개는 현문선 사장이 앞으로 고꾸라져 숨이 멎을 때까지 칼로 마구 찌르고 보자기에 있는 두상을 싸들고 황급히 밖으로 사라졌다.

총소리에 놀란 김혜자 여사가 불편한 몸을 벽에 기댄 채 응접실로 나왔다. 응접실에 이르러서 처참한 광경을 보고 그녀는 그 자리에 쓰러져 정신을 잃었다. 깨어보니 뒷방이었다. 현호영이 울면서 그녀를 지키고 있었다.

"엄마, 엄마, 무슨 일이야. 아버지가 돌아가셨어."

김혜자 여사가 정신이 돌아오는 듯 주위를 살피다가 큰소리로 울었다.

"이게 무슨 일이냐. 세상에 이게 무슨 일이냐. 무슨 일이냐."

같은 말만 되풀이하다 한 순간에 또 기절했다. 현호영이 물을 떠먹이자 한참 만에 정신이 깬 김혜자 여사가 정신을 차리고는 냉정하게 말했다.

"넌 지금 나가거라. 여기선 안 된다. 떠나야 한다. 진미호로 가거라. 북항으로 가거라. 두말 할 것 없다. 어서 가거라."

그녀는 차가우리만큼 냉정했다.

"엄마 엄마, 헤어지면 어떡해. 나 어떡해."

"아니다. 다 죽는다. 어서 준비해라. 피해라. 씨는 살려야 한다."

김혜자 여사는 언제 그런 힘이 있었더냐 싶게 자리에서 일어나서 옷장을 열어 스스로 옷가지를 챙겼다.

"어서 가방에 옷 챙겨넣어라. 여기 통행증도 있다."

그녀는 딸이 나가는 모습을 돌아보지 않았다. 보아서는 안 될 것 같았다. 그녀는 꼭 아들을 보아야 한다고 생각했다. 아들만 보면 다 잘 풀릴 것 같았다. 아들이 돌아오면 어느 망명시인의 시처럼 하얀 모시수건에 과일을 가득 담아 내놓을 생각이었다. 그리고 다시 시작할 생각이었다. 어디서부터 잘못되었는지 모르지만, 이제 거뜬히 하얀 돛단배에 돛을 올릴 생각이었다.

다음날 아침 라디오에서 폭도대 참모장 현호진의 효수된 머리가 도청앞 거리에 전시되었다는 라디오 뉴스가 흘러나왔다. 김혜자 여사의 시신이 발견된 것은 그로부터 이틀 후였다. 누구도 그의 집을 찾은 사람이 없었으나 경찰이 구대구 순사부장 시신을 수습하러 갔다가 안방에서 목을 맨 김혜자 여사의 시신을 발견한 것이었다. 그녀는 아들이 효수된 라디오 뉴스를 듣고 목을 맸다.

"동족상잔 결사반대"

일단의 하사관과 병사들이 무기를 들고 장교단을 처치한 뒤 연대병영을 점령했다. 뒤이어 군장을 꾸려 시가지로 나가 차례로 경찰서와 시청, 학교 등 관공서를 접수했다. 전혀 예상치 못한 사건이었다. 1948년 10월 19일 밤, 여수 신월리에 주둔하고 있던 국방경비대 14연대 소속 군인들이 '제주도출동거부병사위원회'라는 이름으로 '병란'을 일으킨 것이다. '병란'을 주도한 '제주도토벌 출동거부병사위원회'가 내건 호소문은 다음과 같다.

— 애국 인민에게 호소함!

우리들은 조선 인민의 아들 노동자, 농민의 아들이다. 우리는 우리들의 사명이 국토를 방위하고 인민의 권리와 복리를 위하여서 생명을 바쳐야 한다는 것을 잘 안다. 우리는 제주도 애국 인민을 무차별 학살하기 위하여 우리들을 출동시키려는 작전에 조선 사람의 아들로

서 조선 동포를 학살하는 것을 거부하고 조선 인민의 복지를 위하여
총궐기하였다. 애국자들이여! 진실과 정의를 얻기 위한 애국적 봉기
에 동참하라! 그리고 우리 인민과 독립을 위하여 끝까지 싸우자! 다
음이 우리의 두 가지 강령이다.

  1. 동족상잔 결사 반대!
  2. 미군 즉시 철퇴!
  ─ 제주도토벌출동거부병사위원회

  호소문은 서둘러 마련한 듯했지만 '거사 목적'이 분명히 드러나 있
었다. 동족상잔의 비극에 참여할 수 없으며, 따라서 제주도 동포를
토벌하러 가는 것을 단호히 거부하며, 갈등과 대립의 원인 제공자인
미군은 즉시 떠나라는 것이다.

  박정희가 '10·19 여수 병란(兵亂)' 토벌사령부에 합류한 것은 송호
성 육군총사령관의 긴급 호출 때문이었다. 10월 20일 이범석 국방장
관이 송 총사령관을 불러 여순 토벌을 지시하자, 그는 박정희 소령
과 한신 소령을 불렀다.
  박정희는 춘천 8연대 작전 참모 재임 시절, 군사작전 훈련 계획을
잘 세웠다는 평판을 들었다. 그는 일본 군대의 지휘관용 '전술교범'
을 옆에 끼고 다니며 이 교범을 통해 작전 상황에 대한 틀을 짰는데,
실행 수칙이 치밀했다. 송호성 총사령관이 이를 인정해 여순 토벌
전투작전을 전개할 적임자로 박정희를 불러낸 것이다. 박정희는 육
군 정보국 발령을 받아놓고 있는 상태였다.
  송호성 총사령관이 박정희와 한신을 호출한 것은 세 사람 모두 국

방경비대사관학교 2기 동기생이라는 인연이 있었다. 송호성은 중국 보정군관학교를 졸업하고 중국 군대 연대장, 국부군의 기병사단장을 역임하고, 충칭 임정의 김구 주석 측근 무장으로서 광복군 5지대장을 지낸 신분이었다. 굳이 계급으로 보자면 장군 출신이었다.

송호성은 자신과 함께 나이들어 뒤늦게 경비대사관학교에 입교한 박정희와 이심전심으로 통했다. 사회주의에 경도된 모습이 인상적이어서 재학시절부터 그를 눈여겨 보았다. 일본군 중위 출신이었지만 박정희는 해방이 되자 일본군 장교라는 과거를 씻고, 한때 광복군에 합류하더니 민족주의 대오에 섰다고 그는 판단했다. 송호성은 일본군 신분을 세탁한 뒤 옷을 갈아입었다고 평가했다. 근래 그의 활동상이 그것을 그대로 말해주고 있었다.

송호성은 인생의 대부분을 중국에서 보내고, 중국인 부인을 얻어 살면서 중국 국적을 획득했기 때문인지 사고가 좌우 이념을 초월한 사람이었다. 미 군정과 이승만 체제가 반공정권을 표방했어도 그는 좌우 이념에 관대한 편이었다. 제주 4·3이나 '여순 병란'도 미 군정과는 다른 시각이었다. 박정희가 그것을 따르고 있었다. 두 사람은 이심전심으로 뜻을 같이하는 입장이었다.

송호성은 제주 4·3과 10·19 여순사건은 외적과 싸우는 것과 다르다고 보았다. 여수·순천 반군 토벌 전투사령관에 임명되어 진압작전을 진두지휘했지만, 여수 근교에서 우리 군이 반군의 기습을 받을 때 토벌할 것인가, 회피할 것인가를 놓고 저울질했다. 반공적 관점으로 보면 사상이 의심되는 행동이었다.

지휘관은 전투에서 지면 변명의 여지없이 패장이다. 군대에서 피아가 존재하지 않는 상황은 '둥근 사각형', '유리 철기(鐵器)' '뜨거운 냉수' 같은 형용 모순이다. 이런 모호한 태도는 이념적 수용성이 넓

은 풍토라도 충분히 오해를 살만 했다. 그런데 그는 그 길을 택했다

송호성은 해방이 되어 귀국한 뒤 김구 세력에 합류했다. 광복군 출신으로서 당연한 경로였다. 그런데 김구는 지금 이승만 세력의 청년 테러단에게 쫓기고, 여운형에 이어 목숨이 경각에 달려 있었다. 송호성은 육군 최초(1947년)의 장성이 되고, 정부 수립 후 육군총사령관이 되었음에도 불구하고, 김구 계열이란 신분 때문에 그의 신변 또한 위태로웠다. 아닌게 아니라 그는 하루 아침에 신설 예비군 조직인 호국군사령관으로 좌천되었다가 5사단장으로 밀려났다. 참모총장이 신설 사단장으로까지 강등된 것이다.

이런 인사 조치는 김구와 가깝다는 이유 이외에는 달리 설명할 길이 없었다. 1950년 6·25가 터지기 전인 6월 초 그는 예비군 조직인 청년방위대의 고문단장으로 다시 좌천되었다. 부하가 없는 자리였다. 그로부터 보름 후 6·25가 터지고 한강 철교가 폭파되어 남하가 저지되자, 그는 김규식 박사 집에 머물렀다가 9·28 서울 수복 직전 김 박사와 함께 납북되었다. 납북되었는지 자발적 북행인지는 그만이 알 수 있었다.

문제는 그가 북한 인민군복을 입고 공식 석상에 나타났다는 점이다. 그는 1953년 북한 인민군 해방전사여단장의 모습으로 공개석상에 나타났다. 인민군해방전사여단장으로서 이미 납북된 조소앙·안재홍 등과 함께 휴전 후 '자주적 통일방침'이라는 6인 공동성명을 발표했으며, 1956년 재북평화통일촉진협회 상무위원을 지냈다. 다른 자료에는 1954년 반혁명분자로 낙인찍혀 평남 양덕으로 유배되었고, 1959년 뇌출혈로 사망한 것으로 나와 있다. 분단과 냉전 상황에서 그는 양 진영의 군복을 번갈아 착용한 독특한 인물이었다. 그의 이념적 좌표는 분단 상황에서 양쪽을 선택한 인물이었으니 여순 사

건을 보는 시각도 달리했을지 모른다. (이상 위키백과, 두산백과 '송호성' 편 일부 인용).

박정희와 송호성 총사령관은 광주 4연대 작전상황실에서 진압 작전회의를 열었다. 지도를 펴놓고, 주요 거점을 차단해 반군을 저지할 목을 찾았으나 진압 방식이 분명치 않았다.

"살상을 억제하라."

송호성의 지시에 따라 박정희는 반군의 도주로를 짚었다. 광양의 백운산—구례 지리산 루트로 반군을 몰아붙이면 된다고 생각했다. 일망타진이 아니라 산으로 들어가 숨으라는 뜻 같았다. 마산 15연대가 작전에 투입되었다. 15연대장은 최남근이었다. 그는 반군 진영에 들어갔다가 나왔다. 뭔가 헷갈리는 상황이었다.

이범석 국방부 장관은 송호성 총사령관의 여순 진압 작전이 마땅치 않다고 판단하고 채병덕 육해공군 총참모장을 불러 특명을 내렸다.

"송호성 선발대와 별도로 선견대(先遣隊)를 편성해 현지로 내려가서 사태를 진압하라."

이범석 주재 회의에는 채병덕 국방부 총참모장, 정일권 육군참모부장(현 육군참모차장)과 백선진 정보국장이 참가했다. 회의는 송호성 총사령관이 미심쩍으니 진압부대를 이원화하는 것이 낫겠다는 미 고문단 정보장교 해리 하우스만 대위의 권고에 따라 취해진 조치였다.

회의 결정에 따라 채병덕 총참모장은 정일권 육군참모부장, 백선진 정보국장과 해리 하우스만 대위, 그리고 존 리드 대위와 정보국 통역관으로 있던 고정훈(후일 민주사회당 총재) 중위 등으로 선견대를 꾸렸다. 그들은 김포비행장으로 가서 C—47 수송기를 타고 광주 송정리 비행장에 내렸다. 1시간 뒤에는 미 임시군사고문단(PMAG) 단장 윌리엄 로버트 준장이 별도의 군용기를 타고 4연대 작전에 가세했다(이하 '6·25 전쟁 60년—지리산의 숨은 적들 (136) 피로 물든 여수, 중앙일보 백선엽 장군의 남기고 싶은 이야기' 일부 인용).

미리 광주에 내려간 송호성 총사령관과 박정희·한신 소령은 이 사실을 모르고 테이블에 지도를 펴놓고 작대기로 교전 지역을 지목하며 작전 계획을 진행하고 있었다. 이때 채병덕 총참모장 일행이 들이닥쳐 송호성의 작전회의를 중단시켰다. 하우스만 대위가 박정희로부터 작전지도를 가리키는 지휘봉을 빼앗아 백선진에게 넘겼다. 하우스만이 말했다.

"내가 살피는 한 격돌을 피하고, 쌍방 피해를 줄이는 작전 전개는 진압작전이라고 볼 수 없소."

박정희가 발끈했다.

"이 작전은 화공(火攻) 작전으로 나설 사안이 아닙니다. 주변에 민가가 많습니다."

"그게 아니라면, 물리치지 않겠다는 뜻인가?"

"산으로 밀어붙인 다음 작전전개를 해도 늦지 않습니다."

"나이브한 생각이오!"

박정희는 수모를 당한 기분으로 뒤로 물러섰다. 어금니를 무는지 그의 관자놀이가 실룩거렸다.

하우스만은 미 군사고문단 정보장교로서 한국 육군을 움직이는 핵심 인물이었다. 원조물자 제공권과 인사권을 쥐고 있으니 어떤 군 수뇌부도 그의 앞에서 고개를 숙였다. 그는 부지런하고 직무에 열의를 보인 반공투사 김창동을 신임했다. 공산당을 때려잡는다는 명분으로 밤낮없이 뛰는 모습은 가히 치하할 만했다. 두 사람은 동지처럼 결속되었다.

하우스만은 본래 한국군의 리더로 김종석을 지목했다. 그런데 제주도를 강경토벌로 몰고 간 박진경이 암살되자 복수심에 불타더니, 김종석이 좌익 성향이 있다는 육군 정보국의 첩보를 받자 군말없이 그를 체포하도록 지시했다.

김종석이 사형선고를 받고 형장의 이슬로 사라질 때, 하우스만은 그의 처형장에 나가 직접 16mm 무비 카메라로 기록을 남겼다. 한때 육군참모총장감이라고 평가했던 친구 사이인데, 그는 아무렇지 않게 친구가 처형된 장면을 카메라에 담는 태연함을 보였다. 그 기록은 지금까지 국방성에 남아있다. 한국군 숙군 작업은 하우스만의 지휘 아래 육본 정보국에 의해 진행되었다.

"박 소령도 중국 광복군에 참여했댔지요?"

하우스만은 어느 날 이렇게 물었다. 박정희가 광복군에 참여한 기록은 뚜렷하지 않다. 그럼에도 불구하고 하우스만은 그를 광복군 출신으로 분류했다. 하우스만은 광복군 출신을 좋아하지 않았다. 게으르고 무식하고 일 처리가 흐리멍텅하다고 본 것이었다. 대표 인물이 송호성 총사령관이었다. 그를 좋아하지 않는 날벼락이 박정희에게도 떨어진 셈이었다.

군사 조직의 이원화는 하우스만의 작품이었다. 군심(軍心)의 균열을 가져오기에 충분했으나 광복군 등 중국군 출신을 견제하는 데는 유효한 정책이었다. 그가 중국군 출신을 배척하는 가장 큰 이유는 이유는 일본군 출신에 비해 공산주의자를 덜 적대시한다는 점 때문이었다. 하우스만은 송호성이 공산주의에 대해 적대적 감정을 갖고 있지 않다는 점에 늘 불만을 가졌다. 하우스만은 원리주의에 충실한 미국 남부의 남선교회 출신이었다. 이들은 보수적이고 반공주의에 투철했다.

송호성은 대구 10·1 사건이나 제주 4·3, 10·19 여순 사건을 좌익 대 우익의 대결이라기보다 미 군정 정책에 대한 반발로 인식했다. 미국은 적군이냐 아군이냐의 관점으로 사태를 보았으나, 그렇게 단순하게 볼 수 없다는 입장이었다. 일제 식민지 체제와 분단체제라는 외부적 요인이 혼재된 국내 상황이라는 관점으로 이는 갈등과 혼란을 가중시킨다고 보았다.

이런 것들이 혼재돼 폭발한 것이 대구 10·1, 제주 4·3, 여순 10·19였다. 이 일련의 사건에 대해 미 군정은 단세포적으로 사태를 보지만, 송호성은 단순한 좌우 대결로만 보지 않았다. 전선에서 이는 대단히 불안정성을 가지고 있었다. 하우스만이 이 점을 지적한 것이다.

하우스만이 국방경비대에 배치받아 처음 느낀 것은 군대와 경찰 간의 충돌이 빈발한다는 점이었다. 지방 좌익의 방해로 미 군정에서 내리는 지침이 제대로 먹혀들어가지 않았다. 그 중심에 송호성과 그 휘하 일당이라고 보았다. 하우스만은 실전 경험이 풍부하고 반공산주의적인 일본군 출신들을 전면에 세우는 것이 효율적이라고 보았다. 광복군 등 중국에서 온 군인들은 늙었거나 제대로 군사훈련을 받지 못한 게으르고 무능한 존재였다. 중국군 출신들은 장개석의 '부속품' 같은 존재에다, 불평불만만 늘어놓는 한편으로 적과의 동침도 불사하는 존재들이라고 여겼다. 툭하면 민족군대를 말하지만 미국은 애초에 민족주의 개념이 없었다.

반면에 일본군 출신들은 강한 군인정신과 현대적 군사훈련 경험에 따라 적전 전개를 할 때마다 실력이 두드러졌다. 그들은 미 군정의 지시를 모범생처럼 따랐다. 이는 일본군 출신들에게 출세와 영달을 부여하는 보증수표가 되었다. 하지만 일본 육사 마지막 기 출신들은 결이 달랐다. 민족의식이 새롭게 내장된 젊은이들이었다.

백선진은 한쪽에 찌그러져 서 있는 박정희를 살폈다. 볼멘 얼굴로 서 있는데, 하우스만을 노려보고 있었다. 박정희는 이렇게 생각하고 있었다.

— 저자가 군의 실권자란 말이지? 군사 실권을 쥐고 직접 작전지휘까지 행사한단 말이지?

하우스만은 박정희를 불신했다. 그가 군에 불만이 가득찬 태도를 보인 것은 가족사와도 연관이 있다고 보았다. 그의 입장에서 볼 때 박정희는 의혹의 인물이었다. 광주 4연대 작전통제실에서 작전지휘권을 빼앗아버린 것도 그런 연유가 있었다. 정보관으로서의 동물적 촉수지만, 위험한 인물이 될 가능성이 높다고 그는 규정했다.

"한번 해볼 테면 해보라지. 니들 식대로 하면 잘 안 될 기야."

박정희의 예상대로 진압군은 병력 배치를 끝냈지만, 토벌 작전의 진전이 없었다. 백선진은 작전 상황을 광주 지휘본부에서 지켜보고 있었으나, 공격 전개가 형편없다는 것을 보고 이상하게 생각했다. 각급 토벌 부대의 지휘관들은 반란군의 동태를 살피면서 공격할 것이냐, 후퇴할 것이냐, 상황을 저울질하고 있었다. 토벌 공격군이나 반군 사이에 충돌을 회피하는 듯한 묘한 기운이 감돌고 있었다. 박정희는 이것을 이미 간파했으나 백선진은 파악하지 못했다.

광양 골약면 이재복의 밀대
박정희는 광주를 벗어나자 상경 대신 방향을 틀어 광양으로 내려갔다. 마산에 주둔한 15연대를 이끌고 백운산으로 들어간 최남근 연대장을 만나기 위해서였다. 광양의 허름한 술집에서 박정희는 이재복이 심어놓은 세포 하대원을 불렀다. 그는 정치 담당으로서 전남 동부지역을 관할하며 광양 골약면을 중심으로 암약하고 있었다. 그는 이재복의 신임을 받는 젊은 청년 중 하나였다. 그들은 선술집의 방 한 구석에 마주 앉았다. 하대원은 이재복으로부터 어떤 지령도 받지 못했고, 접선하지도 못했다고 투덜거렸다.

"박 소령님은 이재복 중앙당 군사부 총책 직속 아닙니까?"

박정희가 퉁명스럽게 받았다.

"조직원은 질문하지 않고 내려진 직분을 다하는 사람이다. 그리고 그와 접선이 안 되는 건 감시 때문이야. 14연대 상황을 말해보라."

"이재복 군사부 총책이 지시를 내린 것이라는 소문이 도는데요? 그렇다면 소령님과 관계가 있는 것 아닙니까?"

"쓸데없는 소리. 보고 들은 대로 말해봐."

하대원은 건너짚어서 말할 뿐, 어떤 확신이 있어서 물어본 것은 아니었다. 그가 막걸리를 한 사발 주욱 들이키고 나서 말했다.

"박 소령님이 남로당의 군사부 총책인 이재복의 직속 계보로서 군내 남로당 조직도에선 최상층부에 위치하고 있다는 말을 들었습니다. 14연대 봉기 직전에 이재복 총책이 소령님을 군부내 조직 책임자로 임명하고, 그 첫 임무가 여순사건이라는 것이라는 겁니다. 인간적 인연으로 이재복 총책이 직접 소령님으로 하여금 군부 내 세포 조직을 관리하도록 했을 것이라는 것이죠."

"내가 관리한다면 이렇게 하겠나? 쓸데없는 소리 말그라."

사실 남로당의 군내 세포 관리체계는 엉망이었다. 박헌영은 빨치산 출신인 김일성과는 달리 군대의 중요성에 대한 인식이 부족했다.

군부 내 당을 건설하기로 한 것도 지휘체계의 혼선 때문에 차질이 빚어졌다. 여수 14연대 사건도 중앙당의 지시로 발생한 것이 아니고 도당이 관리하던 하사관들이 멋대로 준동하여 일으킨 것이었다.

남로당 중앙당은 장교들만을 관리하고 있었고, 하부 조직인 하사관과 병사들 조직은 도당이 관리하거나 토착 좌익 세력들이 움직이고 있었다. 장교단은 국방부의 발령을 받아 전국 부대로 이동 배치되어 정착할 수 없는 데 반해 하사관이나 병사들은 토착 세력이 주축을 이뤄 지방 당이 관리하기가 쉬워 이렇게 관리를 이원화한 것이다.

여순 사건은 지창수 상사 주도로 일어났지만, 장교단을 모조리 제거해버려서 엄청난 후폭풍을 야기했다. 사태가 헝클어지자 중앙당의 지휘를 받는 김지회 중위가 지창수 상사로부터 지휘권을 빼앗아 새로운 지휘자가 되었다. 지창수는 같은 부대에 있던 김지회가 남로당 세포라는 사실을 전연 몰랐다. 그래서 김지회도 죽이려고 급조한 영창에 잡아 가두었다. 그도 하마터면 죽을 뻔했다. 김지회가 뒤늦게 사태를 수습하여 지휘권을 잡으면서 지창수는 소문없이 사라졌다. 그것 또한 불가사의한 미스테리였다.

당시 좌익 세포가 가장 많이 들어가 있었던 곳은 경비대사관학교(육군사관학교)였다. 젊은 엘리트 장교들은 미 군정 통치에 대한 거부감이 컸다. 민족군대로 가지 않는 데 대한 불만이었다. 주로 좌익계였다. 이들을 이끈 장교가 박정희였다.

박정희는 육사 교관 시절, 1중대장을 맡고 있었으며, 생도대장이었다. 1중대 2구대장 황택림 중위, 4구대장 장구섭 소위, 2중대장 강창선 대위가 그의 휘하에 있었다. 그 이전 사관학교에서 교관으로 근무했던 오일균, 조병건, 김학림도 그의 휘하에 있었다. 박정희의 만주군관학교 출신들 가운데서도 이병주, 안영길, 이상진도 그의 계보였다. 학맥, 군맥에 의해 이중삼중으로 얽혀 있었던 것이 박정희 세포들이었다.

제주도 4·3폭동이 악화하자 육군본부에서는 제주도에 진압사령부를 신설하고, 대구 6연대 1개 대대, 부산 5연대 1개 대대를 증파했다. 1948년 10월 15일에는 여수 14연대장에게 "제주도에 파견할 1개 대대를 조속히 편성하여 대기하라"고 명령을 내리고, 사령부는 여수 14연대 1개 대대를 10월 20일까지 제주도에 도착시켜 작전에 임하라는 진압 작전명령을 하달했다.

14연대는 군 조직이 대단히 불안정한 부대였다. 14연대라고는 하지만 광주 4연대 출신, 전주의 3연대, 대구 6연대, 마산 15연대, 대전 2연대 출신의 사병이 차출돼 구성됐다. 이들 병사들이 입대한 것은 1, 2년 전이니 해방 직후부터 입대한 청년들이 많았고, 형편없는 피복과 부식에 넌덜머리를 낸 병사들이 많았다. 외출을 나가면 경찰로부터 조롱받고 구타당하고 들어오는 경우가 많았다. 거기에 문맹의 잡병들이 우글거리고 있었다. 각 연대에서 머저리 같은 병사거나 말썽꾸러기의 문제 병사들을 골라 14연대로 쫓아버렸으니 병사의 질이 떨어지는데다 이들은 가장 후진 곳으로 배속받았다는 데 대한 불만으로 사기가 떨어지고, 또 토착 지원 병사들과도 잘 결합되지 못했다.

반란을 한 데에는 다 이유가 있다. 반란 병사한테 물어보면 그 나름대로 당위성이 있었다.

"박 소령님, 나이 스물한두 살 먹은 청년들이 총을 거꾸로 들고 일어서지 않을 수 없었던 상황을 뭘로 설명할까요."

입을 꾹 다물고 듣고 있던 박정희가 퉁명스럽게 말했다.

"하 대원이 말해보시오."

"정치 구도를 보면 이승만과 한민당 이외에는 전부 좌익입니다. 아니 한민당도 반신불수가 되었지요. 남은 건 서북청년회와 독촉(독립촉성국민회)뿐입니다. 같은 우익인 김구 세력도 배제하죠. 이승만 세력만 권력을 독점하고, 그 이외 세력은 모두 적이 돼버렸습니다. 북한 집단만이 적이 아닙니다."

박정희가 다르게 말했다.

"우리가 해방되었다고 하지만 연합군 입장에서 볼 때 한반도는 국제법상으로 엄연히 패전한 일본 영토의 일부야. 그래서 미국은 당연히 한반도를 점령해야 할 땅으로 보는 거고, 거기에 저항하면 이적시되는 거야."

"그럼 왜 패전국인 일본은 천황제를 인정하고, 국토도 그대로 보전합니까. 왜 우리만 분단이 되어야 합니까."

"단순하게 보자면, 남쪽에 미군이 들어왔고, 북쪽에 소련이 들어왔기 때문이지. 그리고 일본은 패전했다고는 하지만 정부가 있었고, 우리는 없었잖나."

"우리도 임시정부가 있고, 건준도 있고, 그 후속 인민위원회도 있고, 인공도 있었지 않습니까."

"우리 내부의 문제가 크데이. 일본은 우리와 똑같이 자기네들 정부가 '히가시 기노미야'라고 혼란 시기, 전후 패전에 대한 반동도 나왔지. 우리와 비슷한 혼란상황, 패닉을 겪고 있어. 그걸 막기 위해서 민간인들 가지고는 수습할 수 없으니까, 황족을 세워서 수습을 하고 있지. 그래서 맥아더 사령부는 일본 정부를 천황을 완쿠션 해가지고 일본 정부를 다스렸어. 군정 치하라고 하지만 일본 국민하고 진주군

미 군정 당국하고 충돌한 것은 아무것도 없어. 모든 일을 일본 정부를 통해서 간접 통치했기 때문이지."

"왜 우리는 그걸 못합니까."

"문제가 있는 곳이 해답이 있는 거야. 현재의 문제를 반대로 돌리면 되는데 그걸 못 하고 있는 거지."

"보아하니 14연대 사건을 계기로 대대적인 숙청을 단행할 것 같습니다. 빌미를 제공한 것이지요. 국군 전체가 2만 5천명인데 5천명은 정리되지 않겠습니까. 숨는 자도 있지만, 세포로 드러난 숫자가 그 정도 되니까요. 탈출하겠다는 자도 많습니다."

박정희가 심각한 얼굴로 물었다.

"왜 하필이면 여순에서 사건이 일어났냐. 제주 파견군은 대구, 마산, 부산, 대전도 있었는데 말이다."

"일차적으로는 제주와의 정서적 동질감이죠. 제주도는 작년까지만 해도 전라남도였습니다. 행정 개편이 됐다고 해도 심정적으로 자기 도내에서 일어난 일입니다. 제주도는 수백 년 동안 전라남도의 일부였고, 목포나 여수 같은 데는 가까우니까 왕래도 잦죠. 보도통제로 신문과 방송에 나지 않더라도 내왕하는 사람들로 인해 제주 참상이 적나라하게 알려지고, 그래서 모두들 분개하고, 억울하다고 본 것이죠. 정신이 박힌 장교들, 즉 박 소령님 같은 장교단도 분노하고 있잖습니까. 14연대에 제주 토벌 명령이 떨어지자 지창수와 토착 하사관들이 매일 밤 모여서 소주 마셔가면서 행동을 결의했습니다. 내가 물적 지원을 해주었습니다. 본래는 선상 반란을 일으키려고 했습니다. 하지만 영원히 바다에 떠돌 수 없고, 결국은 육지에 들어가야 하는데, 그때 일망타진될 게 뻔하다고 판단해서 부대 반란을 모의했습니다. 이때 누군가 탄로가 났다고 정보보고를 하자 서둘러 결행한 것입니다. 발각이 된 줄 알고 졸지에 영내 반란이 일어난 것이죠. 거사는 그날 중 결정했습니다."〈이상 전 여수까치신문 기자 이공원 씨 소장 자료 일부 인용〉

"최남근 연대장 동선을 알고 있나?"

"그 분 좀 이상하지 않습니까?"

"왜?"

"예측불허입니다."

최남근은 1911년 만주에서 태어나 봉천군관학교를 졸업하고, 만주국군 보병 소위로 임관하여 간도특설대에 배치되어 보병 제1련 배장(排長)으로 복무했다. 일제 패망 당시에는 만주국군 중위로 간도 특설대의 신병교육대 부대장을 맡고 있었다. 친일 장교였으나 해방이 되면서 군대에 들어간 이후 민족군대가 되어야 한다는 신념을 갖고 있었다.

그는 해방 후 귀환 중 북한에서 반공분자로 지목돼 사형 선고를 받았으나 사상 전향을 서약한 후 풀려났다. 이후 백선진, 김백일과 함께 월남하여 조선 군사영어학교를 졸업하고 국방경비대 부위(중위)로 임관했다. 군 복무 중 대전 2연대장 김종석과 나란히 군내 좌익계 거물이 되었다. 춘천 8연대에 재직할 때 박정희와 함께 복무하면서 뜻을 함께 했다. 박정희는 남로당 군사부총책 이재복에게 그를 소개했다.

여러 자료에 따르면, 최남근은 여순사건이 발발하면서 마산 15연대 연대장 신분으로 진압 명령을 받고 출동했으나 반군의 포로가 되었다가 위장 탈출했다는 혐의를 받고 있었다. 반란군과 마주쳤지만 토벌하지 않고 부관 조시형 소위와 함께 포로로 잡혀 지리산에서 반란 주모자인 김지회를 만났다가 김지회의 아내가 묵인하여 탈출해 화개장터에 나타났다는 것이다. 진압군답지 않은 우유부단한 태도로 부하들을 지휘했으며, 포로로 잡힌 정황이 여러 사람들에게 포착되어 의심을 살 만했다. 과거 부하였던 김점곤 소령에게 수사를 받고 풀려난 후 새로 배속받은 4여단 참모장에 부임하지 않고 그는 탈영했다. 수 일 후 대전에서 체포되어 서울로 압송되어 고문 끝에 남로당 세포라고 자백했다.

그는 김종석·박정희와 같이 남로당 군사부 핵심이었으나 1949년 파면당한 후, 중앙군법회의에서 사형을 선고받고 수색에서 총살형으로 생을 마감했다. 죽기 전 동생 최남오에게 남긴 유서에 "큰형은 좌익에게 맞아 죽고, 우익 총에 처형당해 죽는다. 앞으로 어떻게 살아야 할지 생각하여 처신 잘하고 부모님 잘 모시거라"라고 적었다.

미군 정보고문관 하우스만 대위는 훗날 국방부 정보국장 백선진에게 왜 만군 시절 같은 간도특설대에서 복무한 최남근을 살리지 않고 죽인 대신, 박정희를 살려 주었냐고 물었을 때, 백선진은 "나는 공적인 일을 한 것뿐"이라고 말했다고 한다. 하지만 박정희는 공적이 아니라 사적으로 살아난 사람이다. 백선진은 "최남근은 현역 연대장으로 반란군과 내통했으며 지은 죄가 무거워서 살릴 수 없다"고 하우스만에게 부연했는데, 라이벌 의식이 작용한 것이 아닌가 하는 시각도 없지 않았다.

최남근은 백선진의 만주 봉천군관학교 1년 선배로, 같이 월남해서 같이 군사영어학교를 수료하고 같이 임관했다. 군번은 최남근 53번, 백선진 54번을 받았다. 여러 정황을 고려했을 때 백선진은 최남근을 살릴 수 있었으나 살릴 의지가 없었던 것으로 보인다.

군 후배들의 기억에 의하면 최남근은 금전적인 면과 거리가 멀고 머리가 좋고 호탕한 성격과 뛰어난 지휘력으로 명망이 높았다. 최남근은 처형시 백선진에게 조국에 죄를 지었으면 벌을 달게 받아야 한다고 오히려 백선엽을 위로했다고 한다. 이는 백선진의 회고록에 기록되어 있다. 최남근은 총살당하기 직전에 애국가를 부르고 대한민국 만세를 외쳤다고 처형장에 입회했던 만주군 후배 장교들이 기억했다. 그를 재판한 재판장도 최남근이 진정한 공산주의자라고 보기 어렵다고 술회했다. 최남근이 남로당에 연루된 것은 사실이나 자세한 조사나 심문 없이 고문에 의한 자백으로 형장의 이슬로 사라졌다고 훗날 장교들이 진술했다. 〈이상 나무위키 최남근 편 일부 인용〉

　최남근과 박정희는 사이가 매우 가까웠다. 하대원이 말했다.
　"소령님이 만주 간도특설부대에 복무했다고 말한 놈이 있길래 패주었습니다."
　"누구야?"
　"소령님을 모함하는 놈들의 수작이죠. 빤하지 않습니까?"
　"간도특설대란 팔로군, 좌익놈들을 잡으러 다닌 부대인데 나를 거기에 끼워넣어?"
　"그러게 말입니다. 좌익 계열은 해방이 되자 소령님이 하북지대 조선청년들을 묶어서 조선의용군에 참여시켰다고 추켜 세우더군요."
　"그것도 사실이 아냐."
　군대 내에서 그의 위상이 점차 커가는 때문인지 각자 처해진 위치에서 자기 세력 유리한 방향으로 박정희의 해방 직후 중국 행적 1년을 끌어들이고 있었다. 좌우익 진영 간에 그렇게 신비스런 존재로 부각된다는 것은 병사들의 추앙의 대상임을 말해주었다. 박정희는 간도특설대에 근무한 적도, 비밀독립군이었던 적도 없었다. 단지 주어진 환경과 여건에 충실했을 뿐이다.

"이봐, 10·19 사건으로 엄청난 보복의 회오리가 몰아칠 것이 뻔해. 내가 보건대 박진경 연대장 암살사건이 전군 차원의 사상검열을 불러일으키고, 숙군 작업에 합법성과 정당성을 부여했다면, 여순 사건은 군·민·정에 커다란 반공전선의 변곡점이 될 것이야. 14연대의 병란은 문제가 크대이. 무엇보다 장교단을 쓸어버린 것이 문제야. 그렇게 하지 않아도 되는데, 쓸어버렸으니 전체 장교단의 반발을 살 수밖에 없다. 이범석 국방장관은 독립운동가이며 광복군의 대표적 인물이지만 이승만과 미 군정의 앞잡이로서 우파적 행동을 보이는데, 이번 사건이 일대 전환점이 될 것이야. 이 박사를 위한 결정적 일망타진의 기회로 삼을 것이란 말이야."

박정희는 반란 주모자들의 장교단 20명을 죽인 것이 엄청난 후유증을 가져올 것이라고 예상했다. 그것은 곧 사실로 입증되었다.

1948년 10월 19일 오후 2시경 14연대 박승훈 연대장과 참모들은 여수항에 정박한 군함을 살피기 위해 미리 여수항에 도착했다. 14연대 영내에서는 저녁 식사를 마치고 밤 9시 제주 출동준비를 하고 있었다. 저녁 8시 갑자기 연병장 집합 나팔이 울렸다. 제주 출동에 차출된 1대대 장병들은 완전 무장을 하고 연병장에 모였다. 이때 좌익계 40여 명의 장병들이 정문을 출입 통제하기 시작했고, 일부는 탄약고로 이동했다.

완전 군장을 하고 연병장에 집결한 병사들을 향해 지창수 상사가 연단에 올라 인원보고를 받았다. 원래는 김일영 대대장이 집합 보고를 받고 출발 명령을 내려야 하는데, 장교들은 9시에 집합한다고 해서 연병장에 나와 있는 장교가 한 사람도 없었다. 이를 의심하는 장병 또한 아무도 없었다. 미리 병사들을 점검하는가보다 여길 뿐이었다. 지 상사가 1중대, 2중대, 3중대, 중화기 중대 순으로 점검하여 '이상 무, 중대 집합 끝' 보고를 받았다. 장병들은 실탄을 배당받지 못했으나 좌익계에게는 사전에 2클립씩 실탄이 지급되었다.

이윽고 지창수가 사열대에 올라가 연설하기 시작했다.

"지금 경찰이 쳐들어온다. 경찰을 타도하자. 우리는 동족상잔의 제주도 출동을 반대한다. 우리는 조국의 염원인 남북통일을 원한다. 지금 조선인민군이 남조선 해방을 위해 38선을 넘어 남진 중에 있다. 우리는 북상하는 인민해방군으로서 행동한다!"

연설을 마치자, 좌익계 하사관과 병사들이 "옳소!"하며 소리를 질렀다. 다른 하사관과 사병 몇이 이상하게 여기고 "우린 연대장 명령을 거부할 수 없다. 제주도로 가야 한다!"라고 거부했다. 좌익 하사관들이 이들을 끌어내 병사들이 보는 앞에서 즉결처분했다. 비로소 살기가 등등해졌다. 탄약고를 점령한 좌익계는 신속하게 실탄을 운반하여 1대대 장병들에게 실탄 2클립씩 모두 배당했다. 공포스런 분위기 아래 반란에 소요된 시간은 불과 10여분이었다.

5중대 주번사관 박윤빈 소위(육사 6기)는 9시 나팔이 아니고 8시에 부는 것을 듣고 이상하게 여기고 연병장으로 달려가는데 "누구냐?"하는 수하를 받았다.

"나 주번사관이다. 무슨 일이 있는가?"

대답 대신 단번에 총소리가 울려 퍼졌다. 박 소위는 복부를 맞고 그대로 쓰러졌다. 1중대 주번사관 김정덕 소위도 달려나오다 똑같이 총을 맞고 쓰러졌다. 구병모 소위는 반란군의 총격으로 창자가 밖으로 쏟아졌다. 박 소위는 복부를 끌어안고 북북 기어서 참극의 현장을 벗어났다.

전용인 소위(육사 5기)가 비상 상황을 알고 1대대장 김일영 대위에게 출동부대가 반란군이 되었다고 보고하자 김 대대장은 전 소위에게 "여수항에 있는 연대장에게 빨리 가서 보고하라"고 명하고 권총을 빼들고 사무실을 나갔다. 그도 문 앞에서 총을 맞고 현장에서 죽었다. 반란군 20여 명은 2대대와 3대대 중대장실을 다니며 장교는 무조건 사살했다.

총소리에 놀란 2대대와 3대대 장병들이 내무반에서 나오려 하자, 반란군들이 막사를 가로막고 "경찰이 부대를 공격하고 있다. 빨리 탄약고에 가서 실탄을 가지고 집합하라!"고 명령했다. 이들 장병들은 영문도 모르고 병기고에 가 실탄을 지급받아 연병장에 모였다. 장병들은 영문도 모르고 반란군이 되었다.

숨진 지휘관은 1대대장 김일영 대위, 2대대장 김순철 대위, 3대대장 이봉규 대위, 연대 작전주임 간성윤 대위, 1중대장 차지영 소위, 2중대장 김용관 중위, 진도영 중위 외 3명(육사 3기) 김록영 중위 외 7명(육사 5기), 이병순 소위 외 6명(육사 6기) 등 장교 20여 명이었다. 하사관과 사병도 총 40여 명이 살해되었다. 2대대와 3대대까지 14연대는 모두 반란연대가 되었다.

"반란군들이 어떻게 쉽게 여수 민중과 한 덩어리가 되었나."

박정희는 그것이 궁금했다. 누군가의 작용이 아니면 있을 수 없는 일이다. 이재복이 등장하지 않은 것으로 보아 남로당 중앙당의 지령은 아닌 것 같다.

하대원이 답했다.

"모순 사회에 대한 절망과 혁명에 대한 동경, 인민위원회 등 지역 민족세력과 좌익계의 가세, 여기에 군중심리에 휩쓸린 민중의 저항의 결과로 봅니다. 대구 10·1사건과 같은 성격이죠. 다만 군부가 일어났다는 것이 다릅니다. 보시다시피 요즘 학생들 사이에 좌익이념은 유행과 같은 것입니다. 혁명과 투쟁이란 모험과 히어로를 꿈꾸는 젊은 피를 자극하기 좋은 환경이잖습니까. 분단 모순이 이런 병균을 옮겨온 것이죠."

"병균?"

박정희가 되묻자 하대원이 수정했다.

"시대의 고민입니다."

"나는 장교단을 일망타진하는 것은 성공할 수 없다고 본데이. 용납받을 수 없다고 본데이. 희생자 중에는 육사에서 내 지도를 받았던 생도들이 다수 포함되어 있다. 여순사건은 이제 막 출범한 이승만 정부를 반대하는 저항으로 보지만 장교들을 저렇게 처지해버리면 어떤 변명도 통하지 않아. 내가 만일 군사반란을 일으키더라도 이런 희생은 나오지 않도록 할 것이야."

하대원은 박정희 역시 군사반란을 꿈꾸고 있다는 것을 직감적으로 알았다.

"소령님, 나는 이 사건을 정치적으로 크게 이용할 것으로 보고 있습니다."

"어떻게?"

"어떤 사건이 발생하면 신속하게 사건 결과를 발표하거나, 보고서를 만드는 것이 일반적이잖아요. 여수인민이 들고 일어나고, 순천이 불바다가 되고, 반군이 백운산을 거쳐 지리산으로 들어간 이 엄청난 사건에 국가가 밝힌 사건의 배경과 원인은 무엇이고, 주동자는 누구고, 피해규모는 얼마나 되는지에 대한 내용이 빈약하잖아요. 국가에서 발표한 주동자는 지창수 상사란 말도 없단 말이에요. 엉뚱하게 오동기 전 연대장이 지목되고 있을 뿐이에요."

실제로 여수 순천 지역에서는 주동자가 한결같이 지창수 상사로 보는데, 정부 발표는 그가 쏙 빠지고, 배후에 오동기 전 연대장이 있다고 지목하고 있었다. 현 연대장 박승훈도 아니었다. 박승훈은 병란 당일 파병 준비를 위해 여수항에 미리 나가있다가 반란 소식을 듣고 진압 명령을 내렸으나 사태가 불리하자 배를 타고 목포로 이동해 광주 4연대로 사실상 도주했다. 그리고 지휘 통솔 미흡으로 징계를 받았다.

"오동기 전 연대장은 중국군 출신이고, 유동열·송호성 계열입니다. 경찰 출신 최능진 계열도 되고요."

여순사건이 서울 중앙청 기자들에게 알려진 것은 10월 20일 점심때 쯤이었다. 기자들은 소문으로 사건이 일어났다는 것만 알았지 자세한 내용을 파악하지 못했다. 이러는 사이 정부 당국은 즉시 '기재 유보' 조치를 내려 이 사건에 대한 언론 보도통제를 실시했다. 이범석 국무총리 겸 국방부장관이 1948년 10월 21일 '여순사건 진상의 철저 규명 언명'이라는 기자회견으로 정부의 첫 공식 발표를 했다.

— 전남 여수에는 국군 제14연대가 주둔하고 있는 바, 돌연 20일 오전 2시경 공산 계열의 오랫동안 책동과 음모로서 반란이 발생하였다. 〈중략〉 공산주의자가 극우 정객들과 결탁해서 반국가적 반란을 일으키자는 책동이었다. 그 가운데 한 사람이 소령으로 진급하여 여수 연대장으로 가게 되었으며 방금 심문중에 있는 오동기라는 자다…〈후략〉

국가가 처음 공식적으로 밝힌 여순사건의 주동자가 '약 40명 가량의 사병' 그룹과 제14연대 연대장으로 부임했다가 1948년 9월 28일 체포되어 서울로 압송된 '오동기'라는 것이다. 발표문 어디에도 '지 창수'라는 이름이 없다. 군대 내는 물론 지역에서 누구나 아는 지창 수라는 주동자는 정부 공식 발표에 나타나지 않은 것이 이상했다.

그 후 수많은 증언이나 제보가 있어도 정부 공식 발표에는 지창수 상사에 대한 행적과 신상이 드러나지 않았다. 어느 군 계열이고, 나 이가 몇 살이며, 어디 출신이고, 사건 이후 행적과, 왜 행불이 되었는 지 오리무중이었다. 국가가 지목하는 오동기라는 인물은 여수 순천 지역에서는 거의 알려지지 않았다. 다만 힌트를 얻어낼 수 있는 것 은 이범석 국무총리 겸 국방부 장관의 발표문이다. 발표문에 '극우 정객과 결탁해서'라는 대목이 있다. 발표문을 하나로 정리하면, 정 부 당국이 말하고 있는 극우정객이 오동기와 결탁해서 '반국가적 반 란'을 책동했다는 뜻이다. 오동기는 공산주의자일까. 그러나 그는 좌익 계열 김종석을 잡아 가두라고 고발한 사람이다.

갓 탄생한 이승만 정부는 정권은 장악했지만, 정국을 주도하거나 민심을 얻지 못했다. 경찰들이 득세하고, 농지개혁은 이루어지지 않았 다. 제주 4·3사건은 진압의 기미가 보이지 않았다.

김구, 김규식으로 대표되는 남북협상파는 5·10총선거에 불참했 지만, 국민들의 지지와 신뢰는 무너지지 않고 있었다. 단독정부 수 립을 주장하면서 삼팔선을 넘어 통일정부를 수립하고자 했던 세력 의 힘은 '민심의 바다'에서는 힘을 발휘하고 있었다. 이것이 이승만 정부에게는 부담이었다.

정부는 '백범 김구도 여순사건의 연루자'로 몰아가는 분위기였다. '극우 정객과 결탁해서'라는 문구가 김구에게도 해당되었다. 이승만 정부는 여순사건이 발발하자 등치되지 않는 공산주의자와 극우세력의 결탁이라고 몰아갔는데, 그것은 김구를 염두에 둔 그물망이었다. 해방 이후 송진우, 여운형, 장덕수가 차례로 제거되었지만, 이들이 쓰러진 뒤 최고의 살아남은 정적은 이승만과 김구였다.

　반공과 미국, 그리고 자본력이 단단한 친일 세력을 등에 업은 이승만 세력과 통일정부를 수립하고자 했던 극우적 민족집단인 김구 세력은 최후까지 남아 용호상박전을 벌이는데, 일단 정권을 잡은 이승만 세력은 암살사건이든 뭐든 배후에 김구를 혐의자로 연루시키려 했는데, 여순사건도 그 일환이었다. 그는 결국 묘한 얼개로 '극우세력'이라는 이름하에 공산주의자와 결탁한 인물이 되었다.

　김구는 1948년 11월 1일 '미소 양군 철퇴와 남북총선거 실시에 대한 담화 발표'라는 담화문에서 5·10단독선거를 비판하고 남북 총선거 실시를 다시 주장하면서, 여순사건이 본인과 관련 없음을 주장했다.

　─ 5·10선거는 민주주의적 요소가 구비되지 못한 채 실시되었다. 절대 자유분위기가 보장되지 못하였다. 현 정부는 남한에서의 사실상의 행정기관이라고 본다. 유엔은 작년 11월 14일 총회에서 결정한 남북을 통한 총선거를 실시하기 위하여 침착과 인내와 열의를 가지고 미소 양국의 타협을 적극 촉진시켜야 할 것이다. 〈중략〉 이번 군대의 폭동은 민족적으로 일대 통(痛)할 사(事)이다. 건군(建軍)의 정신을 명확히 하지 못하고 무장을 먼저 한 것은 양책(良策)이 아니다. 무엇을 위하여 어떤 대상과 싸워야 한다는 사상적 통일 선결조건일 것이다. 이번 사건에 우익이 관여했다는 유언이 있는 모양이나 이것은 무슨 뜻인지 잘 모르겠다. 지금 남한에서는 좌익이니 우익이니

하는 문자는 '딕서너리= 사전'에 따라서 임의로 규정하는 폐단이 없지 않다.

오동기 소령은 9월 28일 체포되었다. 여순사건이 일어나기 20여 일 전이다. 여순 사건은 치밀한 계획 아래 일어난 사건과는 거리가 먼 즉흥적 사건의 성격이어서 오동기가 주동자라고 하는 정부의 발표는 어딘가 아귀가 맞지 않았다.

제14연대는 1948년 5월 4일 창설되었다. 당시 전남 광산군(오늘의 광주시 광산구) 극락면에 주둔한 제4연대의 안영길 대위 이하 1개 대대 차출 병력을 중심으로 여수 신월리에 창설한 제14연대는 향토부대적 성격을 띠었다. 여기서도 예외 없이 문제가 되는 것이 제4연대의 이른바 문제병사. 즉 공산주의 사상자와 사회불만세력, 말썽꾸러기 사병들이 차출되어 14연대는 불만 세력의 소굴이었다. 이런 데서 반란의 기운이 싹튼다. 14연대는 가장 이상적인 병균 서식지였다. 전국적으로 좌익사상자나 사회불만 세력이 폭넓게 포진하고 있었으니 제14연대에 차출된 인원만이 좌익세력이라고 할 수는 없었다. 여기에 14연대는 지휘체계가 엉망인 것이 본질적인 문제로 볼 수 있었다.

초대 이영순 연대장은 부임 보름 후 손을 써 서울로 올라갔다. 그 후임이 김익창 중령이었다. 그는 제주 9연대장으로 부임 중 제주 4·3항쟁 지휘자인 김달삼과 평화적 사태 해결을 모색하다가 적과 내통했다는 혐의로 해임됐다. 그런 그가 9연대장 해임된 직후 5월 20일경 여수 14연대장으로 갔는데 그도 부임한 지 1개월이 못 되어 서울로 소환당했다. 소환 이유는 제주 9연대 후임 연대장이었던 박진경 대령이 암살되면서 암살 배후로 의심되었기 때문이다. 이 때가 대략 6월 20일 전후였으니 김익창 연대장의 재임기간도 1개월 정도였다. 그 후임이 바로 오동기 소령이다. 오 소령이 부임한 날짜는 1948년 7월 15일이다. 그리고 9월 28일 체포되어 서울로 압송되었다. 그 후임이 박승훈 중령이다. 그가 10·19를 맞은 연대장이다. 성격이 무던하나 무능한 사람이었다.

14연대가 창설한 지 넉 달도 안 돼서 이렇게 연대장이 네 사람이나 교체되었으니 부대상황이 어떠했으리라는 것을 헤아릴 수 있다. 병사들 사기 또한 어떠했으리라는 것을 짐작하고도 남았다.

1948년 7월 15일부터 9월 28일까지 약 두 달간 14연대장으로 재직한 오동기는 여순사건이 일어나기 20일 전에 서울로 소환되어 갔으니 우발적으로 일어난 여순 사건과는 일견 관련이 없어보인다. 그런데 정부는 현직 연대장을 제치고 오동기를 여순사건의 주동자로 지목했다. 오동기는 무슨 혐의를 받고 9월 28일 소환되었을까. 그것은 여순사건과는 무관한 이승만의 반대파인 최능진과 함께 꾸몄다는 '혁명의용군 사건' 연루 때문이었다.

정부는 여순사건이 일어나기 보름 전인 10월 5일 '혁명의용군사건'의 실체를 밝힌 진상조사 결과를 발표했다. 다음은 1948년 10월 5일자 신문 기사다.

— 경무부 전 수사국장이며 5·10 선거 당시 동대문 갑구 입후보로서 이승만 대통령의 낙선을 꾀한 것으로 이름있는 최능진(51)씨는 종로구 누상동 166—14 서세충(61), 후암동 105—65 김진섭(36) 양씨와 더불어 내란음모의 혐의로 지난 1일 오후 3시경 태평로 민우사 사무실에서 수도청 형사대에 검거되어 종로서에 구금당하고 있다. 구속영장에 나타난 검거 혐의 내용을 보건대 전기 3씨는 작년 12월 이

후 육군경비대 오동기 소령 등 국군 소속의 젊은 장교 다수와 공모하여 국방경비대로 하여금 혁명의용군을 조직하고 기회가 도래하면 대한민국 정부를 전복시킴으로서 정권을 차지하려는 일종의 쿠데타를 음모했다는 것인데 그동안 이 활동의 군자금으로서 지난 9월 20일과 24일 이틀에 걸쳐 90만원 예산 중 우선 15만원을 지출하였다는 것이다. 〈중략〉 국방부 당국에서는 심상치 않은 사태로 인정하고 수사를 계속 중에 있다. 이에 관하여 국방부 모 고급장교는 "일종의 반란적 성격을 띤 사건인데 이것이 어느 정도 근거가 확실하다면 국군은 다만 일반에게 이용당했을 것이고, 앞으로 관련된 군인이 드러나는 대로 엄중 처단하겠다"고 말하였다. 〈1948년 10월 5일자 조선일보〉

위의 글을 요약하면, '혁명의용군사건'은 민간인과 14연대장 오동기 소령을 중심으로 한 젊은 장교 다수가 공모하여 혁명의용군을 조직하여 대한민국 정부를 전복시킴으로써 정권을 찬탈하려는 쿠데타를 모의했다.

여순사건이 일어나기 보름 전에 민간인과 국군의 합작으로 '반란'을 공모했는데, 그 사건이 바로 '혁명의용군사건'이며, 여기에 국군의 책임자가 오동기 소령이라는 것이다. 이 사건으로 오동기 소령은 9월 28일 육군총사령관 송호성의 소환 전문을 받고, 다음날 상경하여 정보국장실에 구금되어 조사를 받은 결과가 10월 5일자 《조선일보》에 실린 것이었다.

최능진은 1948년 5·10 단독선거에서 이승만이 출마한 서울 동대문 갑구 선거구에 입후보했다가, 서류 미비로 입후보 자격이 박탈당한 인물이었다. 서류 미비는 구실일 뿐, 이승만 세력의 방해 책동으로 입후보가 되지 못했다. 최능진은 1899년 평안도 강서군 출생으로 일제 치하인 1937년 홍사단 계열의 민족운동단체인 '동우회 사건'으로 2년간 옥고를 치른 독립운동가였다. 1948년 9월 '경찰관강습소'를 창설, 경찰관을 단기 양성하는 책임자가 되고 이어 경무부 수사국장이 된다. 당시 경무부장은 조병옥이고 수도경찰청장은 장택상이었다. 최능진은 미 군정이 일본경찰 출신을 대거 등용하자 친일경찰 청산을 외치며 조병옥, 장택상과 맞섰으나, 역공을 받고 경찰에서 파면되었다.

1948년 5·10선거에서 친일파를 옹호하는 이승만의 정권 장악을 막기 위해 이승만이 출마한 동대문 갑구에 출마하지만, 후보등록이 취소되고 이승만은 무투표 당선된다. 그리고 오동기와 공모한 '혁명의용군사건'으로 징역 5년을 선고받고 서대문형무소에 수감되었다. 6·25전쟁이 발발하면서 서울에 진주한 인민군에 의해 출옥했으나 인민군 치하 서울에서 정전·평화운동을 벌인 행위로 1951년 방첩대에 체포되어 군법회의에서 '이적죄'로 사형을 선고받고, 그해 2월 11일 경북 달성군 가창면에서 총살되었다. 당시 신문 기사를 인용하면 다음과 같다.

— 최능진(51)씨와 서세충(61), 김진섭(36) 등은 구속, 육군소령 오동기 외 육군병사 10명은 미체포로 인하여 각각 불구속으로 지난 19일 드디어 서울지검에 송청되어 방금 강석복 검사의 준엄한 문초를 받고 있다 하는데 사건의 진상은 대략 다음과 같으며 피의자들은 검찰청 취조에 대하여 전혀 사실을 부인하는 태도로 나오고 있어……
〈중략〉 작년 11월부터 전후 수차에 걸치어 밀의한 다음, 조직체는 현 육군으로부터 약 1천 2백 명을 규합하여 혁명의용군을 조직, 그 부서

로는 정치외교 최고책임자로 전기 서세충, 정치외교 재정책임자는
최능진, 의용군 동원책임자 김진섭, 총지휘관 오동기, 동원전령 안종
옥 외 1명으로 각각 부서를 맡고 그 실천 방법으로는 총지휘관 오동
기의 지휘하에 의용군을 무장 봉기시키되…"〈국제신문 1948년 10월
21일자〉

경찰은 10월 19일에 서울지검으로 송청했는데, 민간인은 구속 수
사이고, 군인은 불구속 수사라고 한다. 무장 봉기 사안으로 본다면
구속과 불구속이 합당치 않았다. 오동기 소령이 9월 28일 소환됐던
것과 비교하면, 그동안 연루 군인 10여 명을 체포하지 못했다는 것
이 이치상으로 맞지 않았다. 1947년 11월부터 군인 1천200명을 규
합하여 혁명의용군을 조직했다고 하는데, 그 실체라고 할 수 있는
군인 10명도 체포하지 못하면서, 혁명의용군을 조직했다고 하는 것
이 미심쩍은 것이다. 그리고 쿠데타 음모의 최고책임자는 무죄라는
판결이다. 사건의 최고책임자로 '서세충'을 지목했으나 서세충은 재
판에서 무죄 판결을 받고 풀려났다. 그렇다면 누가 주동자란 말인
가. 1심 재판기록은 다음과 같다.

— 소위 인민의용군사건의 피고 최능진·김진섭 및 서세충 3인에
대하여 지난번 결심공판에서 각각 4년 구형을 한 바 있었는데, 31일
이들 피고에 대한 언도가 강석복 검사 입회하에 홍재화 판사 주심으
로 고등법원 제1호 법정에서 개최되었는데 법령 제15호 4조 나항 및
형법 60조 인용으로써 최능진에게 3년, 김진섭에게 3년 6개월, 서세
충에게 무죄를 각각 언도하였다.〈동아일보 1949년 6월 1일자〉

참으로 이상한 재판이다. 최고책임자는 무죄이고, 나머지는 유죄라는 재판이 제대로 된 재판인지, 사법부의 판단이 이렇게 비이성적이고 비합리적이라는 것을 아는 사람은 다 알았다. 하지만 식자층은 기득권 카르텔을 형성했고, 비판 세력은 오늘날처럼 저항할 힘이 부족한데다 국민 70% 이상이 문맹이니 별다른 이의없이 넘어갔다. 특히 언론이 체제 지향적이어서 이 문제를 짚지 못했다. 말하자면 검언 카르텔이 작동한 것이다.

군인 신분이었던 오동기의 재판기록을 살펴보면 수긍하지 못하는 면이 많다.

— 재작년 12월경부터 작년 9월 말까지 서울·원주·여수 등지에서 폭동을 일으킬 음모를 기도한 혐의로 객년 10월 체포된 오동기(당시 여수 14연대장·육군소령) 등 일련의 사건은 그동안 예비심리를 끝마치고 지난 25일부터 27일까지의 국방부 회의실 고등군법회의에서 재판장 김완룡 중령과 심판관 이정석 중령 외 4명과 검찰관 이자경 중령 등 심문으로 끝마치어 다음과 같은 판결이 선고되었는데, 동 재판장 김완룡 중령은 다음과 같이 말하였다. △오동기 전 육군소령 징역 10년 △안종옥 전 이등병 징역 5년 △박규일 전 일등병 동 3년 △김봉수 동 3년 △김용이 2년 △오필주 동 1년. ◇재판관 김완용중령 談 : 피고들은 탐관오리·모리배 때문에 남한정부가 부패되어가고 있다고 말한 후 그래서 정부를 전복하려고 했다고 말하며 그러나 좌익 사상에서 나온 좌익혁명이 아니고 민족주의자 사상에서 나온 민족혁명이라고 말하였다. 그러나 직접·간접으로 호남 방면 사건에 관련성이 있다는 것을 발견하고 신중에 신중을 기해서 심판한 결과 이상과 같은 판결이 선고되었다. 〈서울신문 1949년 1월 29일자〉

오동기와 같이 재판을 받은 군인은 안종옥, 박규일, 김봉수, 김용이, 오필주 등이다. 이들은 오동기를 제외하면 모두 사병이고 14연대 출신도 아니다. 처음 발표에는 "오동기를 비롯한 국군소속의 젊은 장교 다수와 공모하여"라고 했는데, 장교는 없고, 사병들만 재판을 받았다. 오동기는 혁명의용군사건에 연루되어 군사재판을 받고 있던 중에 여순사건을 맞았다. 그러자 오동기 소령이 여수 제14연대 연대장이었던 점을 감안해 혁명의용군사건과 여순사건을 하나로 엮어 오 소령을 여순사건의 주모자로 일을 꾸몄다. 그렇다면 정부당국이 가장 먼저 취해야 할 조치는 오동기가 연대장으로 있었던 제14연대를 조사하여 혁명의용군에 가담한 장교나 사병을 체포하는 것이 급선무였을 것이다. 하지만 어떠한 조사도 없었다. 이후 체포된 사병들 중에도 제14연대 소속 사병은 한 명도 없었다. 이런 과정에서 많은 병사들과 장교들이 끌려가 죽었다. 이들에게 혐의를 씌우면 그대로 좌익이 되고, 반란자가 되었다.

"뭔가 음모가 있습니다."

하대원이 말하고, 연거푸 자작으로 술을 따라 마셨다. 박정희가 말했다.

"몸조심하라. 나는 올라가겠다."

박정희는 상경하겠다고 했지만 그 길로 여수로 나가 불타는 시가지를 바라보며 밀선을 타고 목포로 갔다. 제주에 파견나가 있는 오민균을 불러 현황 파악을 할 생각이었다.

하대원은 하동 방면으로 진출하던 도중 교전 중인 곳을 뚫다 총을 맞고 현장에서 즉사했다. 반란군이 쏜 총인지, 아군이 쏜 총인지 캄캄한 밤중이라 식별이 되지 않았다. 다만 콩볶는 듯한 총소리가 나고, 마을은 불타고 있었다.

목포 유달산의 선술집 박정희와 오민균

오민균이 어디서 구해왔는지 제주도토벌출동거부병사위원회의 호소문을 군복 주머니에서 끄집어내 박정희에게 내밀었다. 그들은 유달산 밑 째보 선창의 허름한 선술집 골방에서 조우했다.

"군인은 타국의 침략에 대하여 자국민을 보호하는 것이 임무인데, 자국민을 학살하러 가라고하니 문제가 생기지요. 진압군과 토벌군, 설정이 아주 기가 막히군요. 역사에 무슨 죄를 지라고 이럽니까. 현지 가보니 이건 아닙니다."

오민균이 화가 나는지 술사발을 들어 탁자에 탕 놓았다. 사발에 가득찬 토주가 반은 술상에 쏟아졌다. 박정희는 새카만 후배의 이런 무례를 묵묵히 지켜보았다. 평상시 같으면 어림없는 일이지만 그대로 수용했다. 묵시적 동의가 있었기 때문이다.

박정희는 광주 4연대 작전참모실에 있다가 수모를 당하고, 24연대장 최남근 중령을 만나러 마산 방향으로 갔으나 길이 막혀 만나지 못했다. 대신 세포 하대원을 만난 뒤 바닷길로 목포로 나온 사실을 감췄다. 오민균 역시 제주에서 밀선을 타고 온 사실을 말하지 않았다.

"지리산으로 들어가야 시간을 벌고, 전술을 구사할 수 있데이. 막강한 화력 싸움에서는 평야전이 힘들지."

"미제를 용서할 수 없습니다. 후유증이 심각하게 나타나고 있지 않습니까. 정치, 경제, 사회, 치안질서 모두가 엉망입니다."

두 사람은 한반도가 또다시 강대국의 식민지가 된다는 데 대한 거부감을 갖고 있었다. 구체화되지 못하고, 조직화되지 못했지만, 정신만은 살아있었다. 오민균이 물었다.

"최남근 연대장이 행불이 됐다면서요?"

"선택지를 찾고 있을 기야."

1948년 10월 21일 최남근 연대장은 긴급 출동 명령을 받고 마산 연대 병력을 이끌고 순천 방향으로 향했다. 광양군 옥곡면 백운산 기슭에 이르러 반란군과 대치했다. 교전을 벌이는 가운데 중대장이 전사하고, 병력이 갈팡질팡하자 최남근은 병력을 산속에 매복시키고 일단 산 정상으로 올라가 망원경으로 교전 상황을 정탐했다. 전세의 불리가 확연했다.

그는 즉시 부대에 후퇴 명령을 내렸다. 그러나 수송 차량 3대가 적의 수중에 떨어져 있었다. 그는 그것들을 수습해 오려고 조시형 소위와 함께 매복해 접근해 들어가다가 반군에게 생포되었다. 그는 졸지에 포로가 되었으나 6일 후 조시형 소위와 함께 하동의 화개장터에 나타났다. 석연치 않은 구석이 있었다. 두 사람은 체포돼 광주 여단으로 압송돼 심문을 받았다. 부대 통솔 중 반군에게 포로가 되었으나 기회를 얻어 탈출했다는 소명이 받아들여져 그는 그해 11월 8일자로 4여단(청주) 참모장으로 전속되었다. 그 뒤 그는 체포되어 처형되었다. 10·19 여순관련인지. 대구 10·1 관련인지, 제주 4·3 관련인지. 아니면 그 모든 것의 관련인지 모르지만 처형되었다.

제34장
영원한 사랑

"여순사건 무엇이 문제인가."

갑자기 박정희가 물었다.

"반란자들이 장교단을 향해 집단 발포한 것은 결정적인 실수입니다."

"결정적 실수? 왜 그렇노?"

역시 이념이 같으면 생각도 같아진다. 박정희는 그와의 동질감이 의미있다고 생각했다.

"동료 장교를 집단 발포하다니요. 그로인해 수십 명이 죽었습니다. 대대적인 토벌 명분만 주었습니다. 미군의 자존심을 건드렸습니다. 나로서도 용납할 수 없습니다. 이건 집단 살해죠."

오일균도 화가 난다는 듯 다시 술상을 내려쳤다.

"전임 오동기 연대장을 체포했다면서요? 헛다리 짚은 겁니다. 음모가 있습니다. 오동기 소령은 국방경비대 총사령부 감찰참모로 있을 때, 대전 2연대장 김종석 중령의 경리부정 사건을 적발하고, 그를 파면할 것을 요청했잖습니까. 그런 우파가 반란 주모자요? 한마디로 엉망진창입니다."

유동열 통위부장—송호성 총사령관의 라인업은 중국군 출신으로서 좋은 뜻으로는 우리 군대를 이념 지향보다 민족군대로 키우려는 복안을 갖고 있었다. 반면에 일본군 출신과 미 군정은 이들을 경계했다. 그들은 실력적인 면에서 일본군 출신에 비해 군사이론과 실전 경험이 미치지 못했다. 현대적 군사 지식도 빈약하고, 중국군 특유의 무대포 전략으로 시행착오가 많았다. 그럼에도 불구하고 초창기 광복군 예우 차원에서 군 고위직을 주었다. 나이도 연만하고, 또 정부를 부정하는 그들을 달래는 일환으로 고위직을 주었으나 점차 일본군 출신에 밀려나는 추세였다.

한참 후 박정희가 화제를 바꾸었다.

"오민균 소령은 사랑하는 사람이 있나?"

순간 당황했으나 그는 현호영을 생각하면 가슴부터 아려왔다.

"사연이 깊은 사랑은 쉽게 말하지 못합니다."

박정희가 고개를 끄덕였다.

"사랑은 슬픈 거야. 누가 즐겁다고 말했노?"

박정희가 다시 가볍게 한숨을 쉬더니 자리에서 일어나 맨발로 문밖의 판자 울타리로 다가갔다. 그리고 질펀하게 소변을 본 뒤 앞을 털고 들어오면서 말했다.

"내가 사는 건 누구 때문인 줄 아나."

대답 대신 오민균이 박정희를 바라보았다. 그의 표정이 처연했다. 박정희가 목소리를 낮춰 말했다.

"나에겐 이현란 여자가 있다. 내가 사는 목적은 그 여자 때문이다. 나는 그가 없으면 나도 없는 기다."

"그럼 왜 여기 계십니까. 어서 올라가서야죠."

"뭐 알고 묻나? 너도 나도 쫓기는 신세라는 걸 몰리나? 하지만 막 막하다는 말을 하고 싶지 않데이."

그가 갑자기 울기 시작했다. 절박한 무엇이 저 가슴 밑바닥으로부터 치받쳐오르는 모양이었다. 배척받고 쫓기는 기분이 되자 어떤 설움의 덩어리가 가슴을 짓누르고 있었다. 그리고 사랑하는 여자를 마음껏 만나지 못한다는 운명 때문에 울었다.

"그래, 내 여자를 만나야 한데이. 그를 만나지 몬하면 내 인생도 끝장이데이."

차갑고 냉정하고 강해보이는 그가 여자 하나 때문에 이렇게 무너지는가 싶어 실감이 오지 않았다. 하지만 그는 걷잡을 수 없이 울었다. 모든 것이 수포로 돌아간 절망감이 그의 두 어깨에 처량하게 내려앉아 있는 것을 그는 보았다. 그가 울음을 멈추고 특유의 비음으로 단호하게 말했다.

"오 소령은 사랑하는 여자를 절대로 잃지 말라. 사랑하는 사람을 만나지 못하는 절망을 아는가. 사랑하는 여자를 위해서라면 내 이상, 사상, 의리도 다 버릴 수 있다."

"사랑은 역사도 바꾸니까요."

"그렇지. 역사를 바꿀만하지. 그 여잔 곧 내 아이를 출산할 거다. 진실로 사랑하는 여자가 내 아이를 가졌다. 동거를 시작했지만 해준 것 없이 고생만 시켰다. 오 소령 내 맘 알겠나. 나는 왜 사랑 하나도 건지지 못하나. 왜 이렇게 짓궂은 운명만 펼쳐지나. 나란 놈에게도 희망을 걸 수 있나."

"박 선배님, 나두 제주 현지에서 아리따운 처녀를 만났습니다. 너무너무 사랑스럽습니다. 얼굴이 예쁘지만, 그 마음이 더 곱습니다. 그 처녀를 배신할 수 없습니다. 저 역시 그 처녀를 생각하면 가슴이 찢어지는 것 같습니다."

"우리 두 사람은 왜 이리 인생경로가 같노. 너는 내 분신 아이가."

그들은 서로 부둥켜 안았다. 그리고 쓰러져 잤다. 오민균이 잠에서 깨 지끈거리는 머리를 짓누르며 일어났을 때, 박정희는 이미 사라지고 없었다.

제임스 해리 하우스만

"남로당 군책은?"

제임스 해리 하우스만 미 정보고문관이 물었다. 김창동은 침묵을 지켰다. 많은 정보를 캐냈다는 자부심을 심어주는 침묵은 비밀 첩보원의 생존 방식이다. 김창동이 말이 없자 그가 다시 물었다.

"정보망에 따르면 이중업 밑에 이재복이 있고, 이재복 밑에 박정희가 있소. 안 그렇소?"

"그렇습니까?"

김창동이 딴청을 부렸다. 오늘따라 그는 버팅겨보고 싶었다.

"이재복은 경북 영천 출신으로 박정희의 형 박상희와 친구 사이고, 박상희가 경찰 총에 맞아죽자 이재복이 박정희 후견인으로 나서서 삼촌 행세를 하고 다녔소. 맞소?"

모두 유창한 한국어였다. 그는 한국 사람 못지 않게 한국어에 능통했다.

"그렇습니까?"

김창동은 남의 말하듯 대꾸했다.

"잘 들으시오. 어느 날 이재복이 춘천 연대 인근에서 장교들과 함께 회식하는 자리에서 박정희가 이재복을 삼촌이라고 소개했다고 했소. 연대장 원용덕 중령이 '이런 상놈의 집안이 다 있나. 성이 다른 데 어떻게 삼촌이라고 하느냐'고 호통을 쳤다고 했지. 그래서 박정희가 '외삼촌입니다' 라고 했다는 것이오. 나는 박정희의 외가가 무슨 성씨인지도 알고 있소."

김창동은 하우스만이 원용덕과 술집에서 나눴던 에피소드까지 꿰고 있는 것에 놀랐다. 미군 장교의 정보망의 촘촘한 그물망을 볼 수 있었다.

하우스만은 정보국장 백선진을 제치고 종종 김창동을 별도로 찾았다. 공산당 체포 실적이 타의 추종을 불허했기 때문에 직접 김창동을 찾아 격려하고, 때로 두툼하게 활동비를 제공했다. 김창동 역시 이승만 대통령으로부터 하우스만을 무조건 도우라는 당부의 말을 들었다. 두 사람은 어느새 형제처럼 가까운 사이가 되었다.

"박정희, 최남근, 김종석, 이병주, 김학림, 황택림, 조병건, 오민균, 이성구, 이정일… 이들의 동태는 어떤가?"

"파악 중입니다. 군맥이 드러나고 있습니다."

그는 이미 그들의 동선을 확보했다. 박정희 주변 장교들을 체크해 나가다 보니 일정 부분 윤곽이 드러났다. 이것을 하나로 엮으니 그럴 듯한 계보가 되었다. 선후배 관계 이상의 접선이 아니었는데도 도표를 만드니 아주 근사한 조직망이 되었다. 이것을 하나로 병렬시켜 놓는다면 국방부도 뒤집어질 것이다. 그는 그들이 드나드는 비밀 아지트, 술집, 다방까지 파악해놓았다. 줄줄이 체포해 본인 확인하는 절차를 밟으면 된다. 물론 확인하기까지 무던히 고문기술이 들어가야 할 것이다. 그러나 달콤한 특진과 포상이 기다리고 있으니 결코 외면할 수 없다.

"박정희는 광주에서 송호성을 따라 상경해야 하는데 떨어져서 목포를 다녀온 이유가 분명치 않소."

"체크해보겠습네다."

그러나 그는 알고 있었다. 제주에서 나온 오민균과 만난 사실을 벌써 체크해놓고 있었다.

"내가 박정희를 이해 못할 부분이 있소."

"왜 그렇습니까."

"그는 빈궁한 집안에서 태어나서 태생적으로 부르주아지에 대한 반감이 있소. 그가 존경하는 형이 경찰 총에 맞아 죽은 슬픈 가족사가 미 군정에 대한 증오심을 키우고 있소. 다른 일본 육사 출신에 비해 다른 길을 가는 것이 이해가 되지 않는데 그 이유 때문인가? 그에 대해 알고 있는 것을 소개해주시오. 김 소령을 찾은 이유가 그거올시다."

"이재복과의 접선이 심상치 않습네다. 박정희가 조선경비사관학교 2기생으로 훈련을 받고 있을 때(1946년) 대구 10·1폭동에 이어 구미에서 대대적인 무력 시위가 있었댔시오. 2천 명 가량의 군중들이 들고 일어나 경찰서를 습격하고, 경찰관과 관리, 친일파들의 집 86채를 불지르고 박살냈습네다. 이 과정에서 그의 형 박상희가 경찰관 총에 맞아 죽었댔디오. 경비대사관학교에서 훈련 중이던 박정희가 장례식이 끝난 며칠 후 대구를 다녀갔댔는데, 이때 그의 형 친구 이재복, 황태성, 임종업을 만났댔디오. 박정희는 형을 죽인 경찰과 그 배후인 미군에 대해 복수의 감정을 품게 되었고, 세상을 증오하게 되었댔습네다. 아주 고약한 좌익계디오. 오민균과 접선한 것두 다 체크했습네다."

그는 기왕 말한 이상 더 많은 정보를 알고 있다는 태도를 보였다. 그가 보탰다.

"공산주의라는 병균은 전염성이 강하므로 군부 내에 가장 약한 고리인 젊은 청년장교들에게 침투될 수 있습네다. 감성 풍부한 자들이 쉽게 물들 것입네다. 현실에 불만을 품고, 이상주의를 꿈꾸니까니 체제를 늘 비판적으로 보디오. 박정희가 젊은 장교들 가슴에 불을 지르고 있습네다. 알고 있습네까? 박정희가 경비대사관하교 졸업 후 소위로 임관해 나간 그의 첫 배속지가 춘천 8연대였댔디오. 좌익 병균을 퍼뜨릴 최적지였댔디오. 그곳에서 신경군관학교 2기 동기생인 이상진(8연대 부연대장)을 만나구, 최남근, 김종석을 만났디오. 최남근, 김종석 두 사람이 앞뒤로 대구 연대장을 지냈댔시니 박정희가 고향을 자주 방문하면서 삼자가 접선했댔시오. 나이두 비슷하구 생각도 같았댔시니 사상적으로나 이념적으로 잘 맞아떨어졌댔디오. 이때 남로당 군사부 총책 이재복과 접선하구, 하재팔을 만나구, 황태성, 임종업을 만나구, 그러면서 미국의 식민 지배를 변화시킬 음모를 꾸몄댔디오. 다른 한편으로 일본 육사의 훈련교범을 가지구 작전을 전개하면서 무장봉기 계획을 획책했댔디오. 부하들로부터는 작전통이란 평판을 받구, 칭송을 받으니까니 그는 더욱 자신만만하게 봉기의 수순을 밟아가는 것이야오. 청년장교들 멋모르구 따랐댔시오. 군인정신 투철하구 실력파인데다 민족의식이 분명했댔시니 모두들 그를 존경했댔디오."

기왕에 까발리려면 과장되게 뻥튀김해야 한다. 그래야 신뢰를 받을 수 있다.

"더 들어보시라요. 박정희가 중위를 거치지 않구 대위로 승진해 조선경비대사관학교 제1중대장으로 발령(1947년 9월27일)을 받구, 생도대장으로 활동했댔시오. 이 학교에 좌익 성향의 교관과 학생이 많았댔디오. 제1중대 2구대장 황택림 중위, 제2중대장 강창선 대위, 제2중대 2구대장 김학림 대위디오. 그에 앞서 오민균 생도대장이 있었댔디오. 이들은 박정희가 교관으루 합류하자 휘발유에 불이 붙듯이 확 엉겨붙었댔디오. 빨갱이 사상이 결속력을 전제로 하니 고렇게 무섭디오. 3기 출신 홍순석과 김지회, 강문영(동해안 일대의 좌익 총책) 같은 빨갱이 청년장교들이 가담했댔디오. 아 참, 표무원 강태무도 있었댔구나. 이자들은 모두 박정희와 고향이 같은 놈들이디오."

"잘 파악했소."

하우스만은 김창동이 공명심이 많아서 조그만 것도 과장해 보고하는 습관이 있다는 것을 알고 있었지만, 묵인했다.

"블랙리스트는 완성되었소?"

"하모요. 일본 육사 56기 김종석, 57기 박정희, 58기 박원직, 최주종, 59기 홍태화, 황택림, 60기 조병건 이성유 김태성, 이정길, 김학림, 정정순, 61기 오민균 따위가 있디오. 만주군관학교 출신으로는 최남근(봉천 6기), 이상진(신경 2기), 이병주(신경 2기)가 있디오. 학연과 지연, 군맥으루 뭉쳐 있대시니 한 놈만 패면 포도송이처럼 줄줄이 매달려 나오게 되어 있습네다. 두고 보시라요."

그는 혐의가 있거나 말거나, 실체가 있거나 없거나 가능한 한 많은 이름을 나열했다. 실적 과시용이었다. 하우스만이 물었다.

"내 여순사건과 관련하여 광주를 다녀왔는데, 이들과 여순 사건과 관련이 있는지 검토해보았소?"

"물론입네다. 젊은 것들이 설쳐대누마요. 의심스럽습네다."

하우스만은 토벌군이나 반군 모두 의심했다. 어느 일면 한통속으로 보는 것이었다. 충돌을 회피하는 모습이 의심을 사게 하기에 충분했다. 작전다운 작전이 전개되지 못하고 있는 것도 다 이유가 있다고 보았다. 제주 4·3도 그랬다. 그로인해 얼마나 많이 혼이 났던가. 그래서 경찰력에 의존했던 것이 아닌가.

하우스만은 김창동을 떠볼 생각으로 물었다.

"제주 토벌을 주민 학살이라고 하는데, 사실 학살이 맞지 않는가?"

김창동이 눈알을 크게 굴렸다.

"무슨 말입네까. 천만의 말씀입네다."

"동족을 잔인하게 죽였다면 학살이자 범죄지. 나치의 히틀러는 타민족을 학살한 범죄자고, 제주에선 조선인이 조선인을 학살한 것이잖소? 일제강점기 하에서도 이런 학살은 없었지 않았나?"

"반역을 동족이냐 이민족이냐로 구분할 수 있습네까? 반역은 반역 아닙네까? 반역은 반격을 꾀하는 것 아닙네까?"

"일본도 이민족에 대해선 난징 대학살 같은 몹쓸 짓을 했지만 자국민을 그렇게 쓸어버리진 않았소. 체제 전복 세력이라도 주모자만 골라 제거하지, 전체를 도륙하진 않았단 말이지. 일본 군국주의에 저항하는 자국 반역 집단이 얼마나 많았소? 그래도 싹 쓸어버리진 않고 주동자만 핀셋으로 잡아내 처단했단 말이오."

"일본을 욕하는 것입네까, 칭찬하는 것입네까?"

"사실을 말하는 것이오. 난 미국의 전략적 가치 때문에 조선땅에서 작전을 펴나가지만, 한반도 지배층은 동족을 동족으로 보는 것 같지가 않아. 자신들 이익 때문인가? 참으로 이상한 민족이오."

그는 내놓고 조롱하고 있었다.

"나를 시험하는 겁네까? 야지놓는 겁네까? 나는 복잡하게 사는 인간이 아닙네다."

하우스만은 냉혈적인 반공주의자지만 한국의 경찰이나 우익 청년단, 지도층이 한 수 더 뜬다는 생각이 들었다. 그것이 이상했다. 무방비 상태의 민간인들을 쫓아 벌레처럼 죽이는 동족 살육. 미국이 묵인한 가운데 잔인한 토벌과 학살을 선제적으로 자행한다. 그것을 때로 미군이 가로막았다. 미군 내에서조차 한국의 경찰과 군인이 잔혹하다고 고개를 흔드는 일이 많았다. 외세까지 끌어들여 자국민을 아작내는 모습을 보고 차도살인의 재미를 맛보면서도 이해할 수 없는 민족이라고 생각했다.

— 강대국의 이익 앞에서 칼춤을 추며 그들 또한 권력의 단맛에 취한다?

그 자신 복잡한 사람이었지만, 한국 사회가 더 복잡하다고 그는 생각했다. 하우스만이 물었다.

"김창동 소령, 왜 김소령이 빨갱이 잡는 귀신이 되었소?"

"그거야 위대한 미국을 위한 일 아닙네까? 하하하⋯."

"그 점은 인정하오. 내가 크게 고무를 받소. 하하하"

하우스만이 그 큰 손으로 김창동의 손을 잡아주었다. 못말리는 사람이지만 믿음직한 정보장교인 것이다.

하우스만은 한국군 수뇌부의 단순한 군사고문일 뿐이었으나, 한국군의 군사조직 개편과 인사에 깊숙이 관여했다. 사령관을 임명하는 일, 부대를 배치하는 일, 대대, 연대, 사단, 군단 사령부의 임무까지 미 군사고문관의 이름으로 체크했다. 정보장교란 막후에서 일해야 하지만, 어느 순간부터 전면에 나서서 공개적으로 문제들을 해결했다. 감추고 숨길 것도 없었다. 군 고위급이 주어진 임무를 완수했는지, 여자 관계, 군수품 착취 등 약점이 있는지를 파고들었고, 그의 사상까지도 체크했다. 행패를 부리고, 부하를 패고, 여자 관계가 복잡한 것은 수용하지만, 반미 성향과 공산주의 성향은 용납하지 않았다. 그가 공을 세운 것은 한국군의 협력자들 덕분이었다. 그들은 공산당이라는 괴물을 때려잡는 데는 대단히 충성적이고 열성적이었다. 스스로 생각해도 당황할 정도였다.

하우스만은 단순한 미군사 고문관이었지만, 한국군의 실질적인 최고 책임자였다. 그 지위는 한국군의 절대적인 협조에서 얻어진 결실이었다. 이와 같은 그의 활약상을 근거로 김득중(국사편찬위원회 편사연구사)의 논문 〈여순사건과 제임스 하우스만〉은 여러 모로 시사하는 바 크다. 한국 현대사의 질곡을 이해하는 데 도움이 될 것 같다.

─ 1948년 10월 19일 저녁 여수 신월리에 주둔하고 있던 14연대는 제주도 진압명령을 거부하고 봉기하였다. 지창수 상사가 지도한 14연대는 이날 저녁 여수로 진입하여 경찰서와 철도경찰, 관공서를 순식간에 점령했고, 다음 날 아침에는 통근 기차를 이용하여 순천으로 북상했다. 광주 4연대가 여수주둔 14연대 반란소식을 처음 알게 된 것은 다음 날인 20일 오전 8시 20분이었고, 이 사실이 서울에 보고된 것은 오전 9시였다. 이날 아침 미 군사고문단장 로버츠에게 반란 소식이 보고되었고, 로버츠 고문단장은 즉시 관계자로 구성된 회의를 주재했다.(중략) 이 자리에서 여수반란을 진압하기 위해 광주에 기동작전군을 만들기로 결정하였다.

이 회의를 주도한 것은 미 군사고문단이었다. 참모총장과 국방경비대 총참모장도 고문단장의 호출에 불려나왔다. 왜냐하면 비록 이승만 정부가 세워지고 대한민국 정부가 독립을 선언했다 하더라도 군대 지휘권은 1948년 8월 24일 이승만─하지 간에 체결된 협정에 따라 여전히 미군의 수중에 있었기 때문이다. 하우스만은 미 임시고문단을 대표하는 작전책임자로, 그리고 송호성 총사령관의 고문자격으로 이 기동작전군 사령부에 배속됐다. 국군은 반란군 세력을 진압할만한 교통·통신장비나 작전 경험이 전혀 없었다. 실제로 미 군사고문단은 반란이 터졌을 때 무기, 군수, 훈련이 부족한 한국군이 과연 이를 효과적으로 대응할 수 있을까에 강한 의구심을 품고 있었다.

미 임시군사고문단은 기동작전군을 구성한 다음에는 장비와 물자를 실어 날랐다. 하우스만이 광주에 파견되는 것과 동시에 화차 2량에는 무기·화약·식량 등이 실려 광주로 떠나갔다.(중략) 어느 하루는 쌀 6톤, 육류 20박스를 싣기도 했다. 쌀은 한국산이었지만 육류는 미국에서 가져온 것이었다. 10대의 L4 경비행기도 지원되었다. 5대는 광주에 배치되었고, 5대는 전주에 두어 부대간의 연락용으로 쓰거나, 여수·순천을 공중 정찰하는 데 사용되었다.

많은 물자 지원에도 불구하고 여수와 순천은 즉시 진압되지 않은 채, 초기에는 진압군이 반란군에 협조하는 현상이 나타나고 있었다. 미군 수뇌부는 "이승만 정부가 곧 전복당할 처지에 있다. 여수는 어떤 값을 치르더라도 진압해야 한다"고 진압군을 재촉했다.(중략) 하지만 여순사건의 발발은 조직적이거나 계획적인 것이 아니었다. 14연대 반란은 공산당 조직이 사전에 관련되어 있지 않았고, 여수의 공산주의자들조차 모르고 있던 사실이었다.

하지만 하우스만은 여순사건을 북한과 연관지어 사고했고, 그렇기 때문에 지리산 입산을 극구 저지하려 했다. 하우스만에게 주요한 것은 여수·순천의 신속한 탈환만이 아니라 반란군이 산 게릴라로 침투할 것이 확실해 보이는 백운산, 지리산 등의 퇴로를 차단하는 것이었다. 그러나 남한 정부와 무쵸대사, 로버츠 단장 등은 여수·순천을 탈환하는 것에 우선 순위를 두었을 뿐, 하우스만의 건의를 채택하지 않았다. 결과적으로 보면 하우스만의 판단이 옳았다. 14연대 반란군들은 지리산 등에 입산했고 장기 게릴라 투쟁을 시작했기 때문이다. 하지만 하우스만이 판단을 내리게 된 근거는 그릇된 것이었다. 여순사건 이후에 본격화되는 게릴라 투쟁은 사전에 계획된 것이라기보다는 상황에 이끌려 벌어진 측면이 강했기 때문이다.

하우스만은 한 사람의 덩치 큰 미군 대위에 불과했지만, 해방 직후부터 40년 가까이 한국정치의 배후에서 일국의 대통령을 움직일 수 있을 정도로 힘이 막강했다. 먼 훗날, 그 자신의 회고록 제목 또한 그렇게 지었다. 〈한국 대통령을 움직인 미군 대위〉. 한국인에겐 모욕으로 보이는 이 책 제목은 그러나 한 점 오자(誤字)가 없는 사실이었다. 일개 미군 대위가 한국 대통령과 권부와 군부를 움직일 수 있었다는 것은 한국이 얼마나 미국에 종속적인가를 말해주고 있다.

하우스만은 미국 남부 기독교 맹신도답게 원리주의 종교 담론에 충실한 사람이고, 그 결과 공산당이라면 경기부터 일으키는 사람이었다. 한국의 강경 반공정권이 들어서게 된 배경은 이런 하우스만의 영향이 컸다. 이승만이 권력 장악을 위해 빨갱이 사냥을 하는데 하우스만은 훌륭한 동조자였다. 그는 이승만의 머리를 가져다가 한국 정치와 군사를 요리했다. 이승만과 함께 교회 예배도 보았으니 사실상 가족이나 다름없었다. 반면에 버치 중위가 지도자로 내세운 김규식은 몰락했으며, 버치 역시 사라졌다. 역사의 격동기엔 합리적 사고보다 거친 액션 플랜이 운명을 가른다는 것을 단적으로 보여준 사례였다.

제35장
박정희의 인연들

이재복의 심복이자 군사 연락책 김영식이 체포되었다. 육본 정보국은 매수해 전향시킨 그를 풀어놓았다. 이재복을 잡기 위한 미끼로 던져놓은 것이다. 이재복은 낌새를 알아차리고 더욱 깊숙이 잠복해 버렸다.

김영식을 풀어놓는 일이 무의미하다고 느끼는 순간, 정보국은 그를 다시 잡아 영창에 집어넣어 매타작부터 시작했다. 그것이 사건을 해결하는 데 가장 유용한 방법이었다. 연일 죽을만치 패자 즉효가 있었다. 이재복의 행선지를 알아내는 데는 이틀이 가지 않았다.

이재복은 1948년 12월 18일 서울 신당동산 377번지 골방에서 체포되었다. 김창동이 김영식을 통해 그의 은신처를 알아내고 부하들을 매복시킨 보름 만에 체포한 것이다.

이재복은 1948년 당시 46세였다. 박정희의 절대적 후견인이었던 그가 체포됨으로써 박정희는 막다른 골목에 이르렀다. 이재복, 박정희 두 사람 사이에 작성한 군 계보가 드러날 것이고, 이것을 김창동이 작성한 것과 퍼즐 맞추듯 맞추면 조직은 일망타진될 것이다. 블랙리스트에 오른 명단은 박정희를 따르는 일본 육사 후배들이었다. 연령상으로는 20대였다. 박정희는 집에 들어가지 못하고, 계속 검거 망을 피해 다녔다.

이재복의 범죄 사실과 신상명세가 신문에 보도되었다. 이재복의 본적은 경북 안동군 임동면 중평동이고 영천에 중앙교회를 세워 목회자로 시무하고 있었다. 그의 주 활동근거지는 영천과 대구였다. 1939년 이재봉이라는 이름으로 평양신학교를 졸업하고, 일본 교토로 건너가 동지사대학을 졸업한 뒤 평양 숭의여학교 출신 간호원과 결혼했다.

해방 이후 여운형의 인민당에 입당하고 경북인민위원회 보안부장을 거쳐 경북의 북로당 계열이 붕괴되자 박헌영의 남로당에 합류해 군사부 총책이라는 중책을 맡고 있었다. 이재복과 함께 활동한 인물은 대구 경북 지역의 박상희, 황태성, 하재팔, 임종업 등이었다.

이재복은 대구 10·1 항쟁, 제주 4·3 항쟁, 여수 14연대 10·19 사건을 주도했다는 혐의로 1949년 5월 26일 수색 기지에서 15연대장 최남근과 함께 처형되었다. 하지만 그가 대구 항쟁에 모두 개입했다는 객관적 증거는 없었다. 나머지 사건들도 마찬가지였다. 이들 사건들은 모두 독자적이며 개별적이고 자발적이라는 공통점을 갖고 있었다. 다만 시대 모순에 대한 저항이라는 맥락은 같았다.

박정희는 남로당 조직책 이중업과 접선했다. 이에 관해서는 미메릴랜드주 소재 국립문서보관소에서 발굴된 전 미국 외교관 그레고리 핸더슨의 보고서(1963)가 그 근거를 제시해준다. 인터넷 매체 '프레시안'이 그레고리 헨더슨의 보고서를 독점 보도한 〈발굴―현대사 뒷모습 〈1〉박정희의 좌익 전력 "살아남은 사람은 박정희

뿐"(2001.11.15일자) 기사의 주요 대목을 발췌한다.

— 박정희는 (신경군관학교) 5백명의 동기 가운데 성적 최상위자로 선발되어 자마에 있는 일본 육군사관학교 제57기생으로 입학(편입)하였다. 당시 그곳은 한국 출신의 학생들이 일본이 실시하는 엄중한 전시 통제에 반발해 좌익의 영향을 받기 쉬운 분위기가 형성되어 있었다. 좌익의 영향력은 박정희가 속한 57기보다 한 기수 위인 56기에서 시작되었으며, 일본이 패망한 뒤 자마의 사관학교를 폐교한 것과 더불어 일본에서는 끝났다.

박정희가 사관학교를 다니던 2년 동안 좌익의 영향을 받았던 사람들은 대부분 좌익분자나 공산주의자들이 되었다. 이들 가운데 9명은 박정희의 후배로, 동양적인 제도에서는 특히 그의 영향을 받게끔 되어 있었다. 이들 후배들 가운데 한 명을 제외한 나머지는 훗날 박정희가 지휘한 공산주의 음모에 개입하게 되었다. 한국 (국방경비대)사관학교 교관들로 그와 공모했던 사람들 가운데 7명은 그 결과 목숨을 잃었다. 박정희와 그의 동기생들 사이에 좌익 영향의 징후는 생도시절에는 뚜렷하게 나타나지 않았지만, 도쿄에서 2년제, 혹은 4년제 사관학교를 졸업한 사람들 가운데 소수의 엘리트가 박정희와 더불어 좌익으로 돌아섰다.

남한에서는 1947년 말에서 1948년 초까지 남로당 최고사령부가 활동했다. 그 이후에도 남로당의 일부 주요 지도자들은 1950년 4월에 박헌영의 직속 참모였던 이주하와 김삼룡이 체포될 때까지 활동을 계속했다. 북한은 1950년 6월 10일에 남로당의 이 두 요인(이주하·김삼룡)과 유명한 독립운동가이자 조선민주당의 당수이며 평안도 지방 민주주의 사상가들의 우두머리인 조만식을 맞교환하자고 제

안했다. 이 문제는 미 대사관의 정치부를 통해 협상이 진행되었지만, 한국전쟁이 일어나는 바람에 중단되었다. 이주하와 김삼룡은 남한 정부가 서울을 버리고 떠날 때 남한 당국에 의해 목숨을 잃었고, 조만식은 북한이 평양을 버릴 때 북한에 의해 살해되었다.

남로당 공산주의자들 중 이주하, 김삼룡과 긴밀한 관계에 있으면서 동일한 서열의 최고위간부로 이중업이 있었다. 그는 서울대 법대 재학 중이던 1933년에 공산주의 활동으로 제적되었다. 그후 이중업은 박헌영, 이주하와 긴밀한 관계를 유지하며 함께 활동했고, 해당 기간(1947년말—1948년초) 동안에는 남로당의 조직부장직을 맡고 있었다. 그가 지휘한 작전 중에서 가장 중요하고 가장 성공적이었던 것은 한국 국방경비대가 급속도로 성장하고 있던 1945년에서 1948년 9월 사이 이 조직에 침투한 것이었다. 이때 이중업은 박정희를 비롯해 많은 장교들과 접촉한 듯하다. 이중업이 접촉한 사람들 가운데 가장 비중있고, 가장 성공적으로 접촉한 장교는 박정희였다. 이중업과 박정희의 접촉은 박정희가 중국 광복군에서 김홍일과 (함께)근무하다가 1946년 5월에 귀국한 직후에 이루어진 것이 분명하다. 박정희는 1946년 12월에서 1947년 2월까지 (태릉)제1연대의 중대장으로서 사관생도들 중에서 공산주의자들을 모집하는 데 열심이었던 것으로 보인다.

제1연대는 당시 태릉에 주둔하고 있었으며, 제1연대 건물에 새로 생긴 장교양성소(국방경비대사관학교)가 있었다. 당시 연대 장교들은 새로 생긴 장교양성소의 교관 역을 겸했다. 당연히 이 장교 양성 과정은 생도 시절의 젊은 장교들에게 사상을 주입할 수 있는 가장 효과적인 기회였다. 공산주의자들은 사관학교에 공산주의의 영향을 받은 참모를 많이 포함시키기 위해 특별한 노력을 기울였고, 박정희는 이런 노력에 앞장선 듯하다. 1947년 3월과 4월에 졸업한 제3기생들이 교육을 받은 건 박정희가 이 연대에 있을 때였다. 제3기는 주로 사병 출신으로 구성되었으며, 한국의 한 고위 장성은 공산주의 성향을 지닌 어떤 장교가 자신의 사병들을 장교 연수 과정에 강력하게 추천했다고 말했다. 현재는 자료가 남아있지 않지만, 당시 한국군의 G—3(작전국)는 300명의 생도들 가운데 절반이 노골적인 불충분자들이었다고 주장하는 사람들이 있다.

1948년 10월 19일에서 27일에 여수—순천 반란을 일으킨 건 이들이었으며 이들 중 일부는 1948년 4월에 제주도 제9연대에서 처음 발생한 소규모의 전복기도를 비롯해, 1948년 11월 2일에 발생한 대구 제6연대 사건, 1948년 10월 20일에 발생한 제4연대 사건, 1948년 11월에 발생한 대전 제2연대 사건에도 개입했다. 이 사건들의 결과, 많은 장교들이 체포되고, 고문당하고, 처형당했으며, 많은 장교들이 여수 순천 반란에서 목숨을 잃고, 또 일부는 순천과 대구에서 달아나 게릴라가 되어 1949년 4월부터 한국 전쟁이 날 때까지 한국을 유린한 게릴라전을 지도했다.

박정희가 이 심각한 사건들과 전체적으로 관련되어 있다는 점은 매우 확실하다. 그가 정체를 드러내고 1950년(1948년의 오기인 듯) 11월에 체포된 것은 이들 사건들, 특히 여수 순천 사건 때문이었다. 박정희 혼자 사관생도들에게 불온사상을 주입하는 주역을 맡은 건지, 이중업(혹은 이재복?)과 다른 공산주의자들도 이들과 접촉하는데 적극적이었는지는 확실하지 않다. 그러나 박정희와 이중업은 이 기간 동안 친분을 유지했다. 이들은 워싱턴 주재 현 한국 대사인 김정렬 중장에게 각각 친분 사실을 증언했고, 최경산 중장(퇴역)은 이들이 이중업이 즐겨 찾던 명월관에서 몇 차례 함께 술을 마시는 걸

목격한 바 있다고 증언했다. 당시 공산주의자들이 작성한 한국 정부 전복 도표를 본 어느 한국군 장교는 거기에 박정희의 이름이 주요 군 장교로 나타나 있었다고 회상했다.

박정희와 장교양성소와의 관계는 짧은 기간으로 끝나지 않았다. 박정희는 1947년 9월에서 1948년 9월까지 육군사관학교에 있는 학생 파견대의 중대장으로 임명되었다. 이 중요한 직책에서 그는 공산주의 영향을 받은 교관들로 참모진을 구성할 수 있었으며, 그들의 지도자로 생도들과 관계를 맺을 수 있었다.

여수 순천 사건과 그 뒤를 이은 수사 결과 박정희 조직은 김창동 중위(나중 중장으로 진급)에 의해 전모가 드러나게 된다. "독사"란 별명을 가지고 있던 김창동은 맹렬한 반공주의자로 일본군 시절에 헌병 사병을 지냈고, 그 자신 역시 육군사관학교 제3기생이었기 때문에 공산주의자들이 생도들에게 접근하는 수법을 누구보다도 잘 알고 있었다. 박정희는 1948년 11월에 체포되어 광범위한 조사를 받고 김창동 수사대의 주무기인 혹독한 고문을 당했다. 1949년 2월에 열린 군법회의에서 박정희는 죄의 심각성에 근거해 사형 선고를 받았다…

접선자 중 이중업과 이재복을 혼동한 것은 아닌지, 일부 시제상의 불명확성 등 오류가 있긴 하지만, 주제와 맥락이 거의 일치돼 학자들은 해방공간의 한국군사를 이해하는 데 도움이 된다고 평가하고 있다.

1948년 11월 초 박정희는 백선진—김창동이 주도하는 육본 정보국의 추격을 받고 있었다. 이재복—김영식 수사 과정에서 나온 리스트를 토대로 연대장급인 김종석은 물론 일본 육사 후배들인 오민균이성구 김태성 조병건 이정길, 만주군 출신인 이병주 이상진 김학림 황택림이 쫓기거나 체포되었다.

군부 내의 좌익분자 색출에 심혈을 기울이고 있던 정보국 김창동·이한진 조가 박정희가 서울에 나타났다는 소식을 밀대로부터 제보를 받은 것은 1948년 11월 말쯤이었다. 오민균을 만나고 상경한 지 며칠 후였다. 이한진 대위와 헌병대가 박정희 집 주변에 며칠째 잠복했다.

저녁 어스름, 집 근방을 서성거리던 박정희가 집으로 뛰어들었다. 출타중인 이현란이 돌아오기를 기다려 조우해야 했지만, 그보다 더 급한 것이 자신의 생명이었다. 감상적 사랑 타령에 일을 그르칠 수 있다. 그는 방안으로 들어가 닥치는대로 증거품들을 파기했다. 비장의 무기로 장롱 깊숙이 숨겨두었던 비상용 45구경 권총을 꺼내 총신에 새겨진 총번을 씨멘트 바닥에 박박 갈았다. 일련번호가 쉽게 지워지지 않자 줄톱을 찾아 갈았다. 암살 및 호신용으로 사용할 권총의 총번이 지워져야 압수되더라도 출처를 캐낼 수 없다.

주요한 문서를 불에 태우고, 치밀한 성격대로 주요 명단과 동선이 적힌 수첩을 불구덩이 속에 던져넣었다. 명단은 머리 좋은 그의 머릿속에 모두 저장되어 있다. 그는 집을 한번 살핀 다음 권총을 옆구리에 찔러넣고 뒷담을 훌쩍 뛰어넘었다. 그 순간 그는 뒤로 발라당 널부러졌다. 정보대 헌병들이 그를 덮쳐 밟아버린 것이다.

"꼼짝 마라!"

그는 휴대한 서류를 입에 넣어 오물오물 씹었으나 사복의 주먹이 아구창을 돌리는 바람에 고스란히 뱉어져 나왔다. 포박을 당하는 중에도 그는 바닥에 떨어진 종이조각을 발로 밟아 뭉갰다.

"저 새끼, 종이조각 하나라두 흩뜨리지 마라."

주요한 비밀지령문과 익숙하지 않은 나머지 세포들의 명단 쪽지였다. 쓰러진 박정희가 몸부림을 하며 종이쪽지에 다가가 그것을 입에 물고 오물거렸다.

"아구창 돌려. 그래 봐야 끝났어."

사복조가 그의 입에 손을 넣어 종이쪽지를 뽑아냈다. 이한진이 권총을 뽑아들어 박정희 머리를 겨누었다. 헌병들이 그를 포승줄로 묶은 뒤 용의품을 압수했다. 그는 포박당한 채 지프에 실려 명동의 구명치좌(현 명동예술극장)에 설치된 육본 정보국으로 이송되었다. 정보국의 좌익분자 체포조는 헌병대가 맡았고, 대질 심문, 자백 등 수사는 수사팀이 맡고 있었다.

박정희는 취조실에 들어서자마자 앞으로 나동그라졌다. 건장한 헌병이 그를 돌려차기로 걸어차버렸다. 헌병 둘이 달려들어 그의 바지의 벨트를 뽑아내고, 상의를 벗겼다. 취조실에 처박혀서도 수갑을 채운다는 것은 그만큼 중범죄인이란 것을 말해주고 있었다. 헌병들은 수갑이 채워지고 포박된 그를 구석에 처박아 두고두고 밖으로 사라졌다.

박정희는 이현란을 만나고 오지 못한 것을 후회했다. 이럴 줄 알았으면 만나고 오는 것인데…상황이 급박한지라 증거품부터 파기했던 것인데 한발 늦었고, 그 사이 만나야 할 사람을 만나지 못한 것이 땅을 치고 싶도록 후회되었다. 그게 너무나 억울하였다.

머릿속으로 셈해보니 이현란의 출산 일자가 지난 것 같기도 하고, 오늘 내일인 것 같기도 하였다. 아아, 사랑하는 현란이… 설움이 복받쳐 올라 그는 으으으 울을믈 터뜨렸다. 저 가슴 밑바닥으로부터 치받쳐오르는 설움을 주체할 수가 없었다. 억울하고 분한 것들, 도망다닌 순간들, 왜 이렇게 몰려야 하는가 하는 자괴감, 운명은 왜 이렇게 나에게만 가혹한가에 대한 설움이 복받쳐올랐다. 가난, 굶주림, 배움에의 욕구, 야망, 사랑, 형과 어머니의 죽음, 불공평한 세상, 세상의 부조리, 차별, 탄압, 도주… 모든 것이 그를 압박해오는 것들이었다.

몸집 큰 장정 둘이 취조실로 들어서더니 다짜고짜 구타가 시작되었다. 차돌처럼 단단한 체구인지라 맞는 것도 착착 몸에 붙었다. 주먹질과 발길질이 몸에 찰지게 엉겼다. 정신을 잃을 정도로 맞았으나 저항하지 않았다. 이렇게 맞고 나면 풀려날 것이다. 그것은 모두 이현란을 위한 감내다. 실컷 패라. 이현란을 만나는 대가로 삼겠다. 그래, 이 위기를 모면하면 이현란을 만날 수 있을 것이다. 그는 이를 갈고 버텼다. 그렇다. 이현란만이 그의 생명이다. 전 생애를 걸고 승부할 나의 여자다.

콧등이 얼얼한 가운데 검붉은 코피가 쏟아졌다. 거친 군화발이 쓰러진 그의 콧등을 걷어차버린 것이다. 이때 다친 콧등이 평생의 흉터로 남았다. 축농증세도 이때 비롯되었다. 날이 찌뿌드하니 흐릴 때는 유독 검게 그을린 콧등이 시렸고, 목소리도 비음이 실렸다.

그가 정신을 잃자 고문조가 바께쓰로 그의 얼굴에 물을 끼얹었다. 깨어보니 여전히 고문조가 서 있었다. 다시 구타가 시작되고, 또 늘어지자 이번에는 상반신을 일으켜 밧줄로 두 팔을 묶어 철봉대에 끌어올려 매달았다. 허공에 매달린 때가 가장 두렵다고 한다. 실제로 매를 맞는 것보다 이때 죽음의 공포를 더 느낀다.

"세포를 대라!"

이름을 댄다면 그들도 자신처럼 이렇게 맞을 것이다. 이런 상황이라면 혼자 당하고 말리라. 독기가 오른 승부사처럼 그는 이를 갈며 침묵을 지켰다.

"이 새끼가 죽기로 작정했군."

또다시 매타작이 시작되었다. 끝내 견디지 못하고 그가 소리 질렀다.

"때리지 말라! 왜 때리는가."

"빠가야로! 니가 묻게 돼있어? 내가 묻고 니가 대답을 할 차례지, 니깟놈이 나한테 물어? 건방진 새끼!"

고문 헌병이 군화발로 가슴을 내지르자 숨이 꺼억꺽 넘어가기만 할 뿐, 뱉어지지 않았다. 한참 후에야 숨을 몰아쉰 그가 발악적으로 소리쳤다.

"너희 상관을 대라!"

"상관? 여기가 영창이지 군대냐? 영창에 상관이 어디 있냐?"

주먹이 다시 그의 턱주가리를 갈겼다.

"누명을 쓴 것이다."

"너 박정희지?"

"그렇다."

"그러면 됐지 새끼야. 뭐가 누명이고 모함이라는 거야?"

고문조가 쇠좆메로 그의 등과 가슴, 엉덩이를 갈겼다. 쇠좆메로 후려칠 때마다 몸에서 뱀 몸뚱이처럼 선명한 자국이 났다. 부풀어오른 피부에서는 살점이 뜯겨져 나갔다. 덕대 큰 자가 망치로 그의 발등을 찍었다.

"그만하라!"

장교 복장이 불쑥 취조실로 들어섰다. 고문조가 고문을 멈추고 말했다.

"빨갱이 책임자답습니다. 독한 놈입니다."

"그렇다면 계속하라우."

상관은 태연하게 말하고 밖으로 나갔다.

"아아아, 아아아…"

고문은 다음날도 계속되었다. 몽둥이로 뒤통수를 맞을 때는 눈알이 쏟아져나올 것 같았으나 이젠 통증을 느끼지 못했다. 몸이 물푸대처럼 퍼져버렸다.

박정희는 그저 늘어지게 자고 싶었다. 이렇게 인생이 끝나도 고통만 없으면 견딜 것 같았다. 인생 손해볼 것도 없다고 생각했다. 빠져나갈 생각도 안 났고, 과거를 반추할 생각도 잊었다. 이런 상태라면 시키면 시키는 대로 따를 것 같았다. 물이 흥건한 바닥도 핥으라면 핥을 것 같았다. 그런 것이 무슨 의미가 있는가. 이현란만 만나면 모든 것이 보상받는 기분이다. 내 사랑 이현란. 한 인간이 이처럼 처참하게 무너질 수 있다는 것을 그는 뼈저리게 체득했지만, 한 가닥 희망이 있다면 사랑하는 사람이 있기에 견딜 수 있다는 것이었다.

고문이 없는 날은 몸이 쑤시고 아픈 것이 견딜 수 없었다. 에구구구… 이리 굴려도 쑤시고, 저리 굴려도 아렸다. 매를 맞는 것보다 몸을 쑤시는 통증이 더 고통스러웠다. 그보다 더 서러운 것은 식사가 제공되지 않은 점이었다. 어느날 옆 옥방에서 구수한 된장국 냄새가 퍼져오고, 달그락거리는 숟가락 소리가 들려오자 그는 순간 짐승처럼 소리내어 울었다. 몸이 쓰리고 아리지만 밥을 먹지 못하는 설움은 더 컸다. 가난을 남루처럼 달고 다녔으나 옆방에서 식사를 하는 소리를 들을 때, 어떤 고문보다 괴로웠다. 사발에 담긴 따뜻한 보리밥 한 그릇에 우거지국. 거기에 돼지고기가 몇점 들어가면 더 좋다. 그것들이 그지없이 그리웠다. 그는 지나가는 발자국 소리가 나면 소리쳤다.

"나도 밥 좀 주시오."

하지만 어떤 누구도 그에게 신경을 써주는 사람은 없었다. 어느날 수사 요원이 들어왔다.

"부족한 것이 무엇인가."

"밥 좀 주시오."

그가 나가더니 사발에 가득 담긴 김이 모락모락 피어나는 쌀밥과 김치가 담긴 그릇이 쟁반에 받쳐 들어왔다. 밥의 향기가 코로 스며들었다. 따뜻한 밥 한 그릇, 이것을 위해 살려고 발버둥쳤던가. 밥을 먹고 난 한참 후 그 수사관이 다시 들어왔다.

"계보가 있지요?"

"나는 계보라는 것이 없소."

당장 귀싸대기가 올라왔다. 좀 전의 친절이 금방 돌변하자 그는 심한 모욕감을 느꼈다.

"영관급을 이렇게 때려도 되오?"

"이 새끼야, 어따 대고 둘러대니? 범법자들 죽어나가는 것 몰라?"

그것은 사실이었다. 하루에도 몇 차례씩 거적에 쌓인 시체가 들것에 실려서 후문으로 빠져나갔다. 수사관이 물었다.

"세상이 헤진 그물코처럼 허술하지 않아. 난 손톱 뽑는 고문 기술자야. 그렇게 해주간?"

박정희는 침묵을 지켰다.

"나를 실망시키면 그렇게 갈 거다. 신사적으로 물을 때 사실대로 불라구!"

박정희는 버텼다. 그가 나가고 전기 고문조들이 들이닥쳤다. 전기 고문이 시작되자 먹은 것을 고스란히 토했다. 시체처럼 늘어진 가운데 눈을 뜨자 그의 앞에 우람한 체격의 사람이 의자에 앉아있었다.

그는 박정희의 몸 구석구석을 훑듯이 살피더니 말했다. 박정흐는 그를 보지 않았다.

"일어나 앉으시오."

비틀거리며 박정희가 일어나 철제의자에 앉았다. 경어가 웬지 낯설었지만, 마음을 따뜻하게 해주었다. 이런 자리에서는 조그만 호의도 큰 선물을 받은 기분이었다.

"나 모르가소?"

얼핏 스치는 게 있었지만 그를 보지 않았으니 알 수 없었다.

"나 김창동이야. 반갑지 않네?"

그제서야 그를 보았다. 익숙한 얼굴인데, 지금은 너무나 낯설다.

"조병건, 오민균, 이병주, 김학림, 황택림, 이병주, 그리고 최남근, 김종석, 다 한 계보랬지?"

"나는 모르는 사람들이오."

"사내대장부가 왜 그러니? 명색 영관급 장교가 거짓말하다니, 자존심도 없네? 지금 대구 6연대에서 또 반란이 일어났다. 님자가 지령을 내린 것 아니니?"

"나는 모르는 일이오."

"님자가 모르문 누가 알갔나? 영천과 팔공산, 보현산을 무대로 반란을 일으켰댔지? 영천이 악질들 고장이디. 네 삼촌이라는 이재복 고향 아니간? 좌우간 이쪽 진압하면 저쪽서 일어나구, 저쪽 끄면 이쪽서 불이 당겨진단 말이다. 뽕망치처럼 이곳 저곳에서 튀어나와. 대책없는 대구 영천 놈들 취미 붙였어. 엥간히들 하라우. 10·1폭동에서부터 지금까지 도대체 몇 차례니?"

"나완 무관한 일이오."

"니놈 고향에서 일어난 일이 너와 무관하다면 세종대왕님 일이 왕

궁에서 무관하니? 리론이 되는 말을 하라우!"

그가 큰 주먹으로 그의 가슴을 내질렀다. 그가 의자 아래로 나가 떨어졌다.

"장난감같이 잘 나가 떨어지누만. 이런 몸으루 뭘 하가서? 바로 앉으라우."

그가 일어나 바로 앉았다.

"님자 가족사를 보면 빨갱이가 본업이야. 고향의 6연대에 세포를 심어두구, 춘천 8연대 아이들 빨갛게 물들이구, 경비사 교관들과 생도들 선동선무해서 국가전복 기도하구, 여순사건이 나자 해당 지역으로 내려가 계선상의 최남근을 만나 정보를 주고 받구, 목포로 가서는 제주포로수용소장 오민균을 불러내 지침을 주구, 기래서 남한을 전복해 너희들 세상 만들갔다는 구상 아니간? 그렇게 해서리 북한에 남한 땅을 헌납하겠다구? 고래, 우리 수사기관이 고렇게 허수아비니? 고렇게 허용하도록 폼으로 있는 중 아네?"

"오햅니더!"

"오해는 무슨 개뿔. 일본육군사관학교 출신이면 명예가 있잖네? 곧 죽어두 거짓말 보태지 말구, 정정당당해야디. 정직한 줄 알았더니 너도 무지랭이 병사와 다를 게 없어. 정말 님자 일본 육사 출신 맞네?"

그는 가능한 한 그의 자존심을 긁었다. 자기 콤플렉스의 반작용 같았다. 박정희가 한심하다는 듯 김창동을 바라보자 당장 주먹뺨이 날라왔다.

"어딜 눈구녕 돌려 보네?"

계급 낮은 자나 높은 자나 폭력은 똑같았다. 그는 수치심 때문에 얼굴이 후끈 달아올랐다.

며칠 후 그는 남산의 정보국 특무과로 이첩되었다. 명동의 헌병대는 많은 숙군 대상자들이 체포돼와 바글거렸고, 고급 장교를 가둬두고 취조를 하기에는 환경이 적절치 않았다.

남산 특무과에는 김안일 특무과장이 책임자로 있었다. 특무과는 SIS(Special Investigation Section)라 불렸다. 이 병과는 후에 특무대로 확대 개편되고, 뒤이어 방첩대(CIC, Counter Intelligence Corps), 그 후에 보안사령부로 명칭이 바뀌고, 먼 훗날 다시 기무사로 변경되었다.

박정희는 군법회의에서 사형이 구형되었다. 군법회의는 단심제인데다 선고는 구형량대로 선고되는 것이 관례여서 그는 며칠 내로 형이 집행될 것이다. 수색 기지에서 형장의 이슬로 사라지는 것이다.

김안일 소령은 김창동으로부터 취조 중 받은 박정희 진술서를 받았다. 박정희는 김안일과 국방경비대사관학교 2기 동기였다. 2기와 3기생은 반 이상이 좌익계여서 독실한 기독교 신자인 김안일은 그들과 깊은 관계를 맺지 않은 데다, 2개월 정도 속성으로 훈련을 받고 임관했으니 같은 구대원이 아니면 얼굴 한번 스치기가 어려웠다. 그래서 서로 아는 듯 마는 듯한 존재였다. 박정희를 취조실로 불러낸 김안일 소령이 물었다.

"1917년생인가요?"

김안일도 1917년 생이었다. 생일도 같은 달이었다. 이상한 동질감을 느끼고 그가 다시 물었다.

"대구사범 출신인가요?"

"그렇습니다."

"나는 광주사범 출신이오."

박정희의 눈이 휘둥그래졌다. 뇌리에 일말의 희망의 빛이 스쳐지나가는 것 같았다.

"문경에서 소학교 훈도를 했습니더."

그것도 김안일과 경로가 비슷했다. 김안일 역시 소학교 교사를 하다가 국방경비대사관학교에 입교했다. 박정희는 그가 자신에게 알게 모르게 호감을 갖고 있다는 것을 직감적으로 알았다. 김안일이 물었다.

"부인이 아들을 낳았더군요. 알고 있습니까?"

"네? 아들이요?"

박정희는 순간 감전이 된 듯 온 몸에 전율이 왔다. 아아, 이현란. 내 아들. 온통 머리가 하얗게 새버린 느낌이었다. 아, 사랑하는 현란이. 내 아이를 낳았구나. 그동안 얼마나 고생 많았을 것인가. 그가 눈물을 쏟자 김안일은 그를 한동안 울도록 내버려두었다. 자식을 얻은 기쁨을 감옥에서 맞이하니, 복받치는 감정을 억제하기 힘들 것이다. 그도 근래 자식을 얻었다.

"가혹하게 다룬 것 미안합니다. 팔이 부러지고 어깨가 탈골되고, 골이 빠져나와버린 것에 비하면 그나마 대접받은 것이오. 앞으로는 그럴 일이 없을 것입니다. 헌데 사는 방법이 하나 있소."

"무엇입니까."

박정희가 얼굴을 번쩍 들었다. 얼굴은 눈물 범벅이었으나 살아날 방도가 있다니, 간절한 기도하는 마음이 되었다. 살아나간다는 것은 이현란과의 재회를 말해주는 것 아닌가. 아들을 만난다는 것 아닌가. 그의 생의 기대와 집착은 오직 이현란으로 귀결되었다.

"아들을 낳았으니 행복해야지요. 처자를 생각해서라도 목숨을 하찮게 여겨선 안되오. 그러니 사는 방법을 가르쳐 주겠습니다."

"감사합니다. 길을 열어주십시오."

그는 쉽게 동의했다. 갈증 난 사람처럼 그는 입이 바작바작 탔다.

—사는 길이 있다면, 사는 길이 있다면…

어떤 것도 감내하리라. 이현란을 생각하면 꼭 살아야 한다. 그녀와 함께 모멸받고 설움받았던 지난 날들을 복수하듯 행복하게 살 것이다.

"그러면 자술서를 쓰시오."

"무슨 자술섭니꺼."

"남로당 군 계보를 깔끔하게 정리하시오."

박정희가 주춤했다. 자기를 따르는 동료와 후배들 명단을 제보한다는 것은 그들을 배신하라는 말과 다르지 않다. 김안일은 그가 의리 때문에 주저하고 있다는 것을 알았다. 김안일은 생각 끝에 그의 심문 장소를 반도호텔로 옮겼다. 호텔은 명동의 정보국 수사대와 지근거리에 있었다. 필요한 일을 신속하게 처리할 수 있었다.

박정희에게 목욕할 수 있는 기회가 주어졌다. 깨끗한 침대와 맛있는 식사가 제공되었다. 그는 삶의 의욕이 더 강렬해졌다. 아내와 자식과 함께라면…. 그러자 가슴이 메었다. 김안일은 이 점을 노리고 있었다. 따뜻한 식사와 편안한 잠, 행복한 가정생활, 그럴수록 생에 대한 집착이 강렬해질 것이다.

박정희와 마주 앉자 김안일이 말했다.

"후배들을 개과천선시켜야지요. 동료·후배들도 어차피 체포되게 되어 있소. 그렇다면 일찍 자수하도록 하면 그만큼 정상이 참작되고, 형량이 줄어들 것이오. 내 보건대 박 소령은 중형(仲兄)조차 좌익 혐의로 경찰 총에 맞아 희생됐는데, 박 소령마저 그리 되면 집안이 어떻게 되겠소? 패가망신이 다른 데 있지 않소. 무너져가는 집안을 생각하시오. 가대를 일으켜야지요. 사랑하는 부인과 태어난 아들을 생각하시오. 박 소령이 사라진다면 그들은 평생 불행한 삶을 살아간다는 것을 아시오. 얼마나 괴로운 일입니까. 그건 아비로서 할 도리가 아니지요. 그래서 어떤 치욕도 비굴도 감내하는 것이오."

"내 아내를 만날 수 있습니꺼?"

"물론. 부인을 만나고 아들을 만나지요."

형용할 수 없는 감격이 저 가슴 밑바닥으로부터 차오르고 있었다.

"계보를 정리하시오."

"다른 방법이 없겠습니까."

"봐드렸더니 잔꾀가 늘었습니까. 호의를 베풀 때 받아들이세요. 그리고 일찍 불면 일찍 구제받는 것이오. 그들이 욕먹는 것이 아니라 벌을 줄이는 것이오."

침묵을 지키던 박정희가 물었다.

"진실로 구제받을 수 있십니꺼."

"늦으면 더 힘들지요."

"그렇다면 종이와 펜을 주시오."

그는 종이를 받아 자술서와 함께 군 계보를 적어나가기 시작했다. 이제 승부는 끝났다. 그렇게 써놓고 기다리고 있는데, 김안일이 박정희를 불렀다. 박정희는 편지지 여섯 장에 걸쳐서 쓴 자술서와 군 계보 명단을 제시했다. 그것을 받아들고 사무실로 돌아간 김안일은 이미 확보한 남로당 군 계보, 횡선, 종선, 계선 따위를 비교해 확인했다. 거의 맞아 떨어졌다. 그러나 이것을 그대로 상부에 보고하면 많은 군인들이 다칠 것이다. 제보한 자의 진정성은 믿을 수 있지만, 모두 다치는 것이 올바른 일인가를 생각하며 잠시 묵상에 잠겼다.

― 간부급만 올리나?

그는 끊임없이 내적으로 충돌했다. 선별하면 오히려 더 큰 화를 부르지 않을까. 장난질 쳤다고 오해받는 게 아닐까…. 결론은 보고자의 진정성을 믿고 상부에 그대로 보고하는 것으로 귀착되었다. 거기서 죄의 무게를 가려서 합당한 죄를 물으면 된다.

김안일은 전투정보북한과장인 김점곤 중령을 찾았다. 직함이 길고 복잡하지만 그만큼 능력이 뛰어나서 여러 가지 임무가 부여되어 붙여진 직함이었다. 직함에서 말해주듯 그는 대북한 공작과 국내 정보를 수집하는 책임을 맡고 있었다. 그는 계급이 높았지만 나이가 너댓 살 많은 김안일을 깍듯하게 예우했다.

"박정희가 남로당에 가입한 것은 가족사 때문입니다. 대구폭동에 가담했다가 피살된 형 박상희의 친구가 남로당 군사부 책임자인 이재복입니다. 박정희는 이재복의 지시에 따라 움직이며, 후배들을 세포로 확보했습니다. 국가전복의 기미는 보이지 않습니다. 다만 시대 모순을 극복하겠다는 생각을 가진 것 같습니다. 조직도는 박정희 단독으로 가지고 있을 뿐, 하부엔 베일에 가려져 있습니다. 자술서를 보니 이념적 공산주의자는 아니고 인간관계에 얽혀서, 또는 복수심 때문에 당에 들어간 공산주의자라는 점입니다."

"계보 진술이 정확합니까?"

"오민균 조병건 등 후배들을 지휘하지만 조직적인 움직임은 없어 보입니다. 쫓기는 데도 힘겨우니 다른 모의를 할 계제가 못되는 것 같습니다. 후배들이 그를 따른다는 것이 문제입니다. 이대로 두면 큰 일을 낼 수 있습니다."

"대구 폭동과 제주 4·3과의 연관성은?"

"10·1 대구폭동, 제주 4·3, 10·19 여순사건 자체가 서로 직접적인 연관성이 없습니다. 그러므로 박정희에게도 연관성이 없어 보입니다. 다만 10·1 대구 폭동에는 관련이 있어 보입니다. 그러나 시대 모순에 대한 동조자는 될 수 있을지언정 지휘부로서 직접적인 지령을 내린 혐의는 없습니다. 진술서를 보건대 군부 내의 비리에 저항하고 미 군정의 태도에 반발하고 있습니다. 패가 나뉘어 같은 전우를 죽일 수 없다는 항의도 담겨 있습니다. 여순 14연대 병사위원회 출병거부 성명과 같은 노선입니다. 그렇다고 그들과 직접적인 연관이 있는 것까지는 확인이 안 됩니다. 다만 지금 그의 아내가 아들을 출산했는데 그 소식을 듣고, 미쳐버릴 정도로 괴로워하고 있습니다. 이것을 이용하면 좋을 것 같습니다. 이걸 고리로 전향시킬 수 있습니다. 그의 아내는 반공주의가 투철한 규수입니다. 그는 사랑하는 여자 때문에 세포들을 밀고했다고 봐야 합니다.”

“사랑하는 여자 때문에 그들을 배신했다…”

“어느 면에서 보면 그는 사랑보다 깊은 상처를 남기고, 사는 길을 택했습니다.”

김안일이 장황하게 설명하는 것이 김점곤은 의아했다. 그 스스로 김점곤을 적극 설득하려는 태도인 것이다.

“나 역시 정보과 친구들에게 혐의자들을 감정적으로 때리지 말 것과 먹을 것을 넣어줄 것을 지시해 놓았습니다. 박정희의 구명에 대해서 설명이 긴데, 그럴만한 이유가 있습니까?”

“청렴한 사람이 변방에 묻혔습니다. 실력에 비해 철저히 마이너리티입니다. 그러니 개인적 불만도 있었겠지요.”

“개인적으로 동정하자면 어디 한두 사람이겠습니까?”

“구명을 조건으로 계보를 털어놓도록 지시했습니다. 폭로를 유도해놓고 외면한다면 그것 또한 기만이고, 국가 폭력이죠. 내부자 고발을 진작시키고 고무한다는 측면에서 선처할 필요가 있습니다. 그리고…"

"그리고 또 뭡니까."

"또 내 개인적인 인연도 있습니다."

"인연? 뭡니까."

"그는 나와 같은 뱀띠입니다. 생일도 같고, 같은 사범학교 출신이고, 소학교 교사도 같이 했습니다. 그런 것으로 보아서 그가 뼛속까지 좌익이 될 수 없습니다."

"좌익 중에 뼛속까지 좌익이 몇 명이나 있소? 그리고 그것과 이것과 무슨 상관이 있소? 특정한 사람에 동정적인 것은 사심이 있다는 것 아니오? 혹시 동향 친구입니까?"

"아닙니다. 나는 전남 해남이고, 박정희는 경북 구미입니다."

"그래요?"

김점곤이 맥이 탁 풀리는 듯하더니 말했다. 그는 광주가 고향이고, 서중학교 출신이었다.

"등잔 밑이 어둡다더니, 워낙 바쁘다 지내다 보니 알고 지낼 것도 놓치는군요."

그들은 가볍게 웃었다. 갑자기 가까운 이웃이 된 기분이었다.

"김 과장 뜻이 그렇다면 일단 정보국장을 찾아가봅시다. 그러기 전에 김창동을 설득해야 해요. 곤조가 보통이 아니니까. 그자는 이 박사께 직접 보고하는 위치니까. 잘못 건드리면 낭패당합니다."

"그것은 내가 알아서 하겠습니다."

김안일은 김창동이 틀어버리면 안 된다는 것을 알았으나 충분히 제어할 수 있는 자신이 있었다. CID로부터 제공받은 그의 비리를 김안일은 너무나도 소상히 알고 있었다. 꼼짝못할 건이 한두 가지가 아니었다. 정보통은 경쟁자의 비밀을 여러 루트를 통해 잡아두는 것이 순서다. 그것이 생존의 법칙이다. 그들은 서로를 믿지 못했다. 상대방의 약점을 잡아놓아야 자기 자리를 보장받는 것이다.

김안일은 숙군 총책임자이자 육군 정보국장인 백선진 대령을 찾았다. 1948년 12월초 해질녘, 퇴근 무렵이다. 급히 달려오느라 숨이 찬 그를 보고 백선진이 의자에 앉도록 권했다(이하 백선엽의 〈6·25 전쟁 60년〉 지리산의 숨은 적들, 박정희 살리기, 중앙일보 연재 일부 인용)

"서서 보고 드리겠습니다."

백선진은 감정에 치우치지 않고 신사적으로 수사를 진행하는 김안일 과장을 신임하고 있었다. 1연대의 정보주임 김창동을 데려다 수사팀에 합류시켰지만 과도한 수사와 혹독한 고문으로 사람을 못쓰게 만드는 경우가 있어서 그를 견제하도록 그에게 임무를 부여하고 있었다.

"체포돼온 박정희 소령으로부터 남로당 군 계보를 확보했습니다."

백선진은 이미 이승만 대통령으로부터 별도로 군 침투한 좌익계 명단을 받아놓고 있었다. 그 명단은 김태선 치안국장이 경찰 조직망을 통해 작성한 리스트였다. 경찰은 군과 적대적 관계에 있었기 때문에 경찰과 부딪친 군인들을 악의적으로 좌익으로 몰아붙인 좌익계 군인이 많았다.

"박정희라…"

백선진은 바로 두달 여 전 여수와 순천에서 벌어진 여수 14연대 반란사건 진압을 위해 광주에 내려갔을 때, 송호성 총사령관을 먼저 수행해 내려와있던 박 소령을 만난 적이 있었다. 작전권을 회수하자 불만을 품고 구석에 서있었던 그의 모습이 선연하게 머리에 떠올랐다. 대단히 불만을 품은 얼굴. 그런 뒤 그는 행방불명이 되었다. 사건 진압은 제대로 되지 않았다. 빨치산 토벌 진척이 되지 않은 것이다. 그 사이 반역 군인들은 지리산으로 들어가버렸다. 그 과정에서 토벌 기밀이 매번 빨치산 쪽으로 흘러 들어갔다. 그게 그자의 소행이 아닌가? 그렇게 그는 의심했다. 그래서 체포하리라 마음먹고 있었다. 첩보대의 수사를 통해 그가 광주—광양—순천—여수—목포를 다녀온 것이 드러났다. 그의 밀행이 세포들을 위해서였다는 것으로 볼 수밖에 없었다.

김안일의 노력과 별개로 박정희는 사형 선고로 향해가고 있었다. 조서상의 혐의는 어마어마한 것이었으니 누구도 구명 얘기를 꺼낼 수 없었다. 그 말 꺼내는 자체가 반역 행위로 몰려가는 상황이었다. 그의 성장기, 학업기, 일본 육사 생활, 중극에서의 불투명한 귀국, 좌익계 가족사, 군에서의 세포확장⋯ 어느것 하나 구제할 명분이 없었다. 군법회의 구형량은 그대로 선고로 이어졌기 때문에 박 소령은 사형 선고와 함께 10일내 수색에 있는 처형장으로 끌려갈 것이 뻔했다.

김안일이 다시 정보국장실 문을 두드렸다.

"정보국장 각하, 선고 기일이 이틀밖에 남지 않았습니다. 박정희가 남로당 군책이라는 혐의로 사형이 구형되었지만 사실은 아까운 사람입니다."

백선진도 그가 신경군관학교 수석 졸업에 일본 육사를 나온 유능한 군인이란 것을 모르지 않았다. 하지만 아닌 것은 아니다. 김종석 등 그보다 똑똑한 군인도 처형되지 않았던가. 재판 결과를 뒤집을 수 없다. 그가 무겁게 고개를 저었다. 김안일이 물러나지 않고 간곡하게 호소했다.

"정보국장 각하, 박정희 소령은 지금 군 내부의 좌익 색출에 결정적인 기여를 한 사람입니다. 좌익 계보를 완벽하게 작성해 제보했습니다. 자신도 남로당에 가입한 것을 눈물로 회개하고 있습니다. 내부자 고발을 유도해놓고 벌하면 명예롭지 못하지요. 회개를 이용하는 것이야말로 기독교에서 말하는 악마의 짓입니다."

회개라는 말이 뇌리에 박혔다. 군대에서 쓰는 용어가 아니다.

"김 과장이 기독교 신자라고 했지요?"

"그렇습니다. 안수를 받았습니다."

기독교 신자인 김안일이 종교적 신념에 따라 목숨을 살리자고 건의한다. 왜 하필 그는 그에게 집착할까. 그 많은 혐의자 중에 그를 살리자고 하는 이유가 무엇인가. 남로당 군책으로 혐의가 밝혀진 이상, 박정희를 살리는 일은 형평성에 어긋난다. 그보다 혐의가 가벼운 자도 형장의 이슬로 사라지지 않는가. 사법체계가 엉망이고 질서가 잡히지 않았다 하더라도 이런 중대한 혐의자를 살려주면 승복할 사람이 없을 것이다.

"김점곤 정보참모 얘기 들어보았소?"

백선진은 춘천의 8연대에서 중대를 맡아 복무하면서 박정희를 소대장으로 데리고 있던 김점곤이 그의 인물 됨됨이와 능력을 알 수 있을 것 같아서 이렇게 물었다. 그의 말에 따라 판단의 기준으로 삼을 생각이었다. 김안일이 가느다랗게 안도의 숨을 내쉬며 말했다.

"박정희의 부인이 최근에 출산했습니다. 김점곤 전투정보북한과장도 동정한 나머지 이응준 총참모장을 찾아가 구명을 탄원한다고 합니다."

"뭐?"

이것들이 짜고 논다? 순간 백선진의 머리에 복잡한 상념들이 스쳐

지나갔다.

"정말로 사적인 인연 때문인가?"

"지연·혈연·학연 아무것도 닿는 데가 없습니다. 다만 그는 유능한 군인입니다. 버리기엔 아까운 사람입니다."

"인연으로 친다면 나와도 인연이 닿는군. 나 역시 평양사범을 나와서 한때 소학교 교사로 근무했소."

김안일은 순간 빛을 보았다. 어떤 유대감, 그것은 삶의 지평을 넓힐 수 있는 또다른 공간이다. 세 사람 모두 사범학교 출신에 교사를 했다는 공통점은 결코 작은 인연이 아니었다.

"정보국장 각하께서 박정희를 한번 만나주십시오. 그가 간절히 바라고 있습니다."

"박정희는 어디 있소?"

"정보국 지하 영창에 데려다 놓았습니다."

"그러면 데려와 봐요."

김안일이 황급히 밖으로 나가더니 후줄근하게 젖은 군복 차림의 박정희를 데리고 왔다. 당시의 군법회의 체계는 기결수 미결수 개념도 없었고, 사형수도 헌병대 취조실에 묶여 있었다. 자그마한 키에 꽉 다문 입, 꼿꼿한 자세, 과묵한 표정… 흠잡을 데 없는 군인의 모습이었다. 박정희는 백선진이 여순사건을 진압하기 위해 광주에 내려갔을 때 만났던 모습 그대로였으나 콧등이 멍들고, 얼굴이 피떡이 엉긴 상처 투성이를 보고 일말의 동정심을 가졌다. 시일이 꽤 지났는데도 구타와 고문의 흔적이 그의 얼굴에 그대로 남아 있었다.

"앉으시오."

백선진이 책상 앞 의자를 가리키자 박정희가 소녀처럼 조심스럽게 의자로 가 앉았다. 백선진은 그가 스스로 입을 열 때까지 마주 앉아 침묵을 지켰다. 그 시간이 지루하다고 느끼는 순간, 박정희가 무겁게 입을 열었다.

"한번 살려 주십시오."

단순소박하고 무미건조한 말이었다. 그런 그의 눈에 눈물이 어렸다. 눈자위가 붉어진 것을 백선진은 결코 놓쳐보지 않았다. 그런데 그의 말이 좀 어색했다. 한번 살려달라? 목숨을 여러개 가지고 있는 것도 아닌데 한번 살려달라? 어법이 맞지 않은 것은 그만큼 절박했다는 뜻이리라.

"아내가 출산했다지요?"

대답 대신 박정희가 울음을 터뜨렸다. 이현란만 생각하면 눈물부터 앞섰다. 그녀를 만난다면 어떤 무엇이든 할 수 있다. 그가 없으면 나도 없다.

"꼭 살고 싶소?"

백선진이 다시 물었다.

"네, 각하."

그가 기도하는 자세를 취했다. 백선진이 그를 물끄러미 바라보더니 말없이 밖으로 나갔다. 좀더 생각해기로 했다. 한 인간을 위해서 이처럼 생각을 해본 적은 지금까지 없었다.

박정희와 인간적으로 친분이 두터웠던 사람은 김점곤 전투정보·북한과장이었다. 백선진이 김안일을 다른 방으로 불렀다.

"김점곤 과장을 다시 만나소, 김창동을 설득해보시오."

김안일이 무슨 뜻인지 알았다는 표시로 거수경례를 붙였다. 박정희를 영창에 다시 가두고 김안일은 가까이 있는 김창동부터 불렀다. 김안일은 그가 김점곤 과장의 하부 요원인데다 백선진 정보국장의 직보 라인이라는 것을 알고 있었다.

"두 어른의 뜻이오. 박정희를 정보국 차원에서 구명하도록 합시다."

김창동은 재빨리 머리가 회전했다. 두 어른이라면 이승만 박사와 백선진 정보국장을 말하는 것이 아닌가. 하지만 이 박사는 좌익에 관한 한 물불 가리지 말고 가려내라고 엄명을 내리고, 두둑한 하사금까지 내리지 않았던가.

"좌익의 자식들까지도 용납해서는 안된다. 그것들이 자라나면 무서운 독버섯이 된다…"

그래서 크게 고무받았는데, 두 어른이 특정인을 넣고 빼라고?

"그럴 리가 없소!'"

김창동이 의심의 눈초리로 김안일을 노려보았다.

"김점곤 전투정보북한과장과 백선진 국장이오."

김창동이 주춤했다. 반은 맞고 반은 틀렸다. 그들 모두 그의 직속 상관이다. 김창동이 정보 유경험자라고 해서 1연대에 있던 자신을 정보국으로 차출한 사람이 김점곤이다. 백선진은 데려온 그를 가장 신임했다. 하지만 국가적 소명을 수행하기 위해서는 그런 사사로운 감정에 치우쳐선 안 된다. 그는 단번에 거부했다.

"이것은 누구 할배라도 안 됩네다."

김점곤이 춘천 8연대 독립중대장으로 있을 때, 그 밑에 소대장으로 근무하던 박정희가 술 한잔 냈다.

"그동안 매번 술을 얻어먹었는데, 오늘은 내가 한잔 내겠소."

김점곤은 가난한 농촌 출신이란 것을 알고 술 추렴을 할 때도 박정희를 끼우는 줄망정 호주머니를 털라고 하지 않았다. 그것이 두고두고 자존심이 상했던지 어느 날 박정희가 술 한잔 내겠다고 나선 것이다.

원용덕 8연대장과 함께 술집으로 갔더니 웬 맥고모자에 보기 드문 담비 목도리에 첨단 유행의 값비싼 양복을 입은 신사가 술집 아랫목에 와 기다리고 있었다.

"인사하이소. 제 숙부입니다. 산판(벌목)을 해서 돈을 번 삼촌입니더."

"이재복이라캅니다. 조카 상관들이 고생한다 캐서 술 한잔 대접하고자 초대했십니다."

술이 와자하게 돌고, 술이 취하자 원용덕이 박정희에게 호통을 쳤다.

"박 소위, 그대는 불상놈이로군!"

그러자 좌중이 모두 긴장했다. 원용덕은 한 성깔 하는 지휘관이었다.

"연대장 각하, 내가 가난한 집에서 자랐지만 상놈은 아니올시다."
박정희가 반발했다.

"뭐라고? 삼촌이라카몬 성씨가 같아야 하는데 삼촌은 이씨고, 자네는 박씨란 말일세. 이 무슨 변고인가?"

순박한 박정희가 한동안 쩔쩔매는데 이재복이 여유있게 받았다.

"우리는 외가의 삼촌도 그냥 삼촌이라캅니다."

이것을 주워듣고 얼굴이 상기한 김창동이 말했다.

"이재복—박정희—최남근—김종석 그자들이 군부 내에 침투해 여러 가지 지령을 주고 받고 포섭한 것을 몰랐단 말입니까. 김점곤 과장도 그때 포섭되었을지 모릅네다."

김창동은 모든 사물을 덮어놓고 빨갛게 보았다. 그는 내킨 김에 설명했다.

"이재복이란 자는 경북인민위원회 보안부장을 거쳐 박헌영으로부터 남로당 군사부 총책이라는 중책을 맡은 사람이오. 그는 박정희에게 군 책임을 맡겼소."

이런 사실을 김창동은 엿장수로, 때로는 담배장사, 메밀묵장사로 변신해 잠복 근무하고, 교회와 면사무소에 접근한 끝에 캐낸 것들이다. 때로는 영하 이십도가 넘는 혹한에 담벼락에 기대어 적도들의 접선 동향을 살폈다. 그런데 살려주자?

"안됩네다."

"답답한 사람이군."

김안일도 어떤 결심이 서면 물러서는 사람이 아니었다.

"김 대위는 이주하 김삼룡 이중업과도 대작하지 않았나. 그런데도 아직까지 그들과의 접선 기밀을 유지해온 건 뭔가. 그자들로부터 몰래 군자금을 받아서 활동한다는 뜻 아니야? 내 그걸 동지로서 묵인했던 거요. 영등포 유부녀를 따먹고, 돈까정 가로채고, 인천의 사상 불온 노동자들을 뇌물 먹고 놓아주었다는 것도 알고 있소. 나는 반공정신이 투철한 김 대위가 모함을 받는 것이라고 해서 일소에 붙였소. 그러나 의심하기로 한다면 끝이 없고, 나도 김 대위를 비리 척결 차원에서 수사할 수 있소. 여자 문제가 복잡한데 사실을 까뒤집어볼까? 이 사실을 이승만 박사가 아시면 얼마나 화를 내시겠소. 믿는 도끼에 발등 찍히면 더 아프오."

기가 팔팔하던 김창동이 갑자기 꼬리를 내렸다. 사실 유무를 따지자면 어떤 것은 맞고, 어떤 것은 날조였다. 그만큼 그를 모함하는 적들이 많았다.

그가 수사하면서 소문만을 듣고 겁주고 고문하여 자백을 받아내듯이 김안일이 그렇게 강압수사를 한다고 하면 그 역시 버텨낼 재간이 없을 것이다. 그런 수사를 담당하는 사람은 인간의 가장 취약한 아킬레스건이 무엇인 줄 안다. 김창동이 멋적게 손을 들었다.

"살려낼 방법이 있습네다."

"말해보시오."

"박정희가 남로당 군책을 맡은 것은 분명하디만, 다른 군인들을 포섭해서 거사를 한 행동은 나타나지 않습네다."

"거 보시오. 뚜렷한 흔적은 없소. 우리는 감으로만 밀어붙였던 것이오. 그럼에도 불구하고 그는 군대 내 남로당 조직망을 한 자 빼놓지 않고 제보했소. 그걸 따지자면 우리보다 더 큰 공로가 있는 것이오. 우리야 한두 혐의자를 찾아 잠복하고 미행했지만, 박정희는 그것을 일망타진하도록 리스트를 모두 우리에게 적어 넘긴 것이오. 이것으로 그는 충분히 한 역할 했고, 명예회복을 했소."

"그러면 이렇게 하디요. 상선(上線)을 움직이려면 몇가지 절차가 필요합네다."

"뭐요?"

백선진 정보국장이 부른다는 전갈이 왔다. 백선진은 수사진의 다짐을 받아둘 필요가 있었다. 자칫하면 독박을 쓸 수가 있다. 김안일이 박정희 구명에 나섰다고 해도 수사관들은 불리하면 말을 바꾸는 버릇이 있다. 그가 풀어준다고 약속했다가 부하들이 아니라고 하면 그만 낭패를 보는 것이다. 박정희를 풀어주기 위해서는 이들로부터 '모든 과정에 문제가 없었다'는 확인을 받는 게 필요했다. 두 사람이 정보국장실로 들어가자 백선진이 말했다.

"구명안을 생각해보았다면 두 사람, 이리 와서 서명을 하시오."

그들은 '무슨 내용의 문서냐'는 표정으로 백선진이 내민 서류를 들여다보았다.

"형 집행정지를 해야 한다는 점을 보증한다는 문서요. 나와 셋이

서 함께 서명해야 하오. 그렇게 만들어 갑시다."

김안일이 재빨리 바지의 도장집에서 도장을 꺼내 서류에 도장을 꾹 눌러찍었다. 김창동은 머뭇거렸다.

"왜 그러는가."

"이렇게 쉽게 내보내면 안 됩네다. 이렇게 해야 하디요."

"어떻게?"

"그가 밀고해서 체포돼온 좌익분자들 방마다 들어가서 한 놈씩 대면을 시켜야 합네다. 그러면 그는 그자들을 배신하는 것이 되고, 그자들은 배신자라며 박정희에게 침을 뱉을 것입네다. 그러면 그는 그들에게 더 이상 돌아가지 못합네다. 또 그들 중 살아남은 자는 박정희를 '우리를 팔아 목숨 구걸한 개새끼'라고 욕을 하갔디요. 박정희를 인간으로 취급하지 않갔디요. 그러면 박정희는 우리쪽에도 찍 소리를 하지 못하게 되고, 동지들한테도 비겁자란 비난을 받습네다. 무슨 낯으로 얼굴을 들고 나다니갔습네까? 동지를 배신한 비열한 자인데 이곳이나 저곳이나 무슨 쓸모짝이 없습네다."

"하여간 김 소령 머리는 비상하단 말이야."

박정희는 풀려나 김창동 수사대에 합류했다. 그가 폭로한 사람의 숫자와 신원은 ABC 등급으로 나누어 오십 여명에 달했다.

"박정희씨, 오늘은 서대문 쪽으로 나가자우."

이한진이 앞장서고, 그 뒤로 박정희가 따르고, 박정희 뒤에 사복조 행동대들이 따랐다. 그는 자유의 몸이었으나 온전한 자유인은 아니었다.

그들은 쓰리쿼터를 타고 아현동의 언덕길을 올랐다. 어느 만큼 올라가서 쓰리쿼터를 한쪽에 세우고 언덕길을 더 올랐다. 어느 집앞에 이르러 이한진이 박정희에게 명했다.

"후지야마를 부르시오."

후지야마는 세포의 일본식 이름이었다. 박정희가 대문 안쪽에 대고 소리쳤다.

"후지야마, 후지야마!"

그러자 안에서 늙스구레한 여인이 문을 빼쭘히 열고 밖을 내다보았다.

"뉘시오?"

이한진 일행이 재빨리 담벼락에 바짝 붙고 박정희만이 대문 앞에 섰다.

"박정희입니다. 후지야마 선배입니다. 8연대 같이 근무했던 사람입니다."

그 말이 떨어지기가 무섭게 후지야마가 대문 밖으로 나왔다. 박정희가 왔다는 것에 숨어있던 후지야마가 뛰어나온 것이다.

"박 선배가 여기 웬 일로. 어서 들어오십시오. 위태롭습니다."

그가 박정희 팔을 잡아 대문 안으로 이끌 때, 이한진과 사복조가 들이닥쳐 후지야마를 잡아 길바닥에 쓰러뜨리고 수갑을 채운 뒤 직진작신 밟았다. 순간적인 일이었다.

"끌고 가라우."

그는 개처럼 끌려가 쓰리쿼터에 실렸다. 그는 명동 정보국 영창에 갇혔다. 박정희는 복잡하게 생각하지 않기로 했다. 여기까지 온 마당, 고민할 필요가 없다고 생각했다. 고민할수록 인생이 처량해진다.

박정희는 후배들의 집이나 직장으로 수사대를 안내했다. 그중 아끼는 젊은 일본 육사 후배들이 많았다. 당시 이런 상황을 체크했던 미군 관측통은 백여 명의 좌익분자들, 주로 군 장교들이 이같은 작전으로 체포되고, 제거되었다고 분석했다(그레고리 핸더슨의 보고서 일부 인용).

아들의 죽음

이현란은 보름 만에 집으로 돌아왔다. 강희원의 남편도 돌아오지 않아 두 사람은 친 자매처럼 강희원의 집에서 지냈는데, 집을 돌아보지 않을 수 없었다. 주인없는 집안은 썰렁하고 을씨년스러웠다. 아이게게 젖을 먹이고, 집안 청소를 하며 기약없는 박정희를 맞을 준비를 하고 있는데, 어느 날 이현란이 맨발로 강희원의 집으로 뛰어들었다.

"언니, 언니, 우리 아이가.,. 우리 아이가…"

그녀는 숨을 제대로 내쉬지 못하고 쓰러졌다. 강희원이 이현란을 부축하고 그녀 집으로 달려갔을 때는 아이는 이미 죽어 있었다.

"우리 아이가 죽었어."

이현란의 눈이 하얗게 까뒤집힌 채 정신을 잃었다. 강희원이 그녀 입에 데운 물을 떠넣고 몸을 주물렀다. 한참 만에 제 정신으로 돌아온 그녀가 와크르, 울음을 터뜨렸다. 강희원도 함께 울었다.

"언니, 내 신세가 왜 이래요?"

강희원의 신세도 마찬가지였다. 그의 남편 김학림도 체포되어 영창에 갇히고, 죽음을 바라보고 있는데, 두 젊은 아내는 전혀 이 사실을 알지 못하고 있었다.

이현란과 강희원은 남산의 소나무 숲으로 죽은 아이를 포대기에 싸안고 갔다. 얼어붙은 땅을 야전삽으로 파서 아이를 구덩이에 넣자 또다시 이현란이 통곡했다.

"애비 얼굴 한번 못보고 가다니, 이름도 하나 얻지 못하고 가다니,

이 무슨 운명의 곡예인가요."

한없이 우는 그녀를 강희원이 등을 쓸어주며 함께 울었다.

"현란씨, 나도 감당 못 하겠어. 우리 왜 이런 세상을 살까. 하늘도 무심하고 야속해."

그로부터 얼마 후 이현란이 사라졌다. 누군가는 고향이 멀리 보이는 동해안 바닷가로 갔다고 했고, 또 누군가는 바다에 뛰어들었다는 이도 있었으나 누구도 그녀의 행방을 아는 사람은 없었다.

제36장
야만의 거리

체포·고문·처형—허무의 산하

서울로 숨어든 오민균이 고향 친구 신관유를 불러냈다. 인왕산 계곡에서 둘은 만났다. 허름한 군복 차림의 오민균의 행색은 꾀죄죄했고, 지친 모습이었다. 군복엔 계급장도. 견장도 없었다.

"두툼한 겨울 잠바 하나 준비해줄 수 있나?"

숙군 작업이 한창 진행중, 육군 정보국(특무대)은 박정희가 작성한 리스트를 받아 여순 사건 가담자나 좌익 혐의 군인들을 집요하게 쫓고 있었다. 정보국 정점에 백선진이 있었으나 조직의 실력자는 김창동·이한진이었다.

"왜 산속에서 만나자고 했어?"

신관유가 의아해서 물었다. 오민균은 대답하지 않았다.

"쫓기는 거 아니야? 요즘 시국이 하수상하다. 자수해서 광명 찾아야 하지 않겠나?"

"죄가 없는데 자수라니…."

산자락엔 눈발이 흩날리고 있었다.

"잘못되는 건 아니지?"

"걱정할 것 없다니까. 난 미군 기관으로부터 보호받고 있어. 미군이 지켜준다구. 두툼한 옷가지 챙겨서 내일 아침까지 이 바위 밑에 넣어줘."

오민균이 계곡 한켠에 있는 바위 틈을 눈으로 가리켰다. 신관유는 그날 밤 두툼한 솜바지와 점퍼를 신문지에 돌돌 말아 약속한 바위 틈에 쑤셔넣었다.

1948년 11월 오민균의 먼 집안 오용윤이 청주 7연대에 소대장으로 배속되었다. 그는 육사 7기 과정을 마치고 소위 임관해 고향인 청주 연대에 부임했다. 경비대사관학교는 대한민국 정부 수립과 함께 9월 5일자로 육군사관학교로 명칭이 바뀌었다. 그래서 정부 수립 후 첫 육사 생도라는 자긍심이 컸다.

오용윤은 청주고보를 우수한 성적으로 졸업하고, 대학 진학을 목표로 시험 준비를 했으나 집안 형편 때문에 공부를 더 이상 할 수 없었다. 그래서 군대에 들어가 시간을 벌기로 하고 일단 군문에 들어갔는데, 마침 장교 모집이 있어서 재빨리 응시했다. 이렇게 해서 경비대사관학교 마지막 기이자 신생 정부 첫 육군사관학교 졸업생이 되어 소위 계급장을 달고 현지 부임했던 것이다.

어느 날이었다. 스리쿼터를 몰고 일단의 육군 정보국(특무대) 헌병들이 들이닥치더니 오용윤을 체포했다. 그들은 헌병대로 오용윤을 끌고 가 건물 이층에 설치된 취조실에 꼬라박고는 매타작부터 시작했다. 취조실은 영창으로도 사용하고 있었다.

"오용윤, 네가 여기 붙들려온 이유가 무엇인지 알겠지?"

조선조 형리들이 "니 죄를 니가 알렸다?"하고 조지던 숫법과 똑같이 수사관들은 그렇게 묻고 때렸다. 영문을 모르고 맞고 있는데 한 수사관이 물었다.

"오민균과 한 집안이냐?"

"그렇습니다."

"그러면 됐지 이 새끼야, 왜 군말이 많아."

　군말을 한 것도 아닌데 군말했다고 늑신하게 또 팼다. 왜 오민균과 일가친척이면 맞는지 그는 알지 못했다. 따져 물을 사이도 없었다.

"이 새끼들은 언제나 숨길 것부터 생각하고 나온단 말이야. 너 여기 붙들려온 이유를 정녕 모른단 말이냐?"

"잘못했다면 맞아야 하지만, 내가 왜 맞는지 모르겠습니다."

"이 새끼, 아직도 몰라?"

　민균 형이 무슨 사고를 쳤나? 그래도 이건 너무 생뚱맞다. 그가 사고를 친 것과 자신과 무슨 상관인가. 오용윤은 자신을 돌아보았다. 지금까지 싸움에 말려들거나, 누구를 때리거나 하다못해 여자를 농락하거나, 무엇을 훔친 적이 없었다. 성실한 모범청년으로 있다가 군문에 들어왔을 뿐이다. 흔히 '날라리 해방 소위'라고 하지만, 그렇더라도 대한민국 정부의 어엿한 초급 장교 아닌가.

"해주 오씨냐?"

"그렇습니다."

"해주 오씨가 김이박최정도 아니고 임마, 많지 않은 씨족에, 그것도 같은 충청도에, 같은 고보에, 또 가까운 이웃 면에… 이런데도 입을 봉할 수 있어? 너 우릴 뻘로 보나? 신사적으로 말할 때 불어. 오민균이 지금 어디 있나?"

"알지 못합니다."

"이 새끼들은 결정적인 때는 꼭 이렇게 숨기지. 내 완력이 이기나, 니 고집이 이기나 보자. 너 그 자가 빨갱이라는 것 몰라?"

"네?"

오용윤이 놀라면서 되물었다.

"그가 빨갱이라고요?"

"너를 세포로 쓰고 있다는 첩보가 들어왔다."

갈수록 태산이었다. 그저 어리둥절할 뿐이었다.

"니네 동기생이 밀고해준 거야. 너 육사 7기생 맞지?"

"맞습니다."

"7기생 하춘구 소위가 불었다."

정보국이 오민균의 고향 인맥을 뒤지면서 같은 군(郡) 출신 하춘구를 불러다 조지니 오민균의 먼 인척인 오용윤이 머리에 떠올라 그렇게 말해준 것이 여기까지 와버린 것이었다. 육사 7기는 앞 기와 달리 3차에 걸쳐 600여명의 졸업자를 배출해 소속감이나 연대감, 결속력이 현저히 떨어졌다. 제주 4·3, 10·19 여순사건에 투입하기 위해 속성으로 장교를 배출할 목적으로 정규, 특7기 등 세 차례에 걸쳐 추가 모집하고, 교육기간은 3개월로 같았으나 입교 일시가 각기 다르니 임관식 또한 각기 달라 같은 동기생이라도 누가 누군지 잘 알지 못했다. 그런 상황이어서 하춘구가 누군지 알지 못했다.

수사는 증거주의가 아니고 혹독한 고문으로 자백을 받아내는 형식이었다. 생사람 잡는 야만적 수사 방식이 거리낌없이 자행되었다. 고문을 못견딘 자가 다급한 나머지 동기생이나 친구들을 대면 그들 또한 잡혀들어가 제보한 자 못지않게 당하다가 빠져나가기 위해 다른 친구 이름을 댄다. 이렇게 해서 숙군 과정에서 수천 명이 무고하게 당했다. 숙군은 상부로부터의 지시에 의해서라기보다 육군 정보국을 중심으로 군 내부 질서를 잡는다는 열혈 장교들의 오도된 사명감에서 비롯되었으나, 군이 말하면 위세와 오만과 공명심이 뒤엉킨 무리수였고, 이것을 정부는 칭찬했을망정 탓하지 않았다.

"그 잘난 빨갱이 오가가 같은 집안이라고 너를 세포로 심어놓았단다. 배신감이 안 드니? 그래두 그의 행선지를 대지 않으면 너는 살아서는 돌아가지 못할 것이다."

옆방에서도 절푸덕 절푸덕 맞는 소리가 연이어 났다. 그때마다 아아악 으으으, 신음소리를 토해내며 울부짖는 절규가 허공을 찢었다. 몽둥이로 다듬거나 고문 기구로 살을 찌르고 쑤시는 것이다. 병영 전체가 가학자의 무대 같았다. 오용윤은 공포감으로 몸을 으스스 떨었다.

밤이 깊자 그는 조심스럽게 몸을 움직였다. 기어서 창문 밑으로 갔다. 벽에 기대어 생각을 가다듬었다. 여기서 맞아죽을 것인가, 죽을 각오로 도망갈 것인가. 여기서는 살아나갈 가망이라곤 없다. 가마니 거적대기에 덮여서 들것에 실려 나간 시체만도 이틀 걸러 한두 구 씩은 나오지 않았는가….

오용윤은 창문을 열어젖혔다. 어두웠기 때문에 아래층의 공포심은 없었다. 그는 창문 밖으로 뛰어내렸다. 다리가 부러졌지만 병신이 되는 한이 있더라도 병영을 벗어나야 한다고 생각했다. 북북 기어서 개구멍을 빠져나왔다. 살얼음이 얼어있는 들판은 끝이 없어 보였다. 그는 입에서 단내가 날 정도로 낮은 포복으로 계속 기어나갔다. 동이 터서야 산 기슭에 이르렀는데, 마침 절이 보였다. 예불을 마치고 나온 중이 그를 발견하고 재빨리 골방에 숨겼다. 간병을 받은 얼마 후 점차 원기를 회복했다. 그리고 선배와 연락이 닿아 그가 신원보증을 서주자 자대 귀대 대신 다른 부대로 전속 가서 초급장교 생활을 시작했다. 군 질서가 잡혀있지 않았기 때문에 친분을 통해 임의 이동도 얼마든지 가능했던 시절이었다.

그는 다리가 부러진 후유증으로 발목에 철심을 박고 살았는데, 날이 꾸물거리거나 일기가 불순할 때면 다리가 쑤시는 통증으로 평생 시달렸다. 그는 후에 국회의원 등 고위직에 있었지만, 다리 통증은 휴대품처럼 늘 그를 따라다녔다.

삭풍이 몰아치는 12월 하순의 서울 종로구 내자동의 골목길. 아침 일찍 젊은 청년이 좁은 골목으로 들어선 뒤, 조그만 광장 쪽에 있는 세탁소를 발견하고는 그곳을 향해 빠르게 걷기 시작했다. 신문 배달, 두부장수가 골목을 지나고, 집집마다 아침밥 짓는 구수한 냄새가 골목으로 풍겨나왔다. 평화롭고 다정한 도시 골목의 풍경이었다.

청년이 세탁소에 닿을 즈음, 공교롭게도 앞에서 오는 두부장수와 몸이 부딪쳤다. 두부장수가 바짝 붙어서 마주친 통에 부딪친 것인데, 그가 일부러 부딪친 것 같기도 했다. 두부판이 바닥에 쏟아지고 두부장수가 넘어졌다.

"이거, 미안합니다. 아침부터 낭패군요."

그가 두부장수를 부축해 일으켜 세운 뒤 두부 판을 수습했다. 일단의 청년들이 골목에서 후다닥 쏟아져나왔다. 그들이 그를 감싸며 소리쳤다.

"오민균 소령! 세탁소 갑니까?"

청년이 당황하면서 대답했다.

"나는 오민균이 아니오! 잘못 보았소."

"허튼 소리 말라. 오민균 너를 체포한다!"

억센 사나이들이 달려들어 그의 팔을 잡아 비틀고 수갑을 채웠다. 그들은 육군 정보국 수사요원들이었다.

오민균은 사촌형 오창성이 운영하는 세탁소를 찾아가는 중이었다. 그곳에서 약혼녀와 만나기로 약속했다. 고향에 머물고 있던 약혼녀가 그의 연락을 받고 사촌형의 세탁소에 올라와 있었다. 그는 사촌 형의 세탁소를 접선지로 하여 아침 일찍 찾아 나섰다가 잠복중인 김창동의 수사대에 체포된 것이다. 김창동은 수사대를 풀어 그의 약혼녀를 줄곧 미행해왔다.

오민균은 명동의 명치좌에 설치된 정보국 영창에 갇혔다. 들어가자마자 예의 구타가 시작되었다. 북어쪽 패듯 반 죽여놓았다. 며칠 후 이한진이 보조 둘을 대동하고 오민균 방으로 들어섰다. 저항할 기운을 뽑아내고 심문을 시작하는 것이었다.

"박정희 만났지?"

"그런 일 없소."

그는 일단 부정했다. 만난 사실을 그대로 말하면 박정희가 다칠 것이다. 어차피 당한다면 자기 선에서 멈춰야 한다.

"미친 새끼, 우릴 바보로 아나. 우리가 미행하는 것도 모르고 잘 접선하더군. 박정희는 광주, 하동, 광양, 순천, 여수, 목포… 그리고 넌 제주 연대, 포로수용소, 목포… 그런데도 안 만났다고?"

그들은 박정희로부터 자백과 함께 계보 리스트를 받아 수사에 나서고 있었다. 빼도 박도 못하는 것이다.

"김종석과 최남근과 함께 폭동을 일으키려 했던 것이 탄로나니 기분이 언짢나? 여수 순천에서 지창수가 먼저 반란을 일으킨 통에 산통이 깨지고 말았다지? 맞아, 안 맞아?"

잘 몰랐지만 그럴 수 있으리라고 보았다. 사태 진전에 따라 무슨 일이든지 저지를 사람들이었기 때문이다. 이것이 민족군대라고 그들은 보지 않았다.

"제주에선 역도들을 몰래 빼주고, 포로수용소를 사유화해 사상범 수용소로 만들고, 그러면서도 순진한 여성 홀겨서 임신시키고…. 미친 새끼, 우리가 허수아비니? 박정희 만나서 뭘하자는 건데? 나라를 뒤집어 엎겠다고? 임마, 이래 봬두 우린 독사팀이야."

잠시 후 각반을 든 다른 수사관이 들어와 합류했다. 그가 물었다.

"제주 포로들 중 빨갱이는 풀어주고, 양민은 묶어두었다는 제보는 사실이다. 그 이유가 뭐냐."

"구분할 필요가 없었소."

"구분할 필요가 없다라니? 그게 무슨 말인가."

"한꺼풀 벗기면 모두 제주 양민들이오. 좌익이다 우익이다 구분한다는 게 무의미하단 말이오."

"뭐야 새끼야? 그렇게 해서 빨갱이들을 풀어준 거야? 그놈들더러 다시 입산해 군경에 대항하라고 석방한 거야? 과연 역도 새끼군."

몽둥이가 날아왔다. 그들은 스스로 화를 돋구어 폭력을 가했다. 뒤늦게 들어온 이한진이 더 방방 뛰었다. 그는 한번 흥분하면 누구도 말리지 못했다. 그가 보조를 제치고 마구 패기 시작했다.

"영관급 장교를 이렇게 대접할 거냐?"

오민균이 맞으면서 호통을 쳤다.

"너는 지금 천지분간을 못해. 너는 범죄자고, 국사범이고, 역도지 대한민국 육군 소령이 아니야!"

각반을 든 수사관이 윽박질렀다.

"경찰의 응원 요청에도 너의 병력은 움직이지 않았다. 부대가 배치된 지 얼마 안된다고 출동하지 않았다. 병사 훈련중이라고 토벌을 회피했다. 그리고 통적(通敵)하면서 적들에게 퇴로를 열어주었다. 무기도 건넸다. 그렇지 않나?"

그렇게 보면 그럴 수 있었다. 오민균이 대답했다.

"네가 말한 것이 꼭 그렇게 틀린 말은 아니다. 그러나 그것이 전부가 아니다."

"개자식, 얼버무리지 마. 경찰의 보고만으로 너는 두말 없이 총살감이야!"

오민균은 경찰의 모략이 클 것이라고 생각했다. 제주에서 사사건건 부딪친 대상은 경찰이었다. 과도한 진압과 주민 탄압, 무자비한 소탕전에 그는 경찰을 비판했고, 때로 그들의 거친 진압을 경고하기까지 했다.

"적장과 내통해 비밀협상을 갖고, 우리측 기밀을 적도에게 넘겨주었다."

"똑똑히 알고 말하라!"

이 대목에 이르러 오민균이 맞고함을 쳤다. 모든 것이 부정되고, 모든 것이 범죄로 몰린다는 것은 치욕이다.

"맨스필드 제주도군정장관이 미군사령부의 지시를 받아 협상에 나선 것이다. 책임이 있다면 함께 져야지 나 혼자 짊어지고 갈 수 없다. 물어보라. 협상하도록 지시해놓고, 휴전협정을 깨고, 대화하자 해놓고 충돌을 부추기고, 화평회담이라고 해놓고 총을 쏘고, 이렇게 협상을 무력화시키고, 토벌의 근거로 삼았다. 모든 과정이 음모다. 야비한 놈들에게 나도 속아 넘어갔지만, 너희들도 속고 있다. 당신들 도대체 누구냐?"

"묘한 놈일세. 우릴 범죄자로 모네. 그래봤자 넌 끝났어. 적도들에게 수천 발의 총탄을 지급하고, 총기까지 지급했잖나!"

"난 그들에게 무기를 제공한 적이 없다."

"제공하지 않았다고? 그들이 제공받았다고 문서로 작성해 상부에 올린 것도 모르나?"

"그들이 작성해 올리면 모든 게 진실이냐. 진지 동굴에 있던 일본군의 무기를 제대로 회수하지 못한 것은 맞다. 그러나 무기를 건넨 적은 없다."

오민균이 부하들이 발굴한 진지 동굴에서 일본군이 버리고 간 무기를 회수해온 과정에서 일부 병사가 빼돌려 무장자위대에 투항했거나, 병사들이 버리고 간 것을 적이 수습해갔을 수는 있다. 이것을 현장 지휘관으로부터 노획했다고 공명심을 내세울 수 있다. 그렇게 선전하면서 내부의 패배주의를 위무하고, 사기를 올릴 근거로 삼았을 수 있다.

"그들이 제공받았다고 썼는데 상관이 없다는 거냐."

"내가 주지 않았으니까 그렇다."

"그들은 연대에 지휘관 세포를 심어두었다고 보고했다. 지휘관 세포라면 너 아닌가. 문상길과도 가까웠지 않았나?"

"내 직속 부하는 아니었지만 합동작전에 함께 나간 적은 있다."

"니놈이 적도와 가까웠던 것은 사실이다. 그래서 빨갱이 새끼들을 석방했고 말이다."

"양민을 석방한 것이다. 빨리 놓아주느냐 늦게 놓아주느냐의 차이일 뿐, 기왕이면 농번기에 일손 하나라도 덜어주어야 하지 않나."

"군수품 빼돌려서 사적으로 사용하고, 일부는 착복했다. 부인하나?"

"부인한다. 의심하는 자가 증거를 대야 하는 것 아닌가."

"물증은 혐의자가 대는 것이지, 우리가 대야 한다고? 니가 저지른 범죄를 우리더러 소명하라고? 이런 개자식이 있나?"

주먹이 날아왔다. 곁의 수사관이 각목으로 그를 팼다.

"물증을 대지 못하면 무죄다."

"그러면 물증을 대지. 너의 계보는 다 드러났다. 박정희 김종석 최남근 조병건 김태성 황택림 이성구 김학림 곽종진 이성유 이정길… 모두 남로당 군맥이지."

이한진이 서류를 뒤적이더니 명단을 주욱 나열했다.

"이중업, 이재복, 김영식, 그렇지 김영식은 이재복의 비서지. 아니 이중업의 비서냐?"

"알 바 아니다."

"넌 돌아다니면서 가명을 여러 개 사용했다. 이씨, 김씨, 허씨…. 그런 놈을 누가 신뢰하나?"

"너도 이한진, 이한필, 이한팔, 이름이 여러 개다."

다음 날은 김창동이 들어왔다.

"너 나 알디?"

오민균은 장독(丈毒)으로 일어날 기력이 없었다. 대꾸할 힘도 없었다.

"나한테 잘 말하믄 벗어날 수 이서. 이리 연대서 날 본 적 있네?"

"난 이리 연대에서 근무한 적 없소."

"그럼 휴가받아 조병건 만나러 간 거 아니간?"

"4연대 시절 잠깐 다녀간 적은 있소."

"고렇디. 접선 일이십 분이면 천하를 들었다 났다 할 시간 아니간? 무슨 변명이 그리 많네? 난 애초부텀 널 의심했댔디, 못된 놈…"

"나는 당신보다 계급장이 높소. 예우를 받고 싶지는 않지만 점잖게 다루시오."

"계급장이 높다구? 모두가 가짜디. 일본군 출신 선배들이 만들어 준 '짜가 계급장' 아니간? 넌 나를 사람새끼로 보지 않았댔디만, 나 역시 너를 사람 새끼로 보지 않았대서….."

"맞소. 당신을 사람으로 취급하지 않았소. 내가 당신한테 굴복하고 목숨 구걸하는 사람이 아니라는 것을 보여주겠소. 나는 대한민국 장교의 명예와 자긍심으로 나를 지탱해왔소."

"고래, 좋다. 어디 두고 보자우."

그가 밖에 대고 소리쳤다.

"너희들 들어오라우!"

말이 떨어지기가 바쁘게 덕대 큰 사내 두 명이 들어왔다. 이미 훈련이 된 듯 그들이 오민균을 포승줄로 묶어 전기 의자에 앉혔다. 전기선을 연결하고 벽에 붙은 스위치를 올리자 오민균의 몸이 부르르 떨더니 비명소리가 터져나왔다. 으으으 아아악 으으으…

오민균의 몸에서 김이 모락모락 피어난 끝에 그의 몸이 축 늘어졌다.

김창동과 이한진은 거물에 대해서는 그들이 직접 관여했다. 김창동이 푸대처럼 퍼져버린 오민균의 팔을 끌어당겨 손에 인주를 묻히더니 심문조서에 그대로 찍었다.

"나는 본디 사감을 갖는 사람이 아니디. 하디만 이 새끼에겐 사감을 갖지 않을 수 없어. 건방지고 우쭐대고, 새파란 놈이 시대의 영웅처럼 엘리트주의에 젖어서 껍적댄단 말이디. 고런 건 내한텐 용서가 안 되디."

오민균이 갇힌 옥방에 수사관들이 몰려 들어왔다. 그들은 한 군인을 앞세우고 있었다. 어두침침한 가운데 오민균은 앞에 서 있는 키

작은 남자가 박정희라는 것을 단박에 알아차렸다. 박정희는 이한진의 헌병대에 이끌려 그의 방을 찾은 것이었다.

예의 굳게 다문 잎, 슬픈 듯 차가운 눈, 그리고 작고 단단한 체구. 오민균은 자리에서 일어나려고 벽을 짚었다. 그러나 다리가 움직여 주지 않았다. 통증과 함께 다시 주저앉고 말았다. 입이 얼어붙은 듯 말문이 열리지 않았다.

박정희 역시 무언가를 말하려는 듯했으나 말을 잇지 못하고 조심스럽게 오민균의 위아래를 살폈다. 그러더니 한 순간에 몸을 홱 돌려 돌아섰다. 그리고 앞장서서 다급하게 문 밖으로 나갔다. 그게 너무도 낯설었다. 밤새워 통음하며 세상을 탄식하던 선후배 사이가 이렇게 극단적으로 갈릴 수 있는가. 날갯죽지 떨어져 나간 새처럼 처참하게 감방에 처박혀 있는 아우를 위로 말 한마디 없이 나갈 수 있는가.

왜 그는 자유의 몸으로 들어왔을까. 왜 말 한마디 없이 돌아서 나가버렸을까. 그의 눈에 눈물이 어렸다. 아마도 그도 눈물을 감추기 위해 돌아섰을 것이다. 나약한 모습을 후배에게 보이지 않기 위해 서둘러 나가버렸을 것이다.

박정희는 돌아서면서 스스로를 위로했다. 너희들도 잘하면 풀려난다. 내가 살아난다면 너희를 구제할 수 있다. 미안하지만 버텨라. 내가 너희를 밀고한 것은 너희들을 빨리 구제하기 위해서다. 그런데 다른 귀에서 이상한 소리가 들렸다. 비겁자. 후배들을 팔아 목숨을 부지한 배신자… 그러자 다시 반박의 소리가 나왔다. 살아야 한다. 살아야만이 이현란을 만날 수 있다. 사랑을 위해 나를 접는다….

그 후 오민균의 재판은 일사천리로 진행되었다. 굳이 말하면 재판이랄 것이 없었다.

1949년 5월 12일. 남산 밑에 있는 국방부(구 통위부) 건물의 장교식당. 임시로 설치한 군사법정이다. 중앙 고등군법회의에 회부된 김종석 오민균 김영식 등 18명이 피고인석에 배석했다. 민간인 김영식은 이재복의 비서 겸 군사연락책으로 활동하다 체포되었으나 고등군법회의에서 재판을 함께 받았다.

재판은 속전속결로 진행되어 김종석 오민균 등 현역 군인에게는 사형, 재령 출신 김성숙, 대구 출신 김용진, 평북 철산 출신 한태희 등 4인의 민간인도 사형이 선고되었다.

고등군법회의 명령 제106호 내용 중 김종석 오민균의 혐의 내용을 보면 다음과 같다.

김종석 전 4여단, 전 육군중령, 제18조·33조, 반란기도죄·간첩죄, 사형, 원판결 승인, 상동

오민균 전 4여단, 육군소령, 제18조·33조, 반란기도죄·간첩죄, 사형, 원판결 승인, 상동

위 기소 내용 중 '전 4여단'은 1948년 4월 29일 수색기지에 창설되고, 그해 11월 20일 제6여단으로 개편돼 충북 청주로 이동한 부대였다. 초대 여단장은 채병덕 대령, 참모장 김종석 중령이었으며, 채병덕이 통위부 총참모장으로 이동하자 김종석 참모장이 8월 16일자로 후임 여단장이 되었다. 이때 여순사건에 진압작전을 펴다가 적과 내통했다는 혐의를 받았던 최남근 중령이 참모장으로 부임(1948.11.12.)했다.

오민균은 4여단 소속이 아니었다. 제주 포로수용소장직에서 해임되거나 타 부대로 전속간 기록이 없으니 그대로 제주 포로수용소장

이라야 맞다. 군이 말하면 부대 탈영자였다. 아마도 김종석 최남근 오민균을 같은 혐의자로 묶기 위해 편의상 소속을 같이 한 것으로 보인다.

이들은 한두 달 사이에 모두 처형되었다.

한 사람의 생명이 왔다 갔다 하는 순간에 내려진 판결문이 이상하게 수정되었다. 명령서 마지막 장에 김종석 오민균에 대하여 죄과 2, 무죄. 단 국방경비법 제32조로 수정하여 유죄라고 나와 있다. 즉 33조는 무죄로 하되 대신 이적죄인 제32로 대체한다는 것이다. 이것 또한 분명치 않다. 국방경비법 제18조, 제33조를 무죄로 하고 32조로 대체한다는 것인지 섞갈린다.

애써 해석하자면 제18조 반란 기도죄와 제33조 간첩죄 위반은 무죄가 선고되었으나 제32조 적에 대한 구원, 통신연락 또는 원조죄 위반으로 유죄가 인정되어 사형을 선고한다는 판결이다. 반란 기도죄와 간첩죄보다 통신연락 또는 원조죄 위반이 더 무거운 형을 받은 셈이다. 납득이 되지 않는 판결이다.

사형 선고문이라면 자구(字句) 하나, 콤마(,) 하나에도 우주적 근거를 대야 하는데 죄목이 수정되니, 이런 논리모순·형용모순·해석모순이 있다는 것이 내내 의문스러운 것이다. 아무리 엉터리 군사체계라고 해도 한 사람의 고급 장교 목숨을 이처럼 파리 목숨처럼 내팽개친다는 것은 야만이다.

1949년 8월 2일 오후 2시. 폭양이 내려쬐는 수색기지. 서울에서 고양으로 나가는 황막한 길 옆에 야트막한 야산이 나온다. 군용 트럭 몇 대가 비포장도로의 먼지를 말아올리며 달려오더니 야산 앞에 와서 멈춰 섰다. 군용 트럭에 분승한 헌병들이 차례로 뛰어내렸다.

스무 명쯤 되었다. 그들이 언덕 쪽에 도열하고, 잠시 뒤 다른 차량들이 도착했다.

허름한 국방복 차림의 죄수들이 포승줄에 묶인 채로 헌병들의 인솔하에 차에서 내리고, 지프에서 육군 정보국 소속 장교와 헌병대, 의무감 소속 군의관이 내렸다.

먼저 온 헌병과 공병들이 야전삽과 곡괭이를 들고 야산 밑으로 가 구덩이 다섯 개를 1.5m 간격으로 하여 1m 깊이로 팠다. 그리고 통나무를 박고 흙으로 덮어 흔들리지 않도록 단단히 다졌다. 인솔 헌병들이 죄수들을 한 사람씩 데리고 가 말뚝에 끈으로 묶었다. 가슴 높이를 묶고, 허리 높이를 묶고, 발목을 묶었다. 뒤이어 흰 천의 가리개로 모두 눈을 가리고, 왼쪽 가슴에 둥그런 원이 그려진 하얀 무명베를 붙였다. 총알의 표적지였다. 준비가 끝나자 형 집행 헌병 장교가 각자의 신원을 확인했다.

육군 제4여단 소속 전 육군중령 김종석(28세)

육군 제4여단 소속 전 육군소령 오민균(23세)

민간인 황해도 재령군 　　　　김○○ (27세)

민간인 경상북도 대구시 　　　김○○ (29세)

민간인 평안북도 철산군 　　　한○○ (26세)

집행관이 마지막 유언을 하도록 김종석에게 먼저 기회를 주었다. 김종석이 무슨 방언 같은 말을 쏟아내더니 갑자기 '대한민국 만세!'를 외쳤다. 다음은 오민균 차례였다. 집행관이 마지막 유언을 주문했다.

"나는 왜 죽는지 모르고 죽는다."

집행관은 그의 말을 묵살했다.

오민균은 왜 이 자리에 와 있는지를 몰랐다. 반란을 일으키기 위해 모의를 꾸미거나, 직접 거사를 도모했거나 세력을 규합한 적이 없다. 그런데 반란 수괴에게 내려지는 사형수라고? 설사 그것을 인정한다고 해도 언제, 어떤 경로로, 무엇을 위해 어떻게 가담했는지를 가려주어야 한다. 시대를 고뇌하는 젊은이라면 고민이 없는 것이 이상한 것 아닌가. 일제 암흑기보다 더 가혹하게 쩌누르고 국가 폭력의 광란의 춤을 춘 자들이 누군가. 합리적 증거도, 적법한 절차도 무시된 재판 과정은 또 무엇인가. 야만과 광기 그 자체 아니고 무엇인가. 좌익 혐의 때문이라고? 그대로 인정하자. 좌익 혐의가 그렇게 중대범죄인가?

오민균이 뭐라고 중얼거리는 것 같자 형 집행 과정을 무비 카메라에 담고 있던 미 정보고문관 제임스 해리 하우스만이 옆 장교에게 물었다.

"저 친구 뭐라고 말하는가."

무비 카메라에 신경 쓰느라 그의 말을 헤아리지 못했던 모양이다.

"신경쓸 거 없습니다. 자신의 영이 하는 말을 육체의 입으로 소리를 내는 것 아니겠습니까. 나도 모르겠습니다."

하우스만이 고개를 갸우뚱하면서 다시 형 집행 장면을 카메라에 담았다. 그때 오민균이 대한민국 만세! 3창을 외쳤다. 형 집행관이 형 집행장을 꺼내 낭독하기 시작했다.

— 단기 4292년(1949년) 7월 29일자 육군본부 고등군법회의 명령 제107호에 의거하여 사형이 선고된 5인에게 총살형을 집행한다.

뒤이어 그가 사형수 맞은편 15m 거리에 도열해있는 헌병들을 향해 외쳤다. 도열한 헌병들은 앞줄은 앉아 쏴 자세를 취했고, 뒷줄은 서서 쏴 자세를 취했다.

"거총!"

헌병 지휘관이 소리치자 소총수들이 일제히 총을 어깨에 부착해 격발 자세를 취했다.

"준비!"

무거운 침묵이 감돈 가운데 찰가닥 찰가닥 총기의 가늠쇠를 푸는 소리가 났다. 공기조차 머문 것 같은 숨가쁜 침묵이 흘렀다. 그 침묵이 긴 영원성을 지니고 있는 것 같았다.

"발사!"

빠빠빵빵빵…. 헌병들의 총구에서 불을 뿜었다. 일대에 푸른 연기와 함께 화약 냄새가 좌악 퍼졌다. 사형수 뒤편의 언덕 황토도 총알이 박혀 뽀얗게 흙먼지를 일으켰다. 다섯 명의 죄수가 앞으로 푹 고개를 떨구었다. 총소리가 멎자 적막이 더욱 짙게 야산에 내려앉았다. 〈이상 정운현의 '오일균 전기'(가제), 사사키 '한국전 비사—건군과 시런' 외 자료 종합〉

일본의 보수 우파 군사학자 사사키는 그의 책에서 다음과 같이 평가했다.

— 경비대사관학교 교관 시절 오민균 조병건 교관들이 생도들을 좌익 교육을 시켰다고 했으나 그들의 영향이었다고 말할 수 없다. 사회 경험이 많은 일본 하사관 출신까지 철저히 훈련된 그들을 그들만의 능력으로 감화시켰다고 생각되지 않는다. 사관학교 2,3기생에 불순분자가 많았던 것은 당시의 사회상의 반영과 남로당의 경비대

공작의 성과라고 본다(한국전비사 상권115—116페이지).

오민균이 일본 육사 61기로 입교한 것이 열아홉 살 때였고, 해방과 함께 귀국해 군사영어학교를 나와 국방경비대사관학교 교관이 된 것은 스무 살 때의 일이다. 그리고 청주연대, 경비대사관학교 교관, 부산 5연대를 거쳐 제주 4·3사건에 투입된 것은 22세 때였다. 제주에 파견돼 6개월 복무하다 체포된 것도 22세 때였으며, 처형되기는 23세 때였다. 세상을 알기에는 너무 이른 나이였다.

오민균 아우 오보균

국방경비대사관학교 5기 오보균은 1948년 4월 소위 임관하자 남원 기지사령부 소대장으로 배치되었다. 여순 사건으로 14연대 군인들이 지리산으로 들어가자 부대는 빨치산 토벌사령부로 명칭이 바뀌었다. 오보균은 형을 선망했던 관계로 청주고보를 졸업하자 곧 형이 가는 길을 따라 경비대사관학교 5기에 입교했다. 형의 늠름한 모습을 보고 그는 마음으로부터 군인을 동경했다. 군문에 있으면서도 두 사람은 통신 사정의 불비 때문에 입대 내내 편지 한 장 주고받지 못했다.

여순사건이 터진 뒤 반란군들이 지리산으로 들어가 이현상 부대와 합류했다. 오보균은 편성된 남원토벌군사령부 소대장 보직을 받았다.

지리산 산골의 겨울 추위는 혹독하다. 꽁꽁 얼어붙은 산지에 두꺼운 방한화를 신었어도 발이 떨어져나갈 정도로 시렸다. 동상에 걸려, 발가락을 절단한 병사들도 속출했다. 보초 서기가 대단히 고통스러웠다. 북편의 지리산간인지라 바람이 매섭고, 눈도 한 길씩 쌓였다. 그래서 보초 서는 것을 생략하는 경우가 많았다. 내가 힘들면 적도들도 힘들다고 방치한 것이었다.

이 골짜기 저 골짜기 보초병끼리 연락이 닿지 않으니 암호 전달이 제대로 될 리 없었다. 이런 것을 점검하리 오보균 소위가 일찍 눈길을 헤치고 나섰다. 오늘따라 초병들이 초소를 지키지 않아 그는 더욱 깊숙이 안으로 들어갔다. 그가 빙벽 앞 초소 상황을 점검하고 돌아서는데, 사내 셋이 그 앞에 섰다. 그들 중 지휘자인 듯한 사내가 물었다.

"오보균 소위 맞나?"

"그렇다. 누구냐?"

그에 대답하지 않고, 다른 사내가 물었다.

"오민균 소령이 형님인가?"

"그렇다. 내가 그의 친 아우다."

"형과 연락한 게 언제냐?"

"왜 묻나? 형과 편지 한 장 주고받지 못했다."

"무슨 지령이나 지시를 받지 않았다고?"

"너희들 정체가 뭐냐?"

오보균이 권총을 뽑아들자 덩치 큰 사내가 먼저 달려들어 그의 손목을 비틀고, 권총을 빼앗았다. 옆의 사내가 대뜸 그의 복부를 칼로 찔렀다. 능숙한 솜씨였다. 그가 쓰러지자 키작은 사내가 돌덩이를 들어올려 그의 머리를 내리찍었다. 한치 흐트러짐 없는 고단수 실력들이었다. 전문 킬러쯤 되어보였다. 키 작은 사내가 오보균의 권총으로 오보균 가슴에 확인사살을 했다. 총소리가 골짜기로 퍼져 이 골짝 저 골짝에서 메아리로 돌아왔다. 괴한이 권총을 허리춤에 찔러넣고, 동시에 그들은 바람처럼 사라졌다.

오보균의 가족들은 그후 지금까지 그의 생사를 알지 못했다. 전사인지, 행불인지 지금까지 소식을 모르고 있었다. 누구도 통보해준 사람이 없었다. 일부 병적기록부엔 1952년 사망한 것으로 나와 있다고 했다. 가족들에게 그런 사실조차 전달된 적이 없었다. 1948년 군 입대해서 1952년 사망할 때까지 4년간 편지 한 장 없다는 것은 납득할 수 없었다. 6·25 전쟁 때 사망했다는 것은 더더구나 믿을 수 없었다.

다만 남원기지사령부에서 함께 복무했던 옛 전우로부터 그의 형 오민균의 총살형 이후 맞아죽었다는 소식만 간접적으로 흘러나왔을 뿐이었다.

박정희 김점곤 유양수

박정희가 백선진 사무실을 찾았다. 죽음의 문턱에서 기적같이 살아난 게 실감이 나지 않는지, 그는 한동안 백선진 앞에서 멍하니 서 있었다.

"힘들었지요? 좋은 소스를 주어서 큰 힘이 되었습니다."

"……"

그는 가타부타 말이 없었다. 죄책감이 없을 수 없었다. 그러나 그들도 자신과 같은 길을 택하리라 믿었다. 결코 다치라고 밀고한 것은 아니다. 형마저 억울하게 죽은 마당에 자신 또한 그렇게 당한다면 집안은 멸절해버린다. 어렵게 쌓아올린 이현란과의 사랑은? 갓 태어난 아들은? 생각할수록 착잡했고, 마음을 다잡지 않을 수 없었다.

백선진은 전향하긴 했으나 박정희가 앞으로 살아갈 길이 막막할 것이라고 생각했다. 누구도 그를 상대할 사람은 없을 것이다. 따르는 후배들은 배신자라고 침을 뱉을 것이고, 그의 협력을 받은 수사관들은 그를 신뢰하지 않을 것이다. 백선진이 그가 비틀거리지 않기를 바라는 마음으로 물었다.

"어디 일할 곳이 없습니까?"

박정희가 쓸쓸하게 웃었다. 백선진은 잠시 생각하다가 "앉아서 좀 쉬고 있어 봐요"하고 사무실을 나와 복도 끝쪽의 유양수 전투정보과장 사무실로 갔다. 유양수 과장은 김점곤 전투정보북한과장이 5사단의 부연대장으로 발령이 나자 그 후임으로 갓 부임해온 장교였다.

"유 과장 사람 하나 필요하지 않나?"

"네? 사람이 있습니까?"

사람 좋은 유양수가 눈을 빛내며 관심을 보였다. 이런 때 정보국장의 청을 들어주면 여러 모로 도움이 될 것이다.

"박정희 소령이 갈 곳이 없네. 군대밖에 모르는 사람이 군복을 벗고 민간인 신분이 되면 한 걸음도 못 걷지. 보아하니 유 과장 부서에 충원할 자리가 있을 것 같은데…."

유양수 의중을 존중하는 듯한 형식을 취했지만, 사실은 지시나 다름이 없었다. 그의 의사를 거부할 하급 장교는 없었다. 머리 회전이 빠른 유양수가 알아채고 나섰다.

"군무원으로 데리고 있으라는 말씀이군요? 한데 예산이 부족해서 줄 봉급이 마땅치 않습니다. 부대원들의 월급을 쪼개서 줄 수밖에 없겠군요."

"그 점은 걱정하지 마시오. 정보국장 기밀비에서 얼마간 마련해줄 테니까 박 소령을 일하게 해요."

"알겠습니다."

백선진은 자신의 방으로 돌아와 불안하게 앉아있는 박정희에게 말했다.

"박 소령, 나와 함께 좀 갑시다."

그는 아무 말 없이 백선진의 뒤를 따랐다. 유양수 과장 방에 들어선 백선진이 박정희를 소개하며 말했다.

"앞으로 유양수 과장 밑에서 문관 자격으로 일을 하시오. 넉넉지는 못하나 밥을 먹어야 할 것 아니오? 소문에 부인이 아이도 출산했다고 하는데…."

박정희가 유리창 밖으로 시선을 돌렸다. 그의 눈에 물기가 촉촉이 어렸다. 백선진이 위로 차 다시 말했다.

"미안해할 것 없습니다. 나와 함께 근무하는 미군 고문관 리드 대위가 건네준 C레이션이 몇 차 분 있습니다. 전투 식량이지만 평시에는 현금 대용으로 쓸 수 있습니다."

리드 대위는 미 군사고문단의 허락을 받아 C레이션 두 창고 분량을 백선진이 쓰도록 조치했다. 그것을 시중에 일부 내다 팔면 돈이 되는 것이다.

김점곤 소령이 새 배속지로 떠나는 날이었다. 그는 박정희의 석방 소식을 듣고 용산 기지 군인 관사를 찾았다. 그가 집에 들어서자 박정희는 마침 혼자 아침 식사중이었다. 부인은 없는지 집안은 쓸쓸했다.

김 한 조각으로 밥을 뜨려던 박정희가 마당으로 들어서는 김점곤을 보자 그대로 맨발로 뛰어나와 그를 안았다. 그리고 어깨를 들썩이며 소리내어 울었다. 여태껏 볼 수 없는 모습이었다. 포옹한 채 울고 있는 그를 향해 김점곤이 말했다.

"박 소령, 고생했소. 부인도 얼마나 힘들었겠소. 이제 새롭게, 멋있게 출발하는 것이오."

김점곤은 아직 그의 가족 상황을 알지 못하고 있었다. 아내는 행방불명이 되고, 신생아는 죽었다. 김점곤은 먼 훗날 그 눈물의 의미를 알았다. 그리고 이렇게 해석했다.

　— 그 눈물은 가족에 대한 간절한 그리움이며, 죽은 자식에 대한 미안함이며, 동료와 사랑하는 후배들을 배신한 것에 대한 속죄의 눈물일 것이다. 처형당한 후배들이건, 이를 밀고하지 않을 수 없었던 박정희 자신이건 모두 역사의 희생물이자 피해자 아니겠는가. 인간으로서 일신의 안전을 위해 벗과 후배를 팔지 않을 수 없도록 강요된 비인간적인 시대가 준 '잔혹한 선물'이 아니겠는가.

제37장
저 거친 험한 바다 지키는 사람

오민균이 처형된 때로부터 18년 뒤인 1966년 11월 28일이다. 겨울의 초입, 날씨가 쌀쌀한 가운데 오민균의 고향 충북 청원군 현도면 우록리에서 10여 km 떨어진 연기군 부강면(현 세종시)에서 대한플라스틱 공장 준공식이 있었다.

이 공장은 충청도 출신 기업인이 당시 거대 자본인 내자 5억 2천7백만원, 외화 360만 달러를 투입해 세운 PVC, 염화비닐 수지를 생산하는 대형 플라스틱 생산공장이었다. 한일국교 회담 체결 이후 일본으로부터 들여온 차관으로 지은 공장이었다.

연간 PVC, 가성소다를 생산해 각종 식용기(食用器), 배관, 공업용 PVC 제품을 만들어 공급하는 정부의 중화학공업정책에 시동을 건첫 사업이었다. 이 자리에 박정희 대통령이 참석했다. 기간 산업의 하나였으니 대통령이 직접 참석해 축사를 했다. 준공식에는 지역 출신 유지들이 대거 참석했다. 그중 공화당 출신 국회의원 신관유는 지역의 대표적 인물이었다.

"임자, 내 차 타지."

준공식 일정을 마치고 대통령 전용차가 서울로 올라갈 때, 박정희가 신관유 국회의원이 눈앞에 보이자 전용차에 동승할 것을 요구한 것이다. 그때까지만 해도 경호가 엄격하지 않은 때인지라 대통령은 마음에 맞는 사람을 더러 전용차에 동승시켜 대화를 나누며 함께 출장지를 다니고 있었다.

"네, 알겠습니다 각하."

신관유는 자신의 승용차 운전사더러 뒤따라 오도록 하고 대통령 전용차에 올라 대통령의 옆자리에 앉았다. 신관유는 속으로 옳다구나 했다. 이 무슨 행운인가. 이런 자리는 만들려해도 기회가 오지 않는다. 서울에 도착할 때까지 세 시간여를 각하와 독대하는 시간이다.

이 기회를 살리면 자신의 불명예를 씻을 기회도 된다. 그는 메사돈 마약 밀매 사건에 연루돼 곤욕을 치르고 있었다. 자칫하면 다음 국회의원 선거 때 공천을 받지 못할지도 모른다. 사실 탈락한다고 보아야 했다. 혐의에서 벗어나긴 했으나 도하 신문에선 이미 그를 범죄자로 인정해 대대적으로 보도한 뒤였다.

메사돈 마약사건이란 합성 마약 메사돈을 넣어 진통제로 만들어 불법 제조·판매한 사건이다. 1965년 전국적으로 마약 중독 증상을 보이는 사람들이 급증했다. 정부가 조사에 나섰으나 합법적으로 유통되고 있는 진통 주사제가 널리 퍼져 있다는 사실 외엔 밝혀내지 못했다.

그러는 사이 농사일을 하는 농부들, 바다에 나가는 어부들이 한 통씩 진통제를 가지고 다니면서 그 신묘한 약을 먹었고, 사창가에서도 널리 유통되었으나 중독자가 속출했다. 이로 인해 정부 집계 3만 명, 전문가에 따르면 10만 명으로 추산되는 중독자가 생겨났다.

보건사회부가 해당 의약품을 수거해 국립과학수사연구소에 감정
을 의뢰해보니 제3의 물질인 합성 마약 메사돈이 함유되었음을 밝
혀냈다. 수사 과정에서 충청도에 있는 해당 제약회사 대표가 구속되
고, 담당 관리와 공화당 소속 국회의원 신관유가 수뢰 혐의로 입건
되었다. 신관유는 청주고보, 서울 약대 출신이었다.

이 사건은 마약으로 허가된 의약품에 섞어 제조·판매했다는 점
과, 관계 공무원과 국회의원이 뇌물을 받고 묵인해주었다는 점에서
사회에 큰 충격을 안겨주었다.

〈http://blog.daum.net/gmania65 일부 인용〉

박정희는 민생사범에 대해선 가차없이 처단했다. '이 나라 사회의
모든 부패와 구악을 일소하고 퇴폐한 국민 도의와 민족정기를 바로
잡기 위해 청신한 기풍을 진작시킨다'는 혁명공약을 지키기 위해 전
국의 깡패를 소탕해 한라산 중턱을 깎아 제주시와 서귀포를 연결하
는 도로건설에 투입했고, 축첩자, 마약사범, 밀수범, 부정부패분자
를 잡아들였다.

정치적 정통성을 위협받고 있는 처지에 이런 민생범죄를 뿌리뽑
는 것은 무엇보다 민심을 안정시키고 참신한 모습을 보여주는 힘이
되었다.

박정희는 1963년 제5대 대통령 선거에서 윤보선에게 10여만 표로
아슬아슬하게 당선돼 정치적 정통성을 위협받는 등 곤경에 처해 있
었다. 이러다가는 재선이 어려울 것이라는 우려가 팽배했다.

박정희는 육사 8기에 힘입어 1961년 군사쿠데타를 일으키고, 군
사정부 초기 내부의 주류파와 비주류파 사이의 주도권 쟁탈전에서
반혁명 사건이란 이름으로 비주류를 숙청한 뒤 군권과 정권 장악의

기반을 다졌지만, 시일이 지나면서 대학생층을 중심으로 한 지식층과 야당의 공격에 시달렸다. 특히 학생운동 세력은 이승만 정권을 타도한 힘을 갖고 있었다.

박정희 군사정부는 쿠데타 2년 후 정권을 민간에 이양하겠다는 일정을 발표했으나 번의를 거듭했다. 말이 고상한 번의지, 정직하게 말하면 거짓말이었다.

혁명과업이 성취되면 양심적인 정치인들에게 정권을 이양하고 본연의 군 임무에 충실할 것이라고 했던 혁명공약이 이런 번의로 무색해져버렸다. 그 사이 군사정부는 증권파동·워커힐사건·새나라자동차사건·빠찡코사건 등 4대 부정사건의 중심에 섰다.

민정 이양에 따른 공화당 창당 작업을 위해 정치자금 확보 차원에서 주류 세력이 저지른 부정과 비리였는데, 《동아일보》 등 비판 언론이 가만 있지 않았다. 부정부패 척결과 구악 일소를 혁명공약으로 내걸었던 군사정부의 혁명정신이 퇴색했다고 비판했고, 그래서 '구악 뺨치는 신악'이라는 공격에 고스란히 노출되었다. 군 일부에서도 정치 일선에서 물러나 군 본연의 길로 돌아가자고 주장했다.

박정희가 숙원사업으로 내세운 것은 반만 년 역사를 관통해온 기아의 문제를 해결하는 일이었다. '절망과 기아선상에서 허덕이는 민생고를 시급히 해결하고, 국가 자주 경제 재건에 총력을 경주한다'는 혁명공약 4항을 이행하는 문제가 정치적 공격을 잠재우고, 여론의 지지를 받는 힘이 된다고 보았다. 그래서 제1차 경제개발 5개년 계획을 수립했는데, 재원마련이 쉽지 않았다. 조달 방법은 한·일국교 정상화를 추진해 일본으로부터 배상금과 차관을 받는 일이었다. 배상금은 3억 달러, 차관은 2억 달러였다.

그러나 굴욕외교, 흑막외교라는 비난을 받고 대대적인 학생 시위와 함께 1964년 6·3사태를 맞았다. 한국 어민의 생명선이라 할 수 있는 어업 및 평화선 문제와 3억 달러의 대일청구권자금이 배상금 치고는 적다는 비판을 받았다. 그 사용처 또한 불투명하다고 했다.

박정희는 먹고 사는 문제를 해결하면 모든 모순은 극복된다고 보고, 숙원인 이 문제를 해결하기 위해 경제개발 카드를 꺼내들었다. 공장을 지어 제품을 내다 팔아 국부를 창출하고, 쌀과 연탄 걱정없이 국민을 먹여살리겠다는 계획이다. 이를 위해 일본으로부터 청구권자금은 물론 외자를 도입하는 것이었는데, 대한플라스틱 공장 건설 차관도 그런 한일국교 정상화에 따른 부수적인 사업이었다

신관유는 대통령 전용차에 오르자 횡재 같은 행운을 살리고 싶었다. 그는 화제를 풍부하게 하기 위해 박정희와 인연이 닿는 고향 사람들을 생각해내고, 옳다구나, 하고 속으로 반색했다. 박정희가 군대 초기 아꼈다는 일본 육사 후배 오민균을 떠올린 것이다. 오민균은 신관유의 청주중학 동기동창생이었다. 인왕산 바위틈에 입던 겨울 잠바를 갖다준 친밀한 친구 사이였다.

"각하, 지금 청원군 현도면 우록리를 지나고 계시는데, 이곳이 누구 고향인 줄 아십니까?"

"뭔데? 이곳이 임자 지역구니까, 임자 고향 아닌가?"

박정희가 재미없다는 투로 대꾸했다.

"제 고향이기도 합니다만, 오민균 소령의 고향입니다."

"오민균 소령?"

앞을 바라보며 오민균의 이름을 짧게 뇌던 박정희가 주춤 하는 빛을 보였다. 대통령 옆 얼굴을 함부로 볼 수 없었던 신관유는 설명이 미진해 잘못 들었나 싶어서 다시 힘주어 설명했다.

"오민균이 제가 서울대학 다닐 때, 토요일마다 외출 나와서 저와 자주 만났습니다. 그때마다 대통령 각하를 자랑했습니다. 가장 존경하는 일본 육사 선배를 경비대사관학교에서 만났고, 그분은 제2의 나폴레옹이라고 했습니다. 군사이론에 밝고 정의감과 민족의식이 강한 선배님이라고 했습니다. 아, 저기 오민균이 다녔던 현도초등학교가 보이는군요. 그는 소학교 때부터 공부든 운동이든 못 하는 게 없었습니다. 청주중학 시절에는 학생지휘부를 맡으면서 통솔능력이 뛰어나 장차 장군이 될 것이라고 모두들 믿었습니다. 과연 군인의 길을 갔는데, 천재들만 들어간다는 일본 육사를 들어갔던 것이죠. 각하의 후배십니다."

정말 대통령과의 인연을 끌어오는 데는 오민균만한 친구가 없었다. 오민균은 경비대사관학교 교관 후임으로 박정희를 천거했으며, 박정희 역시 기질적으로 자신을 닮았다며 오민균을 친동생처럼 아꼈다는 것을 얼핏 들어 알고 있었다. 후배가 선배를 후임 교관 천거를 했다고 말하면 자존심 상할 것 같아서 그 부분은 뺐다.

그런 언질만으로도 대통령이 오민균을 추억할 것이고, 그렇다면 그것을 고리로 자신과 대통령간의 인연이 깊어질 것이다. 없는 인연도 억지로 만들어서 접근하는 것에 비하면 이것이야말로 얼마나 아름다운 추억의 선물인가. 이런 스토리텔링을 갖고 있다는 것이 보물을 찾은 것만큼이나 그는 기뻤다. 그런데 대통령이 입을 굳게 다문 채 아무런 반응이 없었다. 굳은 얼굴로 앞만 주시하고 있을 뿐, 미동도 하지 않았다. 멋쩍었지만, 그렇다고 하던 얘기를 그만둘 수 없어서 신관유는 마저 설명했다.

"그의 동생 오보균은 육사 5기 출신입니다. 김재춘 정승화 채명신 장지량 김학원 장군과 동기생이죠. 아마 대통령 각하께서 육사 교관으로 계실 때 가르친 청년일 것입니다. 그들 형제 청년장교들은 우리 고장의 자랑이었습니다. 그런데 참 안타깝게도 둘 다 죽었습니다."

그렇게 말하고 박정희를 슬쩍 본 신관유는 아차, 하고 후회했다. 잘못 말한 것인가. 그래서 오민균은 처형되고, 동생은 맞아 죽었다는 얘기를 꺼내지 않은 것을 천만다행으로 여겼다. 박정희는 입을 실룩거리며 아예 눈을 질끈 감고 있었다.

그의 옆 얼굴을 훔쳐본 신관유는 꺼내지 말아야 할 말을 꺼냈다는 후회가 가슴을 쳤다. 뭔가 잘못되어가고 있다는 것을 느끼고 그 말을 주워 담으려고 했지만 이미 때는 늦었다. 그는 죽고 싶었다. 마음 같아서는 당장 차에서 뛰어내려 머리를 바닥에 박살을 내버리고 싶었다.

군대 사정이라곤 잘 알지 못하는 단순한 이공학도 출신인 신관유로서는 서울 올라오는 내내 왜 박정희가 끝까지 침묵을 지켰는지를 알지 못했다. 세 시간여 동안 한 마디 말없이 무겁게 침묵을 지키고 있는 대통령을 보고 그는 모진 고문을 당한 기분이었다.

그는 서울로 돌아와서 사흘 동안 병원에 누웠다. 입원한 병원에 정보요원들이 기웃거려 병원 사람들이 더 불안에 떨었다. 그후 신관유는 국회의원 공천에서 탈락했다. 몇 차례 재기를 시도했지만 실패하고, 끝내 조용히 정계에서 사라졌다.

하우스만 "한국놈이 일본놈보다 더 잔인했다"

1981년 여름, 오민균의 넷째 동생 오능균은 정보 분야에 종사하다가 옷을 벗은 벗 김을 통해 전두환을 움직이는 미국 정보통을 알고 있노라는 말을 들었다. 그는 중앙정보부장 김재규가 박정희를 암살하고, 뒤이어 전두환이 김재규 세력을 일망타진하고 중앙정보부를 장악하자 옷을 벗은 사람이었다. 김은 중앙정보부 시절 미국 정보통의 밀대로 활약했다. 오능균은 그가 현역시절 정보부원이란 것을 알지 못했다. 조그만 오퍼상으로만 알았는데 밀대로 활약했다는 것이다. 오능균과 김 두 사람은 다방에서 마주 앉았다.

"전두환이 레이건과 정상회담을 추진중인 거 몰라?"

광주를 쓸어버리고, 최규하를 협박해서 대통령직에서 쫓아내고, 체육관 선거를 통해 어거지로 대통령이 된 전두환은 미국의 승인을 받아 정통성을 확보하는 것이 당면 과제였다.

"그런 것도 있나?"

두 나라 간의 정상회담이 열린다는 것이 공식적으로 발표되기 전이었다.

"미국 정보계통의 실력자 그가 막후에서 전두환 장군을 돕고 있어. 오 사장, 그 사람 만나보고 싶지 않나?"

"만나고 싶지. 하지만 만날 수 있나?"

"가능해. 지금 미8군사령관 정보 고문으로 와 있지. 제주 4·3, 여순사건, 숙군에 깊숙이 개입한 사람이야. 자네 큰 형님의 죽음과 둘째 형님의 죽음의 내막을 알고 있을지도 몰라. 이걸 매개로 한번 베팅해보는 거야. 다른 친구도 그런 일로 한몫 잡았으니까…."

오능균은 머리가 쭈뼛 섰다. 두 형님 얘기라면 숨부터 칵 막혔다. 둘째 형의 안부라도 알았다면….

"두 형의 사건 내막을 알 수 있다고?"

"그렇지."

반세기 동안 암울하게 쩌눌러왔던 슬픈 가족사. 그로인해 큰 누님과 작은 누님이 6·25가 터지자 북으로 넘어가다 유탄을 맞고 작은 누님은 현장에서 죽고, 큰 누님은 행방불명이 되었다. 집안이 풍비박산이 된 가운데, 오민균·오보균 두 형은 집안에서 금기어였다. 오능균이 일곱 살쯤 되었을 때, 청원 고향집으로 큰형의 뼛가루가 담긴 유골함이 온 것을 온 집안 사람들이 울면서 맞이한 것을 기억하고 있었다. 그 이후 그에 대한 이야기는 어느 누구의 입에서도 나오지 않았다. 그가 무슨 일을 했는지, 어떤 사람이었는지, 왜 비밀에 가려졌는지, 알 수 없었다. 좌익이었다고 했지만 그것이 죽을만한 큰 범죄인지 몰랐다. 마을 사람들도 그것을 사실로 믿지 않았다. 모함이라고 받아들였다. 그러나 현실은 언제나 가위눌리듯이 살았다.

둘째 형은 뼛가루도 오지 않았다. 열아홉 살의 육군 소위로서 병적 기록도 뚜렷한데 그가 언제, 어디서, 무슨 이유로 죽었는지 살았는지 알지 못했다. 이렇게 죽은 사람들이 수천, 수만이 넘는다고 했으나, 그렇다고 해서 그것이 묻혀져야 할 이유는 될 수 없었다. 남원 기지 사령부에서 오민균의 동생이라는 이유로 육군 정보국 수사팀 행동대에 의해 맞아죽었다는 풍문이 떠돌았지만, 확인된 것은 없었다.

"그를 만나면 두 형님들 소식을 알 수 있다 이 말이지?"

"그렇지. 당시의 정교장교로서 담당자였으니까. 그런 것보다 확실하게 사업이나 하나 도와달라고 해. 그의 실력은 막강하니까. 형과의 인연을 그렇게 활용해야지."

김의 주선으로 마침내 실력자와 만나기로 약속이 되었다. 용산 미8군사령부 기지 내의 레스토랑이었다.

그가 내민 명함 앞면에는 영문자로 이름이 새겨져 있고, 뒷면에 한글로 '제임스 해리 하우스만'이란 글자가 새겨져 있었다. 오능균은 찬찬히 명함을 들여다 보며 속으로 "제임스 해리 하우스만" 하고 뇌었다. 두 형과의 인연이 있다고 하니, 그 이름자 이면에 무언가 숙명적인 인연이 깔려있는 것 같은 야릇한 기분이 들었다.

"만나서 반갑소. 김과 친구 사이라니 더욱 반갑소. 김은 영원한 나의 친구요."

유창한 한국말이었다. 60대 중후반쯤 돼 보이고, 이미 퇴역했지만 전두환 군부가 정권을 장악하자 미8군사령관 정보 고문으로 부임해 왔다는 것이다. 30수 년 동안 한국군 내에서 정보책임자로 근무했으니 미국은 그를 전두환 군사정권의 성격을 파악하고, 군 인맥을 살피는 정보 라인으로 활용하기 위해 임명한 것이었다.

하우스만은 1946년 미 육군 대위로 한국에 들어와 한국 군 인맥을 콘트롤했다. 대구 10·1항쟁, 대구 6연대 연쇄 반란, 제주 4·3, 10·19 여순사건 진압의 배후 중심인물이었다. 굴곡진 한국 현대사를 디자인한 사실상의 설계자였다. 여러 대화 끝에 오능균이 정색을 했다.

"아저씨, 저는 처형당한 오민균의 친동생입니다."

그러자 그가 단박에 알아보고 한동안 침묵을 지켰다. 큰 덩치에 과묵한 표정은 정보통 특유의 범접할 수 없는 어떤 카리스마가 있었다. 오민균이란 이름으로 그는 한 순간 지나간 세월을 추억하는 듯하다가 능숙한 한국말로 물었다.

"형님 일로 나를 찾은 것인가요?"

"두 가지 일 때문입니다. 우선 형님 일부터 알고 싶습니다. 백방으로 알아보려고 해도 왜 죽었는지 아는 사람이 없고, 설사 안다고 해도 작은 편린에 불과하고, 대개는 입을 닫고 있습니다."

그가 말없이 고개를 끄덕였다. 그럴 것이라는 뜻이다.

"사는 데 힘들었겠군."

그는 한국의 사회상도 정확하게 짚었다. 그런 일로 그를 찾았으리라고 이해한다는 표정이었다. 사실 빨갱이 집안에 연루되어 무엇 하나를 할 수 없었다. 연좌제에 묶여 자유당 시절은 물론 박정희 군사정권, 지금 전두환 군사정권에 이르기까지 취업은커녕 일자리 하나얻는 데도 힘이 들었다. 장사를 하는데도 중요 길목에서 걸렸다. 건달로 사는 길밖에 없었다.

어느 날, 고향인 재경 청원군 출신자들의 모임이 있었다. 사업하는 사람, 고위 공직자, 판검사 등 서울에서 출세했다는 인사들이 모처럼 자리를 함께 했다. 술잔이 오가고 모두가 거나해지자 현직 검사인 K가 갑자기 오능균을 향해 소리쳤다.

"오능균, 저 새끼는 왜 불렀나? 빨갱이 새끼를 말이야!"

순간 오능균은 온 몸의 피가 거꾸로 솟구쳐올랐다.

"당신 뭐라고 했소?"

오능균이 자리를 박차고 일어서자 주춤하던 K검사가 곧바로 고함을 질렀다.

"저런 싸가지 없는 새끼, 왜 니가 여기 있어? 니놈이 올 자리가 아냐? 당장 나가지 않겠거든 내 앞에 무릎 꿇으라. 빨갱이 새끼, 무릎꿇어! 처넣기 전에!"

"뭐야?"

그대로 달려가 그의 두상을 박살내버리고 싶었다. 허우대 좋고 머리 좋고, 잘 생긴 그가 할 수 있는 일이라곤 건달로 지내면서 소소한 장사로 연명해온 일이었다. 그는 주먹이 있었다.

"오 사장, 아서. 제발 참아. 참아야 당신이 살아."

주변에서 일어나 뜯어말려서야 그는 자리를 박차고 휑하니 밖으로 나왔다. 어두운 밤길, 터벅터벅 걷는데 걷잡을 수 없이 눈물이 쏟아졌다. 억울하고 분했다. 집안 내력으로 보면 한줌도 안 되는 시시한 집안의 사람이 어찌어찌 고시에 합격해 떵떵거리는 것이 더욱 그를 비감에 젖게 했다. 그러나 분노는 자기 아픔만 덧낼 뿐이었다.

"왜 말이 없나. 어른이 돕겠다는 뜻 아닌가."

김이 말하자 상념에서 벗어난 오능균이 하우스만을 바라보았다. 그는 사뭇 퉁명스럽게 침묵을 지키고 있었다. 결코 자기 내면을 드러내지 않는 모습이었다. 오능균은 마음이 복잡해져서 자리에서 일어났다. 당황한 하우스만이 물었다.

"오면 용건을 말해야지. 정치를 하고 싶은가요?"

오능균은 그때 30대 후반이었다. 김이 거들었다.

"고문관께서 돕겠다고 하신단 말이야. 정치를 하겠다고 하면 적극 도우실 거야."

"돈을 벌고 싶습니다."

권력의 곁에 가면 불에 덴다. 생사를 알 수 없는 곳이다, 절대로 기웃거리지 마라, 정치와 군대는 곁불도 쬐지 말라… 선친으로부터 들은 말이었다.

그로부터 얼마 후 오능균은 라오스에 수력발전소를 건설하는 사업을 맡았다. 발전소 건설에 정신없이 지내는 사이 십 몇 년의 세월이 흘렀다.

어느 날, 본국으로 돌아간 하우스만이 서울에 나타나 오능균을 찾았다. 1996년도 초여름이었다. 남산 하얏트 호텔, 그가 묵고 있는 숙소로 가려고 준비중인데 아침 이종 조카 이성록이 찾아왔다.

"아저씨, 하우스만을 만나기로 했다면서요?"

"응, 어떻게 알았나. 십몇 년 만에 연락이 왔구나."

"저 데려가줘요. 꼭 만나보고 싶습니다."

이성록은 현대사를 전공하는 젊은 사학도였다. 해방공간의 한국 정치사를 연구하고, 박사학위를 받더니 괄목할 만한 논문을 계속 발표해 학계에 신선한 바람을 몰고온 대학 강사였다. 두 사람은 하얏트 호텔로 갔다.

"미스터 오, 꼭 만나고 싶었소."

하우스만은 노쇠해 있었고, 큰 덩치에 어깨가 굽고, 주름 투성이의 얼굴이어서 어떻게 이런 사람이 한국 군대와 정치계를 주물렀는지 실감이 가지 않았다. 세월은 덧없음과 무상을 가르쳐주고 있었다. 하긴 하우스만은 지금 90을 바라보는 나이다. 십수 년 전 상대방을 내리깔 듯이 경계하며 내려다보던 모습도 보이지 않았다. 그게 편했다. 이성록이 그에게 물었다.

"오민균 소령이 제 할아버지 뻘입니다. 그의 죽음이 베일에 가려져 있습니다. 재판 기록을 살피는 것만으로는 해결되지 않습니다."

"왜 그런가?"

"지극히 형식적입니다. 한 사람의 인생을 종결짓는 문서 치고는 너무도 허술합니다. 하우스만 할아버지가 할아버지 처형 장면을 찍은 사진이 있다는 말을 들었습니다. 보관하고 계십니까."

그가 담담하게 말했다.

"나의 모든 자료는 미 국방부 문서기록관에 넘겼소."

"해방 공간에서 좌우익 사냥은 너와 나를 가르고, 국민과 비국민을 결정하는 잣대가 되고, 이것이 오늘까지 내려온 우리 사회 대립의 흉기가 되었습니다. 동의하십니까?"

상당히 되바라진 질문이었다. 그는 미동도 하지 않은 채 담담히 받았다.

"소개 받기로는 연구원이라고 했는데, 이건 연구자로서 취할 태도가 아니군."

"저는 연구자로서 온 것이 아니라 오민균 할아버지의 손자 자격으로 왔습니다."

"아서, 그렇게 말하면 안 돼."

오능균이 나서서 제지했다. 그러나 이성록도 기왕에 나온 김에 마저 말하겠다는 듯이 나섰다.

"해방공간을 디자인한 미국인이기 때문에 학문적 입장으로나 제 개인적 입장으로나 여쭙고 싶었습니다. 하우스만 씨는 여순사건 진압 작전을 주도한 인물이고, 숙군의 설계자였습니다. 선한 미국인도 있지만 민간인 학살을 사주하고, 대립과 분열과 증오와 저주를 심은 나쁜 사람도 있습니다. 안 그렇습니까."

"나를 향한 공격인가? 한국 사람이 이렇게 건방진 경우가 있는가?"

하우스만의 눈썹이 파르르 떨리고 있었다. 추억을 더듬고자 찾은 것이 여지없이 뭉개지자 그는 오능균과의 만남을 후회하고 있었다. 마지막 추억여행이 엉망이 되는 것 같았다.

"제가 자료를 찾아보고 왔습니다. 하우스만 씨의 고향에서조차 하우스만 씨가 무슨 일을 한 사람인지 알지 못하더군요. 비밀주의로 일생을 살아온 사람이란 뜻이겠죠. 그 비밀주의가 인류를 위해 사용되었습니까. 한반도 평화를 위해 기여했습니까? 저는 하우스만 씨를 추적하는 데 많은 시간을 쏟았습니다. 국내 정치나 장성들도 잘 모르거나, 알더라도 쉬쉬 했습니다. 떳떳하지 못한 일을 해서 그런 것 아닌가요?"

"나는 내 임무에 충실했고, 미국의 이익을 위해서 의무를 다한 미국인일세. 대한민국 건군의 초석을 다져준 사람이야. 장성들은 날더러 건군의 아버지라고 부르지. 내가 나서지 않았다면 한반도는 공산화되었을 것이야."

"하우스만 씨는 남한 내부에서 혼란을 야기한 집단이 공산 세력이라고 보았습니다. 그렇게 단순하게 볼 수 있습니까. 미국에도 흑백 분규가 있습니다. 흑백 분규가 총질로 해결됩니까? 색깔이 다르면 범법자입니까? 생각이 다르면 죽입니까?"

이성록의 공격적인 말에 그가 허공을 바라보았다. 한국이 변해도 너무 변했구나. 이런 경우가 단 한번이라도 있었던가. 모두가 그의 앞에서 굽신거렸는데… 장군, 사업가, 고관대작들은 선물을 가져오고, 돈을 가져오고, 여자를 갖다 바쳤는데…. 한참 만에 그가 천천히 말했다.

"이상한 일이군. 내가 눈짓만 해도 그들은 알아서 착착 순종했는데, 젊은이는 다르군."

"건방졌다면 이해해 주십시오. 그 안엔 역사 사회학도로서의 제 항의가 들어 있습니다."

"신기한 일이야. 대한민국 상층부가 다 그랬는데 말이야. 종속적이어서 내 하고 싶은 대로 했을 뿐이야. 그것을 그들이 더 잘 알 것이야."

하우스만은 지난 날을 돌아보았다. 모두가 그의 하수인이었다. 순종에 익숙해 있었고, 심부름꾼이 된 것을 영광으로 알았다. 미국이 생각하고 미국이 가르치고, 미국이 지시한 대로 선택받은 자의 영광으로 알고 기쁘게 받아들였다. 그들은 미국인보다 더 미국인으로 살았다. 그런데 이 젊은이는?

"젊은이, 우리가 한국을 위해 얼마나 큰 일을 했는가를 모르겠는가. 고마움을 알아야지."

"잘 살게 해주었다고 노예로 생각하면 안 됩니다. 상호 동등할수록 미국의 지위와 가치가 올라간다는 진리를 모릅니까?"

"이익 앞에서는 동족도 친구도, 민족도 없는 사람들인데 특이하군. 공산주의자들을 미워하는 것은 내 신념이지만, 한국의 지도층은 더했어. 한 사람을 치라는데 오십 명 백 명씩 목을 가져왔어. 제주도 탈영 병사 21명 중 주모자만 색출하라고 했는데 모조리 죽여버리더군. 이 문제가 미 국방성에도 보고되었지. 내가 책임을 회피하지 않고 200명~300명도 끄떡없이 학살했는데, 20명 가지고 왜 문제 삼느냐고 항의해서 무마시켰네."

"그것이 정당하다는 것입니까."

"물론 오류가 있었다네. 젊은이, 내 말 똑똑히 듣게. 나는 한국을 보면 슬픔을 많이 느끼지. 절망적인 때가 많았어. 일본인보다 더 야비하고 잔인한 사람들이라고 보았으니까. 한국인이 일본인보다 더 잔인했다니까(brutal bastards, worse than Japanese)."

이 말은 그가 1987년 영국 테임즈 텔레비전과의 인터뷰에서 카메라가 꺼진 뒤 털어놓았던 말이다. 어쩌면 그의 진정성은 이것이었는지 모른다. 그가 말을 이었다.

"여순사건 때 토벌군들이 왜 토벌에 소극적이었는지를 그땐 몰랐지. 하지만 지금은 알 수 있을 것 같네. 그땐 내가 젊었지 않은가."

그것이 변명처럼 들리지는 않았다. 마지막 떠나는 자의 회한일지도 모른다.

"오민균 소령은 어떻게 됐습니까."

"나한테 물을 것이 못 돼. 그들이 잔혹하게 몰아갔어. 모든 게 그랬어. 나도 당황한 때가 있었지."

"그래서 야비하다는 것입니까?"

계속 따지듯이 묻자 오능균이 화를 내며 막았다.

"버릇없이 그게 뭔가. 추억을 더듬으러 오신 손님에게 그건 예의
가 아니야. 나가자. 하우스만 선생님, 이거 미안하게 되었습니다. 건
강하십시오."

오능균이 정중히 사과하고, 이성록의 팔을 잡아끌어 서둘러 룸을
나왔다. 하우스만이 그의 등 뒤에 대고 낮게 말했다.

"오 사장, 라오스 수력발전소 일이 잘 진척되지 못했더군. 밥 좀
먹으라고 도운 건데, 제대로 되지 않았다는 것이 안타까웠소."

하우스만은 귀국한 몇 달 후인 1996년 가을 88세를 일기로 세상
을 떠나 텍사스의 한 군인 묘지에 묻혔다. 그가 한국을 마지막으로
방문한 것은 꼭 추억만을 더듬는 것이었을까를 오능균은 가끔씩 반
추했다.

생명의 바다

창밖으로 바다가 보였다. 저녁 어스름의 바다는 노을을 받아 붉게
일렁였다. 마치 붉은 비단이 깔려서 흔들리는 것 같았다. 도시는 평
화로웠다. 일년 내내 온화한 기후가 누구나의 마음을 포근하게 감싸
주고 있었다.

강태실은 한국 사람들을 종종 마주칠 수 있어서 좋았다. 외국인
거주자 중 중국인이 가장 많지만 한국인도 적지 않았다. 2차 세계대
전이 끝나고 상하이, 쿤밍, 충칭, 광저우에서 흘러들어온 교민들이
었다. 시장엔 제주 여인들도 있었다. 제주도 사람들의 강한 생활력
을 재래시장의 어물전에서 확인할 수 있었다.

밀선을 타고 오는 도중 둘째 아이를 잃었다. 심한 멀미와 복통과
설사를 못 이기고 아이는 숨을 거두었다. 그러나 큰 아이는 씩씩하

게 자랐다. 자면서 가끔씩 깜짝깜짝 놀라는 것을 제외하고는 비교적 무탈하게 자랐다. 아이는 아빠를 닮은 그대로였다.

진미호에 짐짝처럼 실려서 험한 파도를 넘을 때는 죽는 줄 알았다. 배 밑창 선실에서 시체처럼 누웠다가 상륙해보니 후쿠오카였다. 어제 일 같은데 벌써 몇 해를 넘겼다. 그곳에서 몸을 추스린 다음 홍콩행 여객선에 몸을 실었다. 동양의 영국이라고 해서 고른 선택지였다. 구룡반도의 한가한 바닷가 기슭은 제주도와 풍경이 너무도 흡사했다. 꼭 고향에 온 기분이었다.

강태실은 오늘 특별히 만찬을 준비했다. 현호영이 다음날 런던으로 떠나는 날이다. 그동안 함께 지냈지만 그녀를 떠나보내려고 하니 눈물부터 앞섰다. 남편을 생각하면 견딜 수 없는 죄책감과 그리움이 쌓였다. 현호영을 보면 그의 오빠를 보는 느낌이다. 때로는 그것이 견딜 수 없이 아프고 괴로웠다.

시누이가 좋아하는 전북죽을 쑤고, 초고추장에 찍어먹을 멍게와 해삼을 먹기 좋게 다듬어 상에 올렸다. 모처럼 제주도 맛을 보여주고 싶었다. 런던에 가서도 제주도 맛을 잊지 않도록 해주고 싶었다.

오신애가 아이를 걸린 채 집안으로 들어섰다. 모처럼 불렀더니 집으로 달려온 것이다.

어느새 항구의 불빛들이 다정하게 바다 위에 떠서 잔잔한 물결 따라 흔들렸다.

"어머, 식탁이 해물로 가득하네. 제주식 푸드는 생선 다루는 법, 조미료를 잘 첨가해야 하는데 언니는 벌써 조리사가 다 된 거 같아."

"이런 건 기본 아니에요?"

그들은 식탁에 둘러앉았다.

"호영씬 짐 다 쌌어요?"

오신애가 묻자 현호영이 말없이 고개를 끄덕였다. 건드리기만 하면 금방 울음을 터뜨릴 것만 같다. 함께 있고 싶은데 올케는 호영을 한사코 영국으로 떠나보낼 수속을 밟았다. 넓은 곳으로 가. 사람 사는 곳으로 가. 보다 안전한 곳에서 아이를 키우도록 해. 그것이 아픔을 잊는 길이야, 라고 올케 언니는 말했다.

"내가 곁에 있으니까 호영씬 아무 걱정 말고 떠나요. 난 언니와 연애하며 살 거야. 아이를 멋드러지게 키우면서 살 거야. 한국의 통일 전사로 키울 거야. 통일시켜서 아빠의 고향에 보낼 거야. 아빠의 고향이 평양이란 거 알고 있지?"

오신애가 걱정할 것 없다는 듯이 환히 웃어보였다. 그녀는 남자아이를 두고 있었다. 홍콩 교외에서 숙박업을 준비하고 있는 중이었다. 제주에서 충분히 돈을 가져왔다. 사진봉이 미래를 대비해 마련해준 돈이었다.

"사케도 한 잔 해요. 삼학 청주. 홍콩에도 삼학 청주가 다 있네요."

"삼학 하면 '목포의 눈물'이지."

"그래요. 우리 실컷 이 노래 불러요."

강태실이 간장 종지 같은 잔 세 개에 청주를 각기 따랐다. 그녀가 한 잔씩 각자 앞에 배분했다.

"자, 그럼 우리 앞날을 위해 간빠이!"

"일본 말 정말 싫다."

오신애가 눈을 흘기며 웃었다.

"그래두 일본말은 익혀야지. 그 새끼들 이기려면 더 잘 알아야 돼."

"좋은 말."

세 사람이 다시 똑같이 눈높이로 잔을 들어올려서 맞닥뜨리며 입으로 가져갔다. 부드럽고 달콤한 맛이 목을 타고 내려갔다. 그렇게 그들은 여러잔 마셨다.

오신애가 먼저 노래를 부르자 두 사람이 따라불렀다. 제주와 목포를 오가는 연락선이 항구를 출항할 때나 입항할 때 들려오는 노랫소리. 어렸을 적 귀에 익고, 가슴 속으로 파고들던 슬프고도 애절한 노래. 그것은 알게 모르게 그들 내면의 일부가 되었다.

> 사공의 뱃노래 가물거리며
> 삼학도 파도깊이 숨어드는데
> 부두의 새 아씨 아롱 젖은 옷자락
> 이별의 눈물이냐 목포의 설움

1절이 끝나자 강태실이 "난 2절이 더 애절해" 하며 2절을 부르자 두 사람이 따라 부르며 3절까지 이어갔다. 노래를 마치고 그들은 서로 끌어안고 한바탕 실컷 울었다. 소리내어 울고 난 뒤 자신들을 수습했다. 정말 요란하게 울고 나자 속이 후련한 것 같았다.

"언니 집이 깨끗해서 좋아요. 이 집 언제 수리했나요? 나두 곧 인수한 건물을 수리해야 하는데…."

"애 키우랴, 사업 벌이랴, 바쁘네."

"바빠야죠. 제주 여자는 서 있으면 넘어지잖아요. 자전거같이…."

"그래요. 맞아요. 우리집 전망이 좋죠? 바다가 보이고, 등대가 보이고, 호영씬 어느 때는 종일 저기 바다만 바라보고 있었죠. 아이도 내팽개친 채 말예요. 딸아이라서 그런가?"

"딸이 어때서. 영국의 앤 공주 봐."

강태실은 이곳에 도착하자 1층에 조그만 상가 세 개가 딸리고 2

층에 살림집이 차려진 건물을 사들였다. 가게 둘을 세로 내주었지만 호영을 보내면 화장품 가게를 하나 낼 계획으로 있다.

"이 건물 수리한 인부한테 들은 이야긴데, 놀랐어요."

강태실이 몸을 가볍게 흔들더니 웃었다.

"뭔데요?"

"건물 지붕을 헐어내던 인부들이 지붕 서까래에서 못에 박혀 움직이지 못하는 도마뱀 한 마리를 발견했대요. 어느 책에서 본 것처럼요."

"그래서요?"

놀란 인부들이 집주인에게 다가가 이 집 언제 수리했냐고 물었다. 2년 전에 지붕을 갈았노라고 했다. 인부들은 2년 전에 박은 못에 박혀 지금까지 죽지 않고 살아있는 도마뱀을 보고 놀랐다. 더 놀라운 사실은 다른 도마뱀 한 마리가 끊임없이 먹이를 물어다 주는 광경이었다. 그 도마뱀은 2년이란 세월 동안 못에 박힌 친구를 위해 하루에도 몇 번씩 먹이를 물어다 준 것이었다.

"그거 어디 씌어있던 것 같은데?"

"맞아요. 좌우간 감동적이니까 들어요. 우리도 친구에 관한 얘기를 많이 하죠? 평생 세 명의 친구를 갖고 있으면 그 인생은 성공했다느니, 친구란 누구도 내 편이 되어주지 않는 세상에 내 슬픔을 대신 등에 지고 가는 사람이라느니, 또는 사회에서 만난 가족이라느니…."

"그래요. 친구란 세상이 만들어준 가족이에요."

오신애가 맞장구를 쳤다.

"하지만 지난 날을 돌이켜보면 그런 적이 없는 것 같아. 때로 잠 못 이루며 괴로워하고 있을 때 과연 찾아가 속엣말을 나눌 수 있는 친구가 있는가, 함께 아픔을 나눌 친구가 있던가, 솔직히 없었던 것 같아요. 물론 시도해보지 않았지만요. 시도해보나마나 안 되리라는 것, 오히려 약점만 잡히고 기피인물이 될 것이란 걱정 때문에 포기했다고 봐야죠."

"그래요. 약점 잡히기 싫어서 속엣말 내놓지 않죠. 우리 아빠처럼."

"사진봉 단장?"

오신애는 웃는 얼굴로 고개를 끄덕이며 대답을 대신했다. 강태실이 결론 삼아 말했다.

"우린 영원한 친구예요. 어디에 있건 간에. 우린 모두 상처받고 왔지만 이겨낸 친구들이에요. 두 사람은 내 슬픔을 대신 등에 져주는 친구가 됐어요. 영원한 가족이에요."

현호영이 받았다.

"올케 언니, 내 영원한 친구는 여기 있어요."

그녀가 바닥에 누워 자고 있는 아이를 손가락으로 가리켰다. 오신애가 받았다.

"또 신랑 자랑하려는군요. 그래요, 자랑하세요. 오 소령, 얼마나 멋있는 장교였나요. 태실 언니는 일찍 떠나서 잘 모를 거예요. 늠름하고 지적이고 잘 생기고… 헌데 아이는 호영일 많이 닮았네? 여자아이니까 더 다행이야."

그러면서 지지 않겠다는 듯 말했다.

"사진봉 단장도 훌륭한 걸 알겠죠? 우리 저 늠름한 아일 보면?"

아이 역시 장난감을 까작거리며 놀고 있었다. 호영이 슬픈 목소리로 말했다.

"한시도 잊어본 적이 없어요. 그 사람 꿈꾸지 않은 때가 없어요."

그러면서 현호영이 갑자기 울음을 터뜨렸다. 마음을 굳게 먹기로 다짐했지만 그를 생각하면 눈물부터 앞섰다. 그녀는 처형되었다는 소식을 한참 후에 들었다. 총살형이 집행되었다고 했다. 아무도 없는 광야에서 쓸쓸하게 형장의 이슬로 사라졌을 그를 생각하면 그녀는 견딜 수가 없었다. 스물세 살 청춘의 종말. 그가 무슨 큰 범죄를 저질렀기에, 그 나이에 무슨 엄청난 음모를 꾸몄기에, 그가 꿈꾼 세상이 얼마나 두려웠기에 세상은 그렇게 가혹했나… 그녀는 그의 유골을 찾아서 한라산에 묻을 결심을 했으나 무서워서 모든 생각을 지웠다. 엄마가 어떻게든 핏줄을 이어야 한다고, 공포스런 한국을 떠나야 한다고 쫓아내보낼 때 허겁지겁 밀선을 탔었다. 그 이후 사선을 넘나드는 행로. 생각할수록 괴롭고 서러워서 견딜 수가 없었다.

　　"힘내요 아씨. 그는 죽지 않았어. 그가 여기 살아 있잖아."

　　강태실이 현호영의 아이를 가볍게 쓰다듬었다. 그러나 울지 않겠다고 해도 그를 생각하면 온 몸이 저리도록 그립고 가슴 아렸다. 푸른 바다를 함께 바라보며, 한라산의 장엄한 자태를 함께 우러르며, 함께 바닷가를 거닐며, 보육원을 찾아 아이들에게 구호품을 나눠주며 그와 함께 한 시간들, 사물을 보는 따뜻한 시선에 마음으로부터 지지를 보냈던 시간들…. 이런 잔영들이 떠오르면 그가 사무쳐서 견딜 수가 없었다.

　　"우리 굳세게 살아요. 살아있는 한 희망이 있다고 그이가 말했다고 했잖아요."

　　강태실이 현호영의 등을 쓰다듬었다.

　　"그래요, 호영씨, 나한테도 사 단장이 살아있어요. 절대로 그이 죽지 않았어요. 절대로."

　　오신애가 호영을 일으켜 세워 창가로 갔다. 강태실이 뒤따르며 함께 창밖을 내다보았다. 멀리 등댓불이 일정한 간격으로 빛을 발하고 있었다. 그때마다 빛이 긴 꼬리를 물고 바닷물에 와닿아 주름을 잡으며 흔들렸다.

"저 거친 바다를 지키는 등대, 바로 그이들이에요. 그 아이들이 자라고 있잖아요."

강태실이 나지막하나 또렷하게 말했다. 그녀가 노래를 흥얼거리자 오신애가 자연스럽게 따라불렀다. 해녀들이 바다에서 노를 저을 때나 물 속에 잠길 때, 서로 매기고 받으며 부르는 힘찬 노래. 그들은 어느새 거친 바다로 나가는 굳센 해녀가 되었다.

이어도사나 이어도사나
요 넬 젓엉/요 넬 젓엉
어딜 가코/어딜 가리
진도 바당/진도 바당
홀로 나가자/홀로 나가자
이어도사나/이어도사나
한라산에/한라산에(이어도사나)
곧은 남이/곧은 남이(이어도사나)
없을소냐/없을소냐
이어도사나/이어도사나

— 끝 —

고독한 행군 ❹

초판 1쇄 발행 2022년 8월 10일

지은이   이계홍
펴낸이   윤형두 · 윤재민

펴낸곳   종합출판 범우(주)

등록번호 제 406 - 2004 - 000012호(2004년 1월 6일)
          (10881) 경기도 파주시 광인사길 9 - 13 (문발동)
대표전화 031)955 - 6900, 팩스 031)955 - 6905

홈페이지 www.bumwoosa.co.kr
이메일   bumwoosa1966@naver.com

ISBN 978 - 89 - 6365 - 442 - 3 04810
ISBN 978 - 89 - 6365 - 438 - 6 04810 SET